章鱼时代

Время Спрута

【俄】 阿纳托利·库切列纳 著
Анатолий Кучерена

徐先玉 译

人民东方出版传媒
People's Oriental Publishing & Media
東方出版社
The Oriental Press

感谢俄罗斯文学翻译院（ANO “Institute for Literary Translation”）在本书出版过程中提供的各种帮助！

编者的话

2013 年 6 月，曾在美国中情局供职的爱德华·斯诺登曝光了美国国家安全局的一项名为“棱镜”的监听项目，全球舆论一时哗然。之后，斯诺登在美国政府的追缉下经香港转至俄罗斯，8 月 1 日，他获准在俄避难一年。

斯诺登在莫斯科机场滞留期间，前途未卜，命悬一线，身心备受煎熬，此间陪伴他的，只有他的律师阿纳托利·库切列纳先生。在朝夕相处的日子里，库切列纳逐渐了解了斯诺登“叛国”的心路历程，以及“棱镜门”事件的内幕。据资深黑客斯诺登透露，在大数据时代，个人隐私随时都可能被泄露，而其后果远比想象的要严重。因此，他在工作中时常感到良心不安。听了斯诺登的讲述，库切列纳对其内心的焦灼、不安和恐惧感同身受，因此，他认为“不能不把这一切写下来”。于是便据实创作了小说《章鱼时代》。

小说主人公叫约书亚·科尔德（Joshua Cold），他在童年时期即是一个爱国分子，他以身为美国人为傲、珍视美国国旗，后来，为了保卫祖国，他还自愿报名参军。但是，自从受伤退役进入中情局后，他越来越迷茫了，身边发生的事也让他的世界观出现了反转……

这本书出版之后，引起极大反响，许多国家争相引进……2015年，美国导演奥利弗·斯通根据该书内容拍摄了电影《斯诺登》，并于2016年上映。

为使中国读者能通过一手资料了解真实的斯诺登，特此出版。

2016年12月

本故事纯属虚构，如有雷同纯属巧合

如果必须从人们的身上剥皮才能保留文明的话，这些文明的利益就应当被诅咒，甚至文明本身也一样。

——费·米·陀思妥耶夫斯基

不惜牺牲起码的自由以图苟安的人，既不配享有自由，也不配获得安全。

——本·富兰克林

上善若水。水善利万物而不争，处众人之所恶，故几于道。

天下莫柔弱于水，而攻坚强者莫之能胜，以其无以易之。

——老子

常识成了一切异端中的异端。可怕的不是你不那么想他们就要杀死你，可怕的是他们可能是对的。因为，毕竟，我们怎么知道二加二等于四呢？怎么知道地心引力发生作用呢？怎么知道过去是不可改变的呢？如果过去和客观世界只存在于意识中，而意识又是可以控制的——那怎么办?

——乔治·奥威尔

代 序

任何一座国际机场的中转区都有点像诺亚方舟。这艘方舟漂不起来，也未面临下一场大洪水的威胁，但它依然可以让某些人在此避难，那些人的生活充满了不幸和损失，他们有避难的理由。

普通旅客要为各种事奔忙，行李啦、孩子啦，还有其他一些问题，还要赶时间，他们就像鱼群一样穿过中转区，从浩瀚的空中海洋的一个角落游向另一个角落。实际上，他们也不会留意谁在此长期停留。

“中转方舟”的住客什么样的人都有，《圣经》里说“凡有血肉的活物都要成双成对，一公一母”，尽管这里的人远非成双成对——他们都尽量不引起他人注意，远离熙熙攘攘的旅客通道，在机场航站楼偏僻逼仄的角落里安顿下来。中转区内设有迷你宾馆供有钱人休息，当然，这些人并非都能负担得起。

中转区的住客为数甚多，形形色色！这里有移民，他们利用各种各样的真话和谎言挤上飞机，为了逃离那些贫穷的国家，那些国家甚至不是第三世界，而是第四世界和第五世界，随便到什么地方去都行，只要能获得难民资格；这里有以极端方式旅行的年轻人，他们一无签证，二无许可，真是在以搭车的方式飞来飞去旅行；这里有年老的嬉皮士，当年成千上万的“花童”之残余，他们想方设法要抵达自己心中永恒的加德满都；这里有那些见不得光的人，不同国家各种黑名单上的人，有欠贷者、做伪证者、逃兵、刑事或政治案件的涉案人；这里有反对设立边界与障碍的思想斗士、无政府主义者、各种各样的极端分子和激进分子、预言家和伪预言家，还有彻头彻尾的疯子，而预言家和疯子往往是一回事；最后当然还有那些丢了机票和证件的不幸的人。

他们所有人都在等待：有的人在等当局的决定，有的人在等亲朋好友的汇款，有的人在等证件、行李物品或同伴……不过，在中转区也有这样一些人，对他们来说，这里是地球上唯一能够让他们感受到相对自由的场所。约书亚·科尔德就属于这一类人。

舍列梅捷沃国际机场

19:10

美国人约书亚·科尔德[①]是世界名人、新闻制造者，按照华盛顿的官方说法，他还是一名叛逃者和罪犯。不过，在善意的英文新闻报道中他被称作“Whistleblower”，它的字面意思是“吹口哨的人”，而在美国和其他一些国家，这个词指的是这样一些人，他们将其任职机构的各种犯罪或违反法律和道德规范的行为公之于众。

各种机缘的巧合使舍列梅捷沃机场中转区成了他感觉相对安全的唯一场所。

杰马尔什·约书亚·科尔德——很多人到现在也没搞懂他（就连俄罗斯总统也公开称其为“怪小伙儿”）——弄出了这么大的动静，有些刊物甚至已经将这起事件称为“有史以来最大的间谍丑闻”。

这种危言耸听的说法本身就存在明显的漏洞，即约书

---

① “约书亚”为《圣经》中记载的宗教领袖摩西指定的继承人；“科尔德”（Cold）这个姓氏意为“寒冷”“冷淡”。——译者注

亚·科尔德并非传统意义上的间谍。间谍指的是受雇于某一政治制度、国家、公民团体，甚至宗教派别的人。间谍这种极具诱惑的活动有可能要搭上性命，但它往往具有潜在的好处，说白了，间谍可以从其效力的那一方获得各种形式的报酬。

为了拥有新的房产和“猎豹”豪车，臭名昭著的奥尔德里奇·埃姆斯向苏联情报机关出卖了中情局的很多同事和特工。

不过，也有例外。在长达25年的时间里，格鲁乌[①]将军德米特里·波利亚科夫是出于“意识形态的考虑”向美方提供机密信息；至少，他在“卢比扬卡地下室”里接受审讯时是这么说的。但不管怎样，与苏联敌对的体制支持他，冷战中的大赢家罗纳德·里根还亲自向苏联领导人米哈伊尔·戈尔巴乔夫请求赦免该人。这并非偶然，只不过请求提出得有点晚了。

在世界人民的眼中，科尔德更像是独一无二的孤胆英雄。

至少表面看上去是这样：一个年轻男人，紧闭双唇，目光冰冷，向世界上最强大的国家发出挑战。这简直与自杀无异，要是事情按照好莱坞的套路发展的话，在好莱坞大片中总是有反面人物与正面的孤胆英雄对抗，但反面人物同样是只身出战。好莱坞大片实际上从未触及与体制的斗争。而科尔德想要撼动的恰恰是体制，他因此也就成了众矢之的。

可他竟然能从美国国家安全局反间谍处特工人员的眼皮子底下溜走，还离开了美国领土，虽然接下来的一切行程被团团迷雾笼罩着，但还是有消息透过这层特工迷雾传了出来，于是在舍列梅捷沃国际机场中转区数百名记者蜂拥而至，希望能找到这位明星，也即逃亡者。

---

① 即苏联军情总局。——译者注

科尔德俨然成了明星，这一点相信没有人质疑。他不仅抽了美国这只大鹰一个嘴巴，而且还极其不屑地狠狠踹上一脚，仿佛他面对的并不是威严的鸟中之王，而不过是乡村里一只因挡了骑车人的路而仓皇逃窜的母鸡。

这只鹰的羽毛在空中四散，它俨然一副公鸡的模样，只会伸长脖子，颜面尽失地在世人面前喔喔啾叫。鹰摆出恫吓的样子，尖嘴巴乱啄一气，爪子在地上刨来刨去，但这只猛禽的威望严重受损，甚至就连拉美小国的总统也斗胆声称，愿意为“勇敢的年轻人约书亚·科尔德”提供政治避难。

不用说，各路记者都选中了舍列梅捷沃机场的“中转方舟”，第一件事就是冲上去寻找科尔德，似乎他就是一只走失的小狗，或是秋日普罗旺斯森林里的蘑菇。

那些年轻记者翻遍了机场的每一个角落，仔仔细细地打量每一位旅客的脸（万一这个怪小伙儿化了装，或是粘了胡子呢），排查各个杂物间，为此还与机场的工作人员和安保人员闹了几次不愉快。

那些比他们经验丰富的同行则伺机等待科尔德暴露自己，这会儿正把时间花在“搜集事实”上，这是新闻这门“第二古老职业”的行话。文字记者们正忙着和旅客谈话，忙着描写机场内景，在网上搜索赫赫有名的“胶囊宾馆”的相关资料，据传，科尔德和专事揭密的“明基解密”[1] 网站派给他的女助手很有可能藏身于此。女助手长得还不错，机智果敢，可以在这位逃亡者身边扮演任何角色，这让整个故事更具刺激性。

摄像师们这会儿正在拍中转区的整体格局，好在“切换画

① 或许暗指“维基解密”。——译者注

面”时使用，他们还拍了拍围在吸烟室附近的那群记者，这是为了凸显这一时刻的重要性。

这群人主要由号称“金笔”的人构成，他们是庞大的记者群体中的VIP，可以进入最高级别的办公室，进入那些禁区。这些人在攫取信息时已经习惯了相对而言的安逸舒适，觉得“狼饱肚子靠腿勤”这句谚语说的可不是他们这些“金笔”们，就连镜头都直言不懂，还纳闷为什么没有人把科尔德直接送到眼跟前儿来。

时间一分一秒地过去。气氛越来越紧张。可是什么也没有发生。

19:16

一群记者正盯着空中盘旋的飞机，这时，一位头发花白的摄影师走了过来，他身穿一件印有“路透社”标识的夹克。摄影师眼睛通红，像发情的兔子一样。他小心翼翼地整理了一下装有昂贵佳能摄像机的包，呷了一口机场咖啡机的劣质咖啡，自言自语道：“现代飞机就是真正的时间机器呀，尤其要是从东往西飞的话。”

“您发现了？”旁边的女记者头也不转一下，慢悠悠地问道。这位女士大概是巴尔扎克小说里女主人公的年纪，身材干瘦细高，像条猎犬似的。显然，无论是摄影师，还是这位女士，以及其他所有负责撰稿或拍摄的同行们，大家都在中转区透过满是灰尘的玻璃窗看着空中那些光怪陆离的“大鱼”起起落落，以此来打发无聊时光。

这位年高望重的摄影师满意地笑了起来，理了理头发，开始爆豆似的说个不停：“想象一下，打个比方，中午 11 点您同那些无所事事的旅行者一起登上一架舒适的飞机……嗯，就比如说从曼谷吧。那么半天时间过后，下午 5 点您就置身于莫斯科郊外，可以吸一口祖国的炊烟了，大家都知道，祖国的炊烟也能让我们感到甜蜜和美好。”

有一位听众不无怀疑地哼了一声，显然，他不认同摄影师的这番言论。其他人都缄默不语。这位年长的绅士继续说道：“那么，我的朋友们，为什么飞行本身却花了近 10 个小时呢？这又是怎么一回事呢？那还用说，当然是因为时差了……”

与此同时，在中转区的边缘，也就是办公区和杂物间的入口那里，一个身材健硕的中年男人从容淡定地快速穿过，他上身穿一件不起眼的灰色夹克，下身穿一条蓝色牛仔裤，手里紧紧攥着一个黑色公文包。

19:21

要是有记者注意到此人，那么在中转区里就该建造真正的巴别塔了。因为这个皮包的主人不是别人，正是给俄罗斯当局和约书亚·科尔德牵线搭桥的那位律师。借由此事他不费吹灰之力就在国际上声名鹊起，这种声望在俄罗斯律师界可是相当罕见的。

这位律师总是能得到上天的垂青，早在从业之初，他的委托人（不知何故他总是这样称呼自己的客户）就总是一些匪夷所思的离奇事件的主人公。其中有成功的传媒大亨，他曾试图把上百万美元装在一箱复印纸纸箱里，并把这个纸箱从政府官邸搬出来，却被抓了个现行；有前司法部部长，俄罗斯小报上到处都是他与两个一丝不挂的少女同泡桑拿的照片；有一位反动将军的妻子，她本身是俄罗斯议员，不知怎么就那么巧，根据侦查结果，她正好在丈夫精心谋划的军事政变前夜开枪把他打死。类似的桥段差不多够写十来个离奇故事。尽管律师的脑子里有时也会冒出写写这些故事的念头，但每次都因为实在没有时间而放弃了。律师和科尔德已经见过面，世界各地几乎所有媒体都对此事进行了报道。这两个截然不同的家伙到底谈了些什么，自然还是秘密，但是公众已经知道，科尔德收到了律师送给他的礼物，包括一本俄语识字入门、陀思妥耶夫斯基的《罪与罚》、契诃夫的短篇小说集、宫廷历史学家卡拉姆津的《俄罗斯国家史》，此外，还有几句让他打起精神的话，这是克里姆林宫最高领导人办公室让律师转达的。

此时，"第二古老职业"从业者焦躁不安的情绪已达到顶点。某反对派网站的一名瘦削的记者，一脸阴沉，扯着山羊嗓子颤抖似的说："他该不会是早就已经在卢比扬卡，被特工们保护起来了吧！那里正在加紧剥皮呢。"这俨然是娴熟的煽风点火者的做派，对于这种人，人们常说，没什么能耐，就会瞎咋呼。

"嗯，或许不是在剥皮，"一位来自报刊网（Gazeta.ru）的体格健壮的记者客气地回应说，"现在可不是 37 年了，这年头儿这叫作'听取汇报'，但是关于特工的事，我说同行，您说得完全正确。"

律师窃笑了一下，因为与这些耍笔杆子的键盘好手不同，他知道他们傻等的那个人不在卢比扬卡，而这些人还指望着抓拍到一个好镜头，来一段短评，甚至弄一场轰动的采访呢，至于臭名昭著的“剥皮”，也不可能，这猜测也太离谱了。

“这要是在美国，根本就没有中转区。”此时路透社那位上了年纪的绅士说道。

“对，就该这样！”那位面色阴沉的小伙子立即表示赞同，“那里输送旅客的水平高，所有的细节事先都考虑到了。”

“哼，这不废话吗？那可是世界上最自由的国度。”一个涂脂抹粉的姑娘耸了耸肩膀说道。

摄影师苦笑了一下，但也不敢再无谓地争论下去了。

19:33

律师没被记者们发现。他相当精明老练，不会让他的委托人在时机未成熟时受到关注。他推开一扇不起眼的灰色门，掩入门后，又进到一间小屋，屋子中央摆放着一张硕大的桌子，以至于要想穿过房间进入另一扇门内，就只能侧身贴着墙壁过去。

桌边坐着一个人，穿着机场安保人员的制服，一脸高深莫测的表情。律师给他看了证件，他点了下头，摁了按钮。他身后的门“嗡”的一声打开了。

律师从桌旁挤过去，跨过门槛，进到另一个房间，屋里的装饰与世界上任何一座现代机场的高科技装修都大相径庭。

这里没有抛光打磨的大理石地砖、玻璃或金属，而是以木质材料为主，厚重的橡木墙裙和吊顶，再加上镶木地板、天鹅绒窗帘、两个皮沙发和镶有昔日帝国国徽的落地灯，这些陈设，这个古怪的房间，更确切地说，这个不大的厅，仿佛是从一个久远的时代搬到了我们目前所处的时代，那是尼罗河上建造阿斯旺大坝的年代，是苏联在古巴部署导弹准备应战的年代，是苏联领导人踏步走向联合国主席台的年代。

这里的值班人员身穿联邦警卫局军官制服，他又检查一遍律师的证件，然后打开他面前的电梯门。这里的一切也都是自苏联时期保留下来的，包括指示楼层数字的黄铜按钮、胶木电话、烟灰缸和镶嵌在墙壁内的电梯。律师摁了“–7”，电梯就哐啷哐啷下行了——仿佛要下地狱似的。

世界上大国间的地缘政治游戏古而有之，而约书亚·科尔德对于此类游戏价值重大，可别认为这号人物会被扔在舍列梅捷沃机场中转区，任由记者们折磨，更别说还有那些与各大国有利害关系的情报机构的特工了。这些人对他可是什么事都干得出来，从老生常谈的消灭（谁也不会急于把藏有毒针的雨伞上交给博物馆），到同样老套的绑架（摩萨德在这方面可谓战功赫赫）。

因此，从香港来的飞机一落地，科尔德刚一踏出机舱，就立即被带走了，如果不是被保护起来，至少也是被严密监护，他被温和但坚决地带到那个有落地灯的橡木厅，然后电梯又把他带到一处最为秘密的设施地堡 A 里面。

这个位于地下 30 多米深的避难所的来历相当有趣，值得单独写一部长篇小说了。这段历史与舍列梅捷沃机场修建的始末以及当时的苏联领导人尼基塔·赫鲁晓夫的命运息息相关，他企图赶上甚至超过美国，并要在 1980 年前基本上实现共产主义。

伦敦希斯罗机场的规模令赫鲁晓夫震惊不已，因此在飞抵舍列梅捷沃村不远处的苏联军用机场后，他从图-104飞机的舷梯上环顾四周的小树林，阴沉着脸嘟囔了一句："我们倒也该建一个英国那样的机场。"

随行的人听到了这句话，并记了下来，把它当成领导人的行动指示。很快，苏联首个国际机场就能让波音飞机和卡拉维尔飞机降落了，但是为了服务于政府代表团，还有一个重要的小细节有待解决，即确保国家一号人物的安全。

潜在的对手仍以战争相威胁，苏联不会让步，国家领导人说不定在什么地方就会遇上核战。那些潜伏在国家机关内部的美国佬，即所谓的为苏联情报部门效力的"鼹鼠"，从美国发来的消息更是火上浇油。经查明，美国人在丹佛国际机场下面，也就是世界上最大的机场下面，建了一个巨大的地堡，一旦有原子弹爆炸，可以让所有国家领导人及其家眷躲在里面。

如此一来，要在舍列梅捷沃机场下面修建地堡A，这件大事也就敲定了。正如发达社会主义国家所应该做到的那样，设施"在很短的期限内超前"建好了。

数十年来，地堡随时做好应战准备，也即所有房间都随时准备接待头面人物，一切生活保障系统和安全保障系统都定期测试，保持在最佳状态。

当然，可以设想，改革时期[①]，尤其是改革之后，这一时期数以百计的类似设施因其貌似毫无用处而被摧毁，恐不会让地堡A完好无损地保存下来，可一旦涉及到安全问题，俄罗斯的民主派领袖和他们的极权派前任一样，丝毫不敢掉以轻心，于

---

① 指1985—1991年苏联进行的改革。——译者注

是地堡犹如孑遗生物、爬行兽或其他古代爬行动物，藏匿于舍列梅捷沃新航站楼下方继续服役，其存在这一事实本身就能让人心生恐惧。

多年来，不曾有一位苏联帝国的高官造访地堡 A，幸好也没有必要。至于新俄罗斯的领导人，同样没有来过。这样一来，约书亚·科尔德就成了地堡的第一位住客，也是唯一的住客。

律师有时会在心里自问，他在 30 米深的地下究竟睡得好不好？那些昔日的幽灵有没有惊扰到他？据传，在地堡修建时有 6 个工人死在电梯井里，他们的冤魂有没有呻吟？

然而这种问题最好是一边喝着白兰地或一杯不错的红酒、一边轻松友好地聊天时发问。科尔德，似乎并不打算与任何人为友，他常常流露出一副拒人于千里之外的样子，可谓人如其姓。或许，得有什么好消息才能让他打起精神，摆脱昏沉的状态，但是律师给地堡 A 客人带来的消息未必会让他心绪转佳。

19:42

电梯停了下来，当值军官打开门，闪到一边让律师过去。

面前的走廊同样是实木墙裙装饰，地上铺着地毯以减弱脚步声。两侧的房门上是字母和数字代码，只有某些人才能看懂。昏暗的灯光透过走廊上方半球形的磨砂灯罩洒向四周。

前面还剩下最后一个岗哨，这里律师得打开公文包给安保人员看一下里面的东西。终于，律师在走廊拐角后面通过了密封门，这扇门可以将敌人或毒气隔离在外，最后在一间有“休息室”标识牌的房门前停了下来。

不知何故他不由地想到上面那些记者，他们的那种敬业精神，那副无所不知、无所不晓的专业人士所特有的犬儒心态，他们坚相信全世界都会在他们的笛音下起舞。

他们就像是一群孩子，被来自哈默尔恩的阴险狡诈的街头艺人，也即笛子的真正主人，从这里，从30多米深的地底下牵着鼻子走。正如我们从故事中了解的那样，他不仅能够自如地驭使老鼠，而且能让孩子们乖乖地紧随其后。

律师暂时将这些无用的想法和典故抛开，敲了两下房门，就推开门进去了。

“休息室”相当宽敞，内有沙发和几把椅子，一张不太大的台球桌被推到墙边，而一张长圆形的胡桃木桌子立在笨重的三头磨砂玻璃吊灯下方。一座木制台钟有节奏地嘀嗒作响，除了这嘀嗒声，地堡内一片沉寂。

约书亚·科尔德坐在桌旁，像一个勤奋用功的小学生一样，后背挺直，双手交叠放在桌子上。他脸上刮得干干净净的，只留一小撮嬉皮士胡须，他穿着套头针织衫，内搭灰色衬衫，牛仔裤，像一名全神贯注备考的大学生。科尔德右侧的那摞书更是让人加深了这种印象。律师扫了一眼书脊，有英文版的法律参考书、《圣经》、乔治·奥威尔的《1984》，还有律师上次来访时送他的陀思妥耶夫斯基的《罪与罚》等。

桌子上有一个金属托盘，放着两个杯子和几小瓶水。科尔德身后的墙面上挂着一台现代平板电视。墙角处立有一台我们已经熟悉的镰刀锤子时代的落地灯，旁边有一扇门，通往另一个房间，多半是卧室。

在整个地堡里都可以嗅到一股轻微的、难以觉察却久久不散的“冷战”气息，掺杂着潮气、铁锈味和电线烧焦的味道。休息室里散发的气息可不像地堡里那样，这里充溢着文明的气息，有咖啡、优质香水和烤面包的醇香气味。

“下午好！”律师轻声说。

科尔德抬起头，镜片后面的那双眼睛像油橄榄似的发着亮光。

“下午好，您好，”年轻人站起来同律师握了握手，他的手掌又干又硬，仿佛是用木头打磨出来的，“请坐。”

“谢谢。”律师把公文包放在地上，拉出椅子，坐到科尔德对面，“您怎么样？感觉如何？有没有什么要求和愿望？”

科尔德稍微停顿了一下，打开文件夹，从里面抽出一张写了半页的纸。

“我一切正常，”科尔德扫了一眼纸上写的东西，用平静的声音说道，“只有一个请求，就是让莫里森小姐和我每天最多见一次面，而且是在新闻发布厅，不是在这里。”

丽贝卡·莫里森[①]是披露各种丑闻的国际揭秘组织“明基解密”的全权代表，她好像是该组织创始人奥古斯托·卡桑奇[②]的女朋友。卡桑奇本人已在位于伦敦的厄瓜多尔驻英国大使馆躲避多时。他当即认定科尔德是自己志同道合的盟友。科尔德如何看待有“伟大揭秘者”之称的卡桑奇呢，我们不得而知，但显然莫里森小姐并未得到他的垂青。

律师想起来，在总统办公厅私下聊天时曾经提到，“明基解

---

① 或许暗指莎拉·哈里森。——译者注

② 或许暗指朱利安·阿桑奇。——译者注

密”以及试图抓捕卡桑奇的各种努力，都是一场深思熟虑、巧妙策划的挑拨离间活动。

“不过，还有一个问题，‘科尔德事件’究竟是怎么一回事？”他一边仔细地打量着自己对面的人，一边思忖着，“如今在信息时代，任何毁誉材料都是潘多拉盒子，究竟有什么玩意儿会从里面钻出来，谁也不知道。”

“我会转达您的请求，”律师点了下头，“还有什么？这儿吃得怎么样？”

“谢谢，餐饮完全可以接受。”

“您觉得条件如何？”

“也许，在上面我会更舒服些，”科尔德抬眼望了一下天花板说道，“但未必会更安全。”

“您不担心自己会成为下一个纳赛里？”律师问道。

“他是谁？”科尔德冷淡地问道，并未显露出好奇的神情。

“您怎么可能不知道？他的故事非常有名，迈尔汉·卡里米·纳赛里，伊朗的政治难民。他在70年代因参加反政府的政治活动和抗议活动被驱逐出境。在未获得比利时的公民身份和护照之前，他在其他国家漂泊了好多年。1986年，迈尔汉出发到英国——他的亲戚住在伦敦。但是希思罗机场却发现，这个伊朗人没有证件，要么是他把护照弄丢了，要么就是护照被偷了。英国人把迈尔汉遣返回出发机场，法国的戴高乐机场。结果发现，伊朗人回不了比利时，理由同样是没有证件，但也没有把他从法国驱逐出境的合法理由，因为各处登记均表明，他绝对是合法入境，因为入境那会儿他还有证件。他就这样滞留在戴高乐机场的中转区。您知道有多久吗？”

“不知道。”

“18年！”

“为什么比利时人不能给他开张护照副本呢？”科尔德做出一个奇怪的动作，看来是表示困惑不解，“这里有第三方蓄意为之吗？”

律师摇了摇头。

“没有，蓄意不太可能，想法不同而已。其实很简单：按照比利时的法律，办理证件时当事人必须在场，但是没有证件又不得进入比利时境内……”

“死循环？”

“正是。尽管……就这样在机场生活了9年，他不仅成了当地的名人，还几乎成为戴高乐机场中转区的一景。可迈尔汉突然接到比利时外交部的提议，根据该提议比利时准备接纳他，即便他没有证件。可是您知道吗？他……”

“拒绝了！”一丝笑意从科尔德脸上飘过，“我研究过心理学，原因很简单：名气和公众的关注度有如毒品。一旦尝过，百分之九十的人都无法放弃，会试图一次又一次地重复先前的体验。”

“对，对。”律师又点了点头，“迈尔汉直到病重以后才离开中转区，搬到机场宾馆。最搞笑的是，他最后既没有去比利时，也没有去英国，目前住在巴黎，身体也还不错。”

“侨民总是这样，哪儿过得舒服，哪儿就是家乡。”科尔德咕哝着。

“顺便说一下，史蒂文·斯皮尔伯格根据迈尔汉的故事拍了一部相当有名的电影《幸福终点站》，由汤姆·汉克斯和凯瑟琳·泽塔－琼斯主演。您难道没看过吗？”

科尔德耸了耸肩，然后又点头表示肯定。

“现在想起来了，看过。”

律师感到科尔德有些不悦，因为这十分钟以来，自己一直向这个人说一些着他可能早就知道的信息。或许，科尔德只是过于焦虑，无法集中注意力而已。

迈尔汉·纳赛里不是第一位，也远非唯一的中转区囚禁者。有一个叫扎赫拉·卡玛尔法的女人因奇特的机缘在舍列梅捷沃机场过了10个月，她也是从伊朗跑出来的。

这个苦命女人的丈夫是一名穆斯林，2006年被处死，于是她就带着两个孩子经莫斯科前往德国，期望在那里能得到庇护，然后在加拿大获准政治避难。

然而，德国官员对这个家庭的悲剧置若罔闻，又把扎赫拉·卡玛尔法遣返回俄罗斯。她们就在中转区住了下来，逃难者实际上也没有钱维持生计。扎赫拉写道：“在这里生活非常非常艰难，我们只能半夜在卫生间接水洗澡，好不让当局发现。我没有地方洗衣服，所有大门都对我们关闭。有个女警察推搡了我一下，我撞到墙上，嘴唇都流血了。我不能哭，因为我必须坚强，不能让孩子们看见我的眼泪。我得勇敢，好给他们希望，好让他们能够坚持下去，能够挺下去。”

由于不见阳光，食物匮乏，缺少维生素，过了一段时间，孩子们就病倒了。女儿得了皮肤病，儿子得了败血症。但是这个故事的结局还算不错，九个月后加拿大政府允许卡玛尔法一家入境，还给扎赫拉发了居留证。

如果说伊朗人是政治难民，那么英国人加里·彼得·奥斯汀不过是在菲律宾机场错过了转机而已，要么是因为心不在焉，要么就是由于血液里酒精含量过高。事情却难办了，因为他居然花光了所有的钱，结果滞留在距离多雾的阿尔比恩[①]一万公里远的地方。

2013年的新年他在马尼拉机场度过，然后又在那里待了23天，已成为当地一景。终于，一位飞往荷兰的旅客对可怜的奥斯汀深表同情，给他买了飞回伦敦的机票。

德国人海因茨·米勒的遭遇更像一个笑话。米勒飞到里约热内卢见自己的梦中情人，他们是在网上认识的，约好了见面，可让德国罗密欧大跌眼镜的是，他被巴西朱丽叶放了鸽子。结果海因茨身处异乡，同样也因为没有返程的机票钱。他在维拉科波斯－坎皮纳斯机场待了几天，还精神失常了，在当地精神病院住了两周才治好。

中转区的囚徒中也不乏自愿者。日本人野原广志毫无缘由地在墨西哥机场待了117天。他的机票也好，证件也罢，都完好无损，而一直关注野原的日本外交官们也随时准备给他签发新护照。记者们中间立即传出一种说法，说日本人不过是渴望成名罢了。野原的行为也让这种说法更为可信，他很乐意接受采访，一边在游客中间摆姿势，一边大声喊着："二号航站楼！"显然是在暗示斯皮尔伯格的那部电影，尽管如此也不愿意解释他在中转区做什么。

这段漂泊历险记的结局更是匪夷所思，有一天，2008年12月29日，在墨西哥机场出现了一位年轻的、名叫小雪的日本女人，直接拉起他的手，让他买票，他们就一起飞往日本了，此后再也没有人听说过有关他们的什么下文。

---

① 阿尔比恩是不列颠岛的古称，此处指英国。——译者注

20:03

在律师整理思路时，所有这些不大值得留意的事都在他的头脑中一掠而过。他要进行一场艰难的谈话，许多事都取决于这次谈话结果。

“科尔德先生，我这次没有礼物带给您，给您带来了一些消息……”律师拉开公文包，从里面掏出一个透明文件夹，“有好消息，也有一些不太好的消息。您先听哪一个？”

科尔德脸上的肌肉纹丝不动。他只是肯定地点了下头，律师却一下子就注意到他竖起了耳朵。在面部表情心理学培训课上学过的定义从记忆深处浮现出来：“耳朵竖起是见解独立和果敢的特征。同时这也是智力发达的特征，这种特征能够让人做出超常举动。”

“先说好的吧。”科尔德终于说道。

“这是您母亲写的信，”律师从公文包里拿出一个信封说道，“经由可信任的人转寄来，给您。”

科尔德扫了几眼信件内容，然后，看样子是从头读起，这一次看得很认真。终于，他把信撂到一边。

“俄方，”律师继续说道，“更确切地说，是俄联邦司法部部长，收到美国总检察长埃里克·奥尔德[①]先生发来的正式公函。这份文件可以看成美方对您提交临时避难申请的回应。奥尔德先生写道，”律师粗略地看了一下文件内容，念道，“您已被起

① 或许暗指埃里克·霍尔德。——译者注

诉，根据《美国法典》第18编第641条规定犯盗窃国家财产罪，根据《法典》同一专编第739条d款规定，涉嫌擅自传递涉及国防利益的信息，以及有意向无权限人员传递情报技术方面的机密信息，这是根据第798条a款。顺便说一下，总检察长先生坚信您本人也清楚根本无法离开俄罗斯，他有理有据地论证说，您，科尔德先生，有机会离开舍列梅捷沃机场，因为美方随时准备给您签发短期护照，条件是您要回美国，而且是直飞，'不可转机'，公函中这么说。"

科尔德笑了起来，实际上连嘴角都没咧开，仿佛是面瘫的人在笑，只有几声短促的"哼哼"。

"奥尔德先生的幽默感给您带来的乐趣我也感同身受，"律师点了下头，"那我继续，除此以外，他被授权通知，有关科尔德先生，也就是您，回到美国后的预期待遇，美国政府愿意向俄罗斯政府做出保证。"

"这指的是什么？"

律师发现科尔德一贯冷漠无情的眼睛一亮，仿佛有人告诉他赌马可能中大奖似的。

"奥尔德先生写道，他的原话是，'第一，如果科尔德先生回到美国，美国政府不会对其施以死刑。对其指控的犯罪性质不适用死刑；即使科尔德先生被指控犯有其他应当判处死刑的罪行，美国政府也不会对其施以死刑'。"

"可笑，"科尔德猛地打断律师的话，"他们想干什么？讨价还价吗？"

"请您听完，"律师温和地说，"这里还有'第二'。"

"抱歉。"

"这样，'第二，科尔德先生不会遭受酷刑。美国法律禁止用刑……’”

“畜生！”科尔德的声音颤抖了一下，他的脸色变得煞白，双拳紧握，“这帮虚伪的畜生！”

律师不再作声，等他对面的人冷静下来。科尔德的反应让人吃惊，这么长时间以来，他大概是第一次任由自己宣泄情绪。

“我可以继续吗？”律师终于问道。

“不必了，”科尔德摇了摇头，眼神望向旁边，“我知道接下来会有什么，‘我的案件不会在军事法庭上审理，我可以聘请任何律师，所有审讯过程中律师都将在场，陪审团将公开审讯，我可以向美国上诉法院对判决提起上诉’，等等等等，不是吗？”

“是，”律师点了点头，“只有一点要补充，您提交了申请，请求认定您为难民，并予以临时避难或其他形式避难，奥尔德先生在公函的结尾处指出，他做出的保证足以让您彻底丧失申请理由。”

“他们想要不惜一切代价把我弄到手。”科尔德的嘴角上扬了一下，看起来，这本应该表示冷笑，但律师却觉得这更像是痛苦的表情，“‘不会遭受酷刑’，怎么会……”

“科尔德先生，这还不是全部。”律师把信纸折好，把文件夹放回公文包，“如您所知，俄方收到公函后应予以回应，要对您的临时避难申请做出决定，或是在总检察长所做担保的基础上把您交给美方。”

“我……我明白。”科尔德摘下眼镜，用一只手捂住脸，看起来，他在用最后的力量克制着，“什么时候决定？”

“我也无法告诉您准确时间，但我想会很快。现在是莫斯科时间 20 点 24 分，清晨一切将见分晓。”

“最后一夜……”科尔德咕哝着，双肘支着头，目光落在桌面上，“最后一夜……”

“我明白，这种时候说安慰的话有点儿矫情，但还是得说，别紧张。”律师站起身来，拍了拍科尔德的肩膀，“别往坏处想，无论如何，我都会陪您走到最后，捍卫您的利益，当然，如果您不反对的话。”

“待到早上？”科尔德猛一抬头，“您留在这里陪我待到早上？”

“如果您乐意……”

“拜托，不要丢下我！我一个人太孤单……还有卡桑奇的女友，总是试图打探我掌握哪些信息。她还暗示对我有意思，您明白吗？我累了……”

“或许，您需要喝点酒？”律师问道。

“不，我几乎不喝酒，就算喝酒，现在也实在不是借助酒精麻醉自己的时候。”科尔德十指交叉，眉头紧锁地看了眼律师，“我料到您还会问什么，我对依靠药物放松神经也没兴趣。”

“那您想要什么呢？”

“聊聊天，只是聊聊天而已。不过，要是您不感兴趣，我当然也不会坚持……”

律师稍微松了松领带，靠在椅背上。

“科尔德先生，我跟您说了，不管事态如何发展，我都会一直陪着您，这是我的职责。而且请相信，我真诚地告诉您，在那些只有我才有机会碰到的特殊人群当中，您是一位非常有趣的聊天对象。”

科尔德点了点头，从托盘上拿起一小瓶水，拧开瓶盖，倒了一杯，抿了一口。

律师心想：“要是现在他突然站起来说，实际上他并不想在俄罗斯避难，而是想飞到委内瑞拉或是乌拉圭；或者他想要见一见在上面等他的那些‘枪手’，就他掌握的所有信息来一场实时播报；或者只不过说一句，‘我意识到自己的行为卑劣，叛国罪孽深重。根据美国总检察长埃里克·奥尔德做出的保证，我想回到祖国接受处罚。’要是那样，我国那些决策者该怎么办呢？”

律师知道做决定的是哪些人。他也毫不怀疑，一定会有解决办法，而或许，从国家安全和国家地缘利益的角度来看，这些解决办法是正确的。然而，在这种情况下，此时坐在他面前的这个小伙子的命运就不太妙了。这倒是被那位反对派记者言中了。“剥皮”？但愿不要知道这种行为的细节，况且科尔德对公函中酷刑部分的反应有些过激，这个“剥皮”在某种程度上可以和酷刑相提并论……

20:30

台钟响了，八点半。科尔德皱了皱眉。

“您感觉不舒服？声音太大？”

“不喜欢，当我不得不听见的时候。”

律师站起身来，打开台钟上的小门，让钟摆停下来。

“那么您想聊些什么呢，科尔德先生？”

“聊什么？不知道……全部。更确切地说，要聊很多东西。我现在处在十字路口，河流分岔口，对我来说……重要的是，要弄明白发生了什么事。我怎么了？世界怎么了？不管这听上去有多么荒唐。”

“您得说出来，”律师点了下头，“也好，这太好了。对我们律师来说，愿意和我们沟通的委托人总比闷不吭声的人要好。您知道吗，我不喜欢美国律师用的流行词‘客户’，这个词总是让我想起一部苏联老喜剧片中的台词，‘客户成熟了’。这是什么意思？嗯，说来话长。不过，这与我们的案子无关。要是我打开录音的话，您不反对吧？录音在以后工作中会用得着。”

科尔德微微一笑，这次是真的在笑，他用手指了一下房间四周，似乎是指给律师看一些看不见的东西。

“当然，打开吧！至少您是公开这么做的。”

他等到律师掏出手机才接着说道：

“您问我想从哪儿讲起，或许，从老鼠吧。”

“从哪儿？”律师很惊讶。

“从老鼠讲起。老鼠，这种小野兽，啮齿类动物。灰色的脊背、贼溜溜的眼睛、光秃秃的尾巴，您知道吧？它们是杂食性动物，能够钻到任何地方，自古以来就与人类为邻。这样更踏实、更可靠，因为更容易吃饱。老鼠天生就是利己主义者，只想着自己的幸福和享乐。要是在偏远的森林、枯萎的草原，以及某些完全不敢恭维的冻土带，老鼠就不是在过日子，而只是将就着活下来，老鼠可不喜欢这样。您在录吗？”

“没有。”律师摇了摇头，“这就打开。”

“不必了。这只不过是序言、序曲。过会儿，我跟您说，您再打开录音，现在用不着。嗯，这样，还是讲老鼠。古罗马人在毁灭文明方面是行家，他们给老鼠起了一个很短的名字 rattus。顺便说一下，与普遍的看法相反，它与 pirata[①] 这个拉丁

① 拉丁语，意为“海盗”。——译者注

单词可是毫无关系，尽管看起来像是谐音词，意义上也相近。不过，我跑题了……

“暖和的地窖，美味的残羹冷炙，黑暗，寂静，人类城市变成了老鼠的乐园。那些特别宽容的人称之为‘共生’，正常人则称之为‘寄生’，但是，说实在的，两者都非常瞧不起这种尾巴没毛的啮齿类动物。有老鼠就有老鼠吧，也没有像往昔那样传播黑死病，倒也算了。

“但是有种人一出现，一切就都改变了，那就是捕鼠者。谁也不知道他是谁，他在哪里。谁也没见过他。嗯，或者说几乎没人见过他。然而他却是有形的，可触摸到的，物质性的。一方面，他像时间一样，他的存在不取决于我们对他的认识；另一方面，我们人类可以看到他的行动结果，凭经验打捕鼠者的主意，拿他当借口制造各种各样的阴谋论。

“但是趁着我们还在制造阴谋论，捕鼠者拿起了笛子。捕鼠者开始吹了……

“他的笛声到目前为止只有老鼠听得见。可以称其为魔法、神经语言编程或精准计算法，但是，老鼠们一听见捕鼠者的笛声，就改变行为了。它们把日常琐事、杂事和消遣都放下，开始啃咬起来……

“‘咯吱—咯吱—咯吱！’这并不是身着灰色衬衫、脚蹬铁掌皮靴的红脸小伙子们走在鹅卵石路上的声音[①]。这是数十把，有时多达上万把黄澄澄的大刀刺入基础和准则，刺入历史和文化、家庭和生活方式、信仰和传统、文学和音乐、建筑和绘画，刺入语言，刺入教育，刺入民族记忆的声音。所有这一切

① 出自小说《上帝难为》。——译者注

都变成废物、垃圾、渣滓、尘土和灰烬。

“老鼠们咬啊咬啊！行为准则和基础被颠覆，英雄的桂冠丧失，功勋殆尽。

“老鼠们咬啊咬啊！！！白的变成黑的，黑的变成白的，一切都从里到外颠倒了，重新剪裁，改头换面，简单的东西变得复杂了，复杂的东西干脆就被摧毁了。真相被谎言替代。真理淹没了……不，不是淹没在过失中，而是淹没在连篇谎话中。

“老鼠们咬啊咬啊！！！一切都被磨平了，捻碎了，碎成细末了。在广播里，在电视上，在印刷媒体和虚拟媒体的页面上，在博客和微博上，老鼠无所不在。

“‘咯吱—咯吱—咯吱！咯吱—咯吱—咯吱！’和着魔笛的节拍。‘越坏越好！’这就是老鼠们的口号，抑或是捕鼠者的口号？

“不过，最后这都不重要了。有一天，看似固若金汤、不可攻克的文明城堡，经老鼠们的啃噬，突然间开始摇晃起来，接着就出现裂缝，渐渐塌陷，也不再是要塞和堡垒了。

“城墙塔楼不断坍塌，扶壁变成碎石瓦砾，城门化为尘土。那时爬进豁口和窟窿的已然不是老鼠，而是真正的窃贼、贪得无厌者和饿汉，而尾随其后的是那些夜间清道夫，为数众多，且相当危险。

“对外来造访者而言，最容易到手的第一拨战利品恰恰是老鼠。老鼠们因啃噬而筋疲力尽、疲惫不堪，但仍一如既往地受到捕鼠者魔乐的蛊惑，未能认清现实。它们被活活地吞食掉，可是它们还在啃噬城墙，啃啊啃啊，直到最后一只老鼠，而那些城墙即使不再啃噬也已腐朽不堪，而且没人再用得着了。

“但是捕鼠者仍不罢休，因为在老鼠后面向来轮到孩子们登场了。

“在灰烬中，在空地和荒地上，在墓碑和被推倒的雕像中间，孩子们在捕鼠者笛声的伴奏下跳着野蛮的舞蹈。而四周，漆黑一片，窃贼和清道夫们绕来转去。他们时不时地扑向那些跳舞的孩子，在黑暗中拖走因恐惧而号叫的战利品，但是其他人却听不见这号叫声，因为只有捕鼠者的笛声在他们耳边萦绕。

“当废墟上空无一人时，既没有孩子，也没有老鼠，捕鼠者人生的最后乐章就奏响了，捕鼠者的时代终结了。旷野上杂草丛生，沙土盖住了大理石台阶。曾几何时，这里生机勃勃，电线嗡嗡低鸣，银灰色的管线隆隆作响，如今风在光秃秃的树枝间呼啸，野狗们在游荡。这就是在您打开录音之前，我想要对您说的。”

科尔德早就已经在房间里踱来踱去，他挥了挥双手，结束讲话。律师望着科尔德，即便谈不上震惊，也感到相当愕然。

科尔德平日脸色苍白，这会儿却满脸通红，鼻翼颤动，目光如炬。他看到律师的眼神，只是露出坦率的笑容，回到自己的椅子上坐好，然后乐呵呵地挥了下手。

“打开吧，快！”

律师若有所思地在手里转动着智能手机，他自己都没料到会突然想起布罗茨基的诗，是《致罗马友人书》中的一段：

就算是真的，波斯图穆斯，鸡不是鸟，
但你感受到了鸡脑袋的痛苦。
如果注定要出生在帝国，
就最好在海边偏远的外省落户。

远离恺撒，远离暴风雪。
无须溜须拍马，无须胆怯和慌乱。
你说所有的总督都是小偷？
但我觉得小偷比吸血鬼可爱。

这时，科尔德慌乱起来，他的眼中再次闪过某种困苦、烦闷和注定难免一死的神色。但已退无可退，录音开始了。

录音 1

童年我是在北卡罗莱纳州度过的。我在伊利莎白城出生，后来我家搬到了威尔明顿，开普顿－菲尔河在那里汇入大西洋。那里还有一个海角，叫作恐怖角，古时以黑胡子蒂奇为首的海盗曾在这一带的某个地方出没。

这里有美丽的海岸，广阔的沙滩、沙丘，各种各样的疗养所和度假酒店。如果您看过斯科塞斯执导的电影《恐怖角》，那么您就可以想象出来，我说的是什么。总之，海角并非因电影得名。16 世纪英国的航海家、海盗理查德·格伦维尔——在我看来，那时航海家和海盗是一回事，他是弗朗西斯·德雷克的朋友兼同伙，差点儿在此与船同归于尽。后来，我父亲跟我讲，我们这块地方叫作“大西洋船只的小墓园”。这里船只极容易搁浅，那个年代，水手只能凭借指南针、太阳和星星判定方位，船只一批又一批地在此沉没，所以我们美丽的海滩叫作“骷髅之岸”倒是更名副其实。

北卡罗莱纳州总的来说挺值得一看，您可能不了解，这里发生了很多事件，后来都载入史册了。譬如，这里差点儿爆发哈米吉多顿核战争。我是在情报机构工作时才知道的，这条信息曾严加保密，但目前已对所有人公开。

我知道，居然有人会出于这种理由为自己渺小的家乡感到自豪，这实在是令人诧异，但是要明白，比方说，较之于欧洲的——法国的和英国的爱国主义，美国的爱国主义在性质上略有不同。

如果说那些意大利人会为某样东西感到自豪的话，那一定与他们当地一个叫“快活的意大利佬”的小餐馆有关，那里有个留小胡子的乔万尼会做一种美味无比的比萨，里面有一种美味无比的奶酪。

为什么呢？在“快活的意大利佬”餐馆附近，在地下 40 英尺深的地方全是神圣的文物，因为教皇利奥十世博尔吉亚曾下榻在对面的房子里，而且不止一次；莱奥纳多·达芬奇曾在钟楼上作画；汉尼拔的大象曾在大路上行走。

但对于当地人而言，所有这些都不是引以为傲的理由，而是理所当然的东西，他们吸引游客来此，就像花儿吸引蜜蜂一样，但是要有蜜蜂得先有花蜜，而这时登上舞台的就是留小胡子的乔万尼和他的比萨。

而在我们美国，不仅在北卡罗莱纳州，几乎在所有的州，在最好的情况下从文化土壤里能够发现的也不过是阿帕切人的火堆遗留下来的木炭而已，就连这个也是 18 世纪才勘测出来的。说实在的，我们如同移居到另一个星球的居民，在我们之前那里实际上不曾有过人类历史，只有火星人的历史，含混不清且经不起推敲的历史。

或许，倘若上帝换一种方式创造，让玛雅金字塔伫立在华盛顿，让马丘比丘位于波士顿，那么我们就会略有不同，但是我们的祖先只有五个“文明化部族”，其余都是野蛮人。的确，他们或许不是嗜血的魔鬼，现在只要愿意，谁都可以这样描绘他们，但终究也还是野蛮人。

然而，为了公平起见，就连这些印第安人的文明史，我们也将其打造成祭礼之物了。白人小男孩和小女孩拿着塑料战斧到处跑，他们身穿印第安人酋长的节日盛装，独立日这一天在公园里拉弓打靶，靶子被弄成美洲狮和野牛的模样。

当然，在我们这片历史上如此贫瘠的土地上，每个州，每个郡，每个区都一直在寻找着什么，哪怕能挂个莫须有的招牌也成，然后骄傲地宣称：“那里，看啊，我们也是世界历史进程的一部分！”

这就是为什么在我们国家“五月花”“萨勒姆女巫”“十三个殖民地”“波士顿倾茶事件”等会成为象征并受人景仰。而特伦顿、普林斯顿、约克城、萨拉托加获得的殊荣并不少于欧洲的滑铁卢和奥斯特里茨。

当然，有时这些引以为傲的理由滑稽可笑，在美国腹地您会发现有很多博物馆，诸如“最大的桃麻绳”“最大的不粘锅”纪念碑，还有当地猎人约翰·史密斯的故居，他杀死了地球上最大的海狸。

然而，北卡罗莱纳州的哈米吉多顿和这种乡野风情可不沾边。它绝对真实，真实得可怕。

这里说的是所谓的“戈尔兹伯勒灾难”，或“戈尔兹伯勒事故”。事件发生在 1961 年 1 月 23 日，这个日子我会记住一辈子，这得归功于我父亲，有一次他说：

“乔希[①]，我们州所有居民都应该把这一天当作自己的第二个生日，或许，这个生日更重要。”

我父亲不会平白无故这么说，他不是那种人，正因为如此，1 月 23 日让我永远铭记在心。

1961 年还处于艰难时代。这一年，中情局组织反对派侵袭古巴卡斯特罗的政权，结果以惨败告终。一年后爆发了加勒比海危机，而此时，美国和苏联，如记者们所言，“铆足了劲”，准备迎接第三次世界大战。

那时载有核武器的 B–52 轰炸机老是沿着东海岸飞来飞去。一旦发生武装冲突，或是苏联战舰发动攻击，这些轰炸机就会在远离美国国土的大洋中击毁它们。

我读过桑迪亚国家核试验室工作人员帕克・琼斯写的机密报告，他是核武器安全使用保障部的领导。报告是根据此次事件的彻查结果写的。其中指出，“我们所有人，我指的是美国，奇迹般地躲过了一场‘滔天之祸’”。

起初，没有任何大难临头的征兆，B–52 从戈尔兹伯勒近旁的西摩・约翰逊基地起飞，完成环海巡飞，返回到折返点准备进行空中加油。当时机上载有两枚马克 39 型氢弹，每枚威力为 400 万吨级。

巡飞后疲惫不堪的机组人员在加油时操作不当，致使巨大的轰炸机失控，最终 B–52 的机翼脱落，接着高速飞行的轰炸机就解体了。就这样，8 个机组人员中 3 人死亡，5 人侥幸用上了降落伞。

轰炸机解体后两枚氢弹从隔舱掉下来，冲向地面。一枚掉

---

① 约书亚的爱称。——译者注

在法罗居民点的旷地上，没有伤及任何人，而另一枚的引爆装置却启动了。

氢弹用降落伞打开了，幸存下来的飞行员看到后开始祈祷，他们确信，过一会儿就要爆炸了。

帕克·琼斯在报告中指出，在轰炸机发生事故时，想必是由于震荡，四个保险装置中有三个失效。炸弹落在近郊一家农场旁边，在炸弹触及地面的那一瞬间，炸弹的雷管已触发，爆炸过程实际上也已启动。但最后一个，也就是第四个保险，所谓的低压开关，拯救了上百万居民。

可以想象当地居民会是什么样的感受，他们亲眼目睹 B-52 解体，接着挂在降落伞上的炸弹就俯冲下来。那时举国上下一片恐慌，歇斯底里，大家都担心苏联进攻，担心核战爆发。人们挖防空洞，储备武器、生活必需品，以及可以长期储存的食品。人们关于核战的后果知之甚少，很多人寄希望于跑进森林，跑到那些难以到达的地区，以为那样就能活下来。

或许，看到降落伞上的氢弹，农场主会把它当成俄国人开始入侵的“先兆”。或许，他们想过，要召集亲朋好友，甚至可能带上牲畜，前往深山老林。他们可能都不曾料到，一旦引发核爆，他们就算是坐赛车，也躲不过爆炸冲击波。

氢弹“马克 39 型”，威力不及苏联的 AH602“沙皇炸弹”，赫鲁晓夫曾经倚仗它威胁全世界。“沙皇炸弹”的威力是 58 兆吨级，而“马克 39 型”不过才 4 兆吨级，但即便如此，其威力也比 1945 年毁灭广岛的核弹高出 200 倍之多。

倘若落在北卡罗莱纳州农场近旁的“马克 39 型”爆炸的话，那么被毁的不仅仅是附近众多的村庄和城市，还将波及华盛顿、巴尔的摩、费城，甚至就连遥远的纽约也难逃此劫。据报告作者估计，仅死亡人数就将超过百万，如果加上伤者和辐射受害者，那涉及的将是数以千万计的受害者。

当然，有关此次事件的所有信息立即被封锁。即便如此，尽管防止雷管意外触发的保险系统并不靠谱，“马克 39 型”又服役了五年。这是因为，我说过，我国那时实在是没有其他威力强大的核弹了。

不过，这一切都早在我出生之前就已发生，现在已是相当久远的历史。

由于威尔明顿位于两河之间，而这两条河又都汇入海湾，因此这里有很多支流、岛屿、运河和码头。从我们家房子的窗户往外看，尤其是从二楼，总是能看到在开普顿－菲尔河上航行的船只，它们老是提醒我，在这个世界上一切都在变化，都在运动，没有什么亘古不变的东西，除了时间，如我所言，它的存在与我们对它的认识无关。

我非常喜欢我们家的房子以及周遭的一切，总之我是想让您知道，美国是一个很棒的国家，我从未背叛它。相反，背叛它的是用人肉喂养章鱼的那些人。或许，我讲得有点儿颠三倒四，但是以后您就会懂了，现在我还是先回到童年再说。

记得有这样一件事，我那时也就八九岁，我们那里下雪了，在北卡罗莱纳州，雪并非冬天的常客，可那一次雪下得非常大，简直都成雪堆了，真正的雪堆，像加拿大那样的。大家自然都很高兴，不论是孩子还是大人，整个城镇都沉浸在喜悦当中，似乎另一个圣诞节不期而至，更何况还赶上周日这一天。

父亲那天休息，我们就全都跑到院子里打起雪仗来。我们不只是互掷雪球，而是假装成帕劳群岛之战中贝里琉岛乌穆尔伯劳皋山上的一次突击。

父亲经常向我讲起二战中的这场战役，他说他的大伯曾参战，他总是引用海军中将谢尔曼（不是打垮同盟军的那位，而是另一位）的话，这些话他早在中学就背会了：“高地陡峭的山坡上满是各种怪异的倒刺和尖棒，洞穴密集如网，彼此相通。敌人对地形地物的利用已达到登峰造极的地步，构筑起强大的防御工事，美国海军陆战队到现在也未能攻下阵地。部队在迷宫般的山崖上寸步难移，行进艰难，已经过去一周多了。”

成千上万的美国人在这些岛屿上阵亡，因为日本人在那里构筑了真正的防御区，他们挖通坑道，掏空山岩，把洞穴改造成掩体，各处都架设起大炮和机枪，总之有如抵御天启军队进攻那般备战。然而我们的海军陆战队还是端了这些日本武士的洞穴和窝点，在乌穆尔伯劳皋山的山顶上竖起了美国国旗。

一台老旧卡车充当乌穆尔伯劳皋山，里面堆满了雪。父亲钻进车厢，一个人扮演所有日本人，而我们——妈妈、我和朱迪思扮演我国的海军陆战队，从三个方向进攻。这简直太酷了，我甚至还有一面旗帜，准备插在山顶上，真正的美国国旗，只是不太大。

那天空中飘着雪花，大家浑身上下都是雪，我的身上已经没有一块干的地方，其他人也是如此。我们花了很长时间试图攻入车厢，可是我们怎么都无法靠近，父亲站在车厢上一次又一次击退我们，就像多手湿婆神一样，他还哈哈大笑，是那种令人憎恶的日本武士的笑声。

但后来他还是给机会让我们靠近了一些，在近身战斗中我们向他投掷雪球，把他摁在雪堆里，然后我就庄严地把美国国旗插在了卡车车顶上。我们唱起国歌，父亲从雪堆里钻出来，也跟着我们一起唱。

后来我号啕大哭。我简直有点歇斯底里，哭到浑身抽搐，妈妈吹了吹我的脸，朱迪思用水浇我的头。

大家都以为，我哭是由于在战斗中父亲的雪球打中了我的鼻子。当时鼻子都流血了，但是我勇敢地挺住了，父亲甚至还说，我是真正的士兵，不次于帕劳之战的英雄们，而且他很骄傲他有这样的儿子。

实际上我哭完全是另有原因，要知道如果不是父亲让着我们，我们永远也不可能占领卡车，把旗插在车顶上。这么一来，在我们的版本里，实际上帕劳之战的获胜者不是美国，而是日本。当时这个想法对我来说简直难以想象，甚至是无法容忍的。

总的来说我无法想象，如果一国战败，国土被侵占，丧失了独立地位，那么其国民会是什么样的感受。作为一个战败国的公民，这意味着自己注定要苟且偷生，成为一名局外人，而且一时半会儿也没有办法扭转局势。

从小学起学校就这样教导我们：在体育运动中，即使你或你们队失败了，也总是有机会积聚力量，重拾信心，握紧拳头，取得成绩，获得胜利。争当成功人士，争当胜利者，这是人生最重要的事，只有这样，人才能够成为自己命运的主人。

我常常为此感谢上帝，我生在美国这样一个富裕、幸福和世界上最顺遂的国家。当然，我热爱自己的祖国，这绝对不是一时慷慨激昂，说实在的，我甚至不能理解，怎么可能不这样，当我发现其他国家有鄙视自己祖国的人，我感到非常诧异。

上帝让人在生活中自由选择，但有三样东西，它们是上天给的，那就是国家、家庭和民族。它们是不可以选择的，这是上帝的选择，而且无论他做出何种选择，人们都应该引以为傲。唯有如此，才能够安定且有创造性地生活和工作。

两百多年来，正是依靠辛勤劳作我们才把几小片定居点变成地球上最强大的国家。

劳动、金钱和资本是自由的基础，只有富人才是真正自由的。可怜的逃亡者、穷苦的弃儿，其灵魂一文不值，永远都是奴隶。清教徒先民的信仰告诉他们："为了拥有自己的家园，并成为家园的主人，劳动吧，创造吧，奋斗吧！"他们相信了，他们努力了，他们奋斗了。我也心向往之。

美国人基本上都是移民，其中不少人都是奔着更好的生活去的。但是真正的美国人恰恰是那些辛勤劳作，相信自由并愿意为之付出任何代价的人。

当然，如果想一想，一切也都合情合理，也符合成功算式，有进取心的人奔向成功和昌盛的灯塔，犹如飞蛾扑向灯光那般。

不管怎么说，美国的成长和发展都是我们这个星球上罕见的、甚至独一无二的现象。再说一遍，我是想让您知道，我骄傲，因为我是美国人；我骄傲，因为我有幸为把我们的祖国变成一个更自由、更幸福的国家而奋斗。

在我孩提时代，我们家经常响起埃尔维斯－普雷斯利的歌——《美丽的美国》。歌词让我永生难忘：

美哉！广袤的天空，
琥珀色的麦浪，
巍巍群山
耸立在富饶的原野上。

美利坚！美利坚！
上帝赐你荣耀尊贵，
赐你冠冕，还有良朋
从此岸到辉煌的彼岸。

美哉！朝圣者们的脚步，
凛然不惧，慷慨激昂，
穿越荒野，
奔向自由。

美利坚！美利坚！
上帝修补你的每一处缺陷，
用自我控制巩固你的灵魂，
用律法确保自由。

美哉！英雄们业已证明，
在自由之战中
他们爱国家超过爱自己，
悲悯胜于生命。

美利坚！美利坚！
上帝像提炼黄金一样锤炼你，
直到所有的成功都高贵无比，
每一次收获都神圣非凡。

美哉！爱国者的梦想

超越了岁月，
你的大理石之城
因人类的泪水而熠熠生辉。

美利坚！美利坚！
上帝赐你荣耀尊贵，
赐你冠冕，还有良朋
从此岸到辉煌的彼岸。

我完全同意歌词里说的。好了，这方面大概说得够多了。

我幼年时期的第一位朋友——或许是我唯一的朋友——叫罗恩·斯托特，我们当时住在伊利莎白城，那里的人谁也不叫他的姓和名，都叫他“铁臂”，他可绝对不是印第安人。尽管，据说以前在北卡罗莱纳州这种人可不少。

只不过罗恩的父亲是一位汽车机械工，更确切地说，是一家加油站旁的汽车修理厂老板，您知道吗？就是那种普普通通的加油站，门口挂着“Shell”的大横幅，就在那里，他有一个很大的铁皮板棚，里面堆满了各种各样的机器、设备和工具。所以罗恩从很小的时候就泡在里面，捣鼓这些铁家伙，总是拧啊，钻啊，焊啊，铆啊。瞧，有一天他给自己做了一只铁臂，就像老电影《终结者》里的那样，然后戴着它来到教堂，在那里把副市长的西装撕破了，因为衣服被钩住了。从那以后大家就给罗恩起了“铁臂”的绰号。

我和他早在上学以前就很要好。嗯，是怎么交上朋友的呢……就是在博伊德小姐的照看下，一起坐在儿童游乐场的沙盘里的时候，那时我们不把“老星系”空中卡车给胖子麦克弗林玩。后来麦克弗林家的其他孩子也过来了，他们一共 3 个人，把卡车抢走了，还往我们脸上扬沙子，总是这样。

再后来，上小学了，我们总是形影不离，去哪儿都是一起，早餐也分着吃。我们一起玩，甚至还一起钻过未封闭的旧设备井，我俩就是这种交情。

当伊拉克战争爆发时，第一次战争，也就是“沙漠风暴”那次，罗恩的父亲在汽车修理厂的入口处挂了一幅标语，上面写着“不向军国主义分子提供服务”。

我记得，我父亲大发脾气，他的朋友们也是如此。他们觉得，“乔治老头儿”做什么都对，哦，他们这样称呼老布什总统，萨达姆与“赤色分子”结交，并且进攻小小的科威特，就得狠狠地揍他一顿。总之，“美国的子民们，冲啊！”

有一天我老爹和罗恩的父亲两个人在街上就为了这个很激烈地争论起来。我父亲喊着，美国人不能忤逆自己的总统，否则他就不是美国人，而是令人鄙视的离经叛道者和吃里扒外的家伙。而罗恩的父亲大声说道，一切都是石油惹的祸，而我父亲那样的人都被电视上那些喋喋不休的家伙给洗脑了。

后来修理厂突然着起火来，而罗恩还在那里。警察说，他在里面做什么东西呢，或许，做新的“铁臂”，所以没能跑出来，吸入大量浓烟，昏了过去，接着屋顶塌了，只找到了骨头。

此后他家就搬走了，这件事发生后不久，由于我父亲工作调动，我们家也从伊利莎白城搬到威尔明顿去了，但在那里我已经没有朋友，只有熟人。

或许，在我童年时期交往的人当中，嗯，除了父母，最有趣的人就是斯坦福先生，他是我们中学的历史老师，高高的个子，花白的头发，圣诞老人似的红脸蛋儿，脖子上皮松肉弛，几乎一成不变的条纹夹克的翻领上永远是一成不变的美国国旗。他总是和我们一起玩，召集组织某些选修小组，带领我们四处参观，给我们讲讲故事。

一天他领着我们一行人，大约 30 个孩子，去“北卡罗莱纳”参观。这是艘战列舰的名字，自上世纪 60 年代起就停靠在威尔明顿码头了。我们私下里简称它为“大船”，是的，就是大写字母开头。“在大船对面见啊”，大家都明白指的是哪个地方。

总之，“北卡罗莱纳”号当然是让人印象深刻的建造物。小时候我觉得它的长度不少于 1000 米，钢制桅杆的高度超过纽约的摩天大楼。后来我专门查阅了这艘战列舰的性能，原来其长度为 222 米，这也不小，您说是吗？我还记得巨型大炮，简直大得不可思议，炮筒里就连成年人爬进去也绰绰有余。

战列舰上有一个博物馆，斯坦福先生领我们去那里，是为了给我们讲“北卡罗莱纳”号的辉煌之路。这艘钢铁建造的大家伙于 1942 年完工，上千人曾在此服役。战争爆发了，日本袭击我国，他们的飞机一直轰炸我们的港口和城市，他们的军队占领了大平洋上所有的岛屿，而且已经悄然逼近我国的加利福尼亚和波特兰。当时罗斯福领导下的全体美国人民团结在一起，大家都喊着：“我们可以！”接着就开始建造新的舰船和飞机。

“北卡罗莱纳”号和其他大型舰船、战舰和航空母舰驶入太平洋，开始攻击日本的军事基地和舰船，登陆解放一座座城市和岛屿。

我现在说的都是我记住的童年往事，斯坦福先生讲得津津有味、绘声绘色，他挥舞双手，像演员一样时而饰演睿智的罗斯福总统，时而扮演嗜杀成性的日本人，时而又扮演我们勇敢无畏的海军军人，他们驾驶着自己的舰船穿过枪林弹雨和重重浓雾迎敌而上。

总之，“北卡罗莱纳”号战舰与“企业”号航空母舰和“萨拉托加”号航空母舰一路打啊打啊，但却被日本“伊 15 型”潜艇发射的鱼雷击中。只有两名水兵牺牲，但是战列舰的前部连同主炮塔受到重创，无法继续参加军事行动，于是开往珍珠港维修。后来，修好以后，“北卡罗莱纳”号又屡次征战，开到了日本，开到了冲绳岛，这个就没什么意思了。

最有意思的是这些牺牲的水兵，因为他们变成了幽灵。

斯坦福先生总是在底舱里，在舰首炮塔下面阴森可怕的地方讲这段故事，而且他说话的腔调让一些女生吓得都尖叫了起来。

第一次在战列舰上看到幽灵是在 1961 年，当时我们州政府募集资金从海军那里认购下这艘舰，把它开回威尔明顿，并将其打造成博物馆。

从那时起还不到一年时间，就有人用照相机在某处走廊或通道拍到人影。呻吟声和拖长的哭号声也不止一次被录音机录下来。而且如果您愿意，只要在博物馆售票处花上 25 美分就可以听到录音。

所有这些我都记得一字不差、清清楚楚，因为一般对于外界输入的信息，可以这么说，对于任何信息，我都有着非凡的记忆力。在伊利莎白城大家甚至把我叫作奇才。

有一天我跟人打赌背诵 12 页《路加福音》，当我背给人家听的时候，我一次都没出错。我到现在也能复述下来。

话题还是回到博物馆吧。一谈到幽灵，斯坦福先生就彻底变样了，变成了地狱里的某种生物。他时而压低声音，令人不安地细声耳语，时而大声号叫，仿佛遭到抢劫似的，还做出吓人的表情，龇牙咧嘴，像爵士乐手 B.B. 金那样。

“北卡罗莱纳”号上倒霉的水手很快就被讲述人放弃，随即登场的是欧洲幽灵、坎特维尔的幽灵、白衣女人、塞勒姆女巫、印第安酋长的鬼魂和萨满。

或许，如果斯坦福先生不当教师的话，他会变成一名传教士或商人。这种人可以说服任何人相信任何事，或是买任何东西。

顺便说一下，印第安人是斯坦福先生继幽灵之后第二个喜欢谈论的话题。他熟悉我们州的开发史和印第安人战争，结果切诺基、克柔投安（他们抢走了罗阿诺克岛上的殖民地）、马斯科吉、芝加哥等部落以及其他“红皮肤魔鬼”，最终迁徙到密西西比河那边的印第安领地。而我们，所谓的文明人，最终过上了正常、安宁和幸福的生活。

斯坦福先生给我们这些中学生描绘印第安人时总是不吝唇舌，我们的先民是怎样给印第安人带来了文明之光，可他们却对我饱受苦难之先民犯下可怕的暴行。我们的祖先在东海岸出现以后，除了把印第安人彻彻底底地歼灭掉以外，他们的存在毫无意义。

罗阿诺克岛殖民地的悲惨历史就是一个最好的证明。被害殖民者在树干上刻下“Cro”几个字母，直截了当地指明，他们的死是克柔投安造成的。克柔投安是涂满黑白油彩的、残酷无情的杀人犯。不过，其他一些部落也好不到哪里，他们埋伏杀戮，袭击农场，烧毁房屋，屠杀强奸，剥下带发的头皮。

荣耀属于我们伟大英勇、宽宏大量的先民，他们能够驯服这些该死的魔鬼，击落他们手里的战斧，然后人道地让他们移居到不会对任何人造成威胁的地方。例如，去俄克拉荷马州。

多年以后，我看完多里斯·狄布朗的纪实文学《魂断伤膝河》（印第安人讲述的美国西部史），从中了解到印第安人的真正历史，这才明白，斯坦福先生说谎了。他是故意说谎的，经过深思熟虑的，因为错成那样简直不大可能。当然，这是“给孩子们听的谎言”，因为真相我们的确理解不了。

稍后我或许还会回到印第安人这个话题，关于其他方面的，现在我想说一说切诺基人，因为它是五大文明化部族之一，我总觉得该部族是“真正的美国”的一小部分，应该在今日的美国有一席之地。

你看，这些切诺基人，他们不知怎么竟然能建立起一个国家，国家不大，但却是真正意义上的国家，即“切诺基领土”，有自己的议会部落委员会、宪法、自己的法典，以及全民选举出来的总统，他们称之为“大酋长”。

到了18世纪末，他们已经人人都是基督徒，过着定居生活，住在木屋里，经营很大的种植园，饲养牲畜，拥有切诺基奴隶，简而言之，他们和白人邻居毫无二致。

时间越长，他们的摊子铺得越大，切诺基人第一个在美洲大陆上创建了免费院校网络，包括30多所学校，这个院校网络的会长叫塞阔雅，其英文名字叫乔治·盖斯，他发明了切诺基的专用字母，甚至还用这种语言出版了切诺基报纸《切诺基凤凰报》。

印第安人的报纸，您明白吗？或许，如果回想起斯坦福先生说的，就会以为报纸上会讨论剥下带发头皮和切除白人心脏的手法……

我们的祖先无法容忍和切诺基人竞争。文明化的印第安人对新生国家的存在造成威胁，这个国家可是不久前才获得独立的。

这一切于1838年结束，当时根据《印第安人迁移法案》，切诺基人沿着“血泪之路”抵达新的故乡，也就是俄克拉荷马州的荒漠山谷。一路上由于寒冷、饥饿和疾病，部落里的人死了一半。

有趣的是，随切诺基人迁移到印第安领地的还有切诺基奴隶，甚至还有一部分在“切诺基领地”生活过的白人。于是原本属于部族的土地，当然也就顺理成章地落到我们祖先的手里，他们也终于可以松口气了。

或许，这里还得再讲两句关于剥头皮的事，要知道从敌人头上剥下带发头皮，这可被看作是十足的印第安暴行。我专门查阅过，原来压根儿就没有这种事。

剥头皮早在古代斯基泰人那里就有过，他们还把从敌人头上剥下来的一块三角形头皮挂在自己的马缰绳上。缰绳上的这种头皮穗子越多，其主人就越受敬重。

无论是盎格鲁－撒克逊人，还是哥特人、法兰克人，他们在黑暗时代都剥过头皮，这在不同的编年史中都有记载，例如，多米尼克·厄玛奴耳神父在9世纪就写过这方面的书。

于是，在后来的美利坚合众国境内爆发独立战争时，英国任命的副总督亨利·汉密尔顿宣称，任何杀死美国移民的人都会领到钱。如何确定杀死了，且杀死的恰恰是白人呢？一切都太绝妙了，即使这与暴行有关，那就是从头上切下来一块带一绺头发的头皮，以此来确定。

很快汉密尔顿就在猎人和印第安人中间得到一个绰号，叫

“头发收购者将军”。剥下带发头皮原来是一种汇报杀死敌人数目的简便方法，无论在与印第安人进行开疆拓土之战期间，还是在大平原屠杀红皮肤人的时候，我们文明的祖先们正是根据带发头皮计数的。成千上万的带发头皮，男人的、女人的、孩子的……

但是这一切我都是很久以后，大学毕业后才知道的，而在童年时期斯坦福先生可是我的真正偶像。老子说得对：“信言不美，美言不信。善者不辩，辩者不善。”不过就威望来说，在我眼里斯坦福先生曾几何时与父亲和普瑞丝特姑妈不相上下。

见鬼，我居然把她忘得一干二净！我们住在伊利莎白城的时候，我很喜欢去普瑞丝特姑妈那里做客。

她不是我的亲姑妈，甚至就连亲戚都不是。只不过我爷爷，也就是我父亲的父亲，曾雇她当仆人，偏巧，普瑞丝特姑妈救了他和全家人的命。

是这样，有一天夜里她发现两个潜进我家的劫匪，就叫了警察。强盗被抓住了，原来竟然是两个号称“黑色恶魔”的冷面杀手，已经让东海岸四个州约 30 人送了命。

他们总是在夜里潜入人家，用带有消音器的手枪杀死房子里所有的人，再沉着冷静地拿走所有值钱的东西，赶在天亮前溜走。还要不要提一下呢，这些“恶魔”之所以被叫作“黑色的”，是因为他俩都是非裔美国人。

总之，普瑞丝特姑妈得到了警察的表彰和州长的奖励，还有我们家老爷子给的一大笔钱。

此后她在我们家又工作了很长时间，当她年纪大了，而且我们家的条件也没那么好了，她就开始和我们毗邻而居。我和姐姐朱迪思经常去看望老太太，她总是用姜饼和茶招待我们，

“像在英国那样”。

总的说来，普瑞丝特姑妈喜欢英国的一切，除了电影。她喜欢看美国电影，而且是老片子，黑白的那种。她有一个很大的录像带播放机，那种型号似乎叫作 VHS，还有一个电视机，也是旧的，显像管的，还是光滑的木制外壳和凸面屏幕。

她经常给我们播放她收藏的那些电影，我们喝着茶，两条腿在桌子底下悠来荡去。那些电影基本上都是喜剧，关于一个留着一撮小胡子，步态可笑的人。他叫流浪汉，他总是陷入各种各样的尴尬境地，我和朱迪思哈哈大笑，姜饼的碎渣掉得到处都是。

后来朱迪思不知何故不再去普瑞丝特姑妈那里了，我就一个人看流浪汉的电影，姑妈则坐在角落里织毛衣，她总是织啊织啊，满是皱纹的嘴角上挂着微笑，不时地透过镜片抬起眼睛看看我。

我在普瑞丝特姑妈那里看过的所有电影中，有两部最难忘，《摩登时代》和《大独裁者》。嗯，《大独裁者》是关于希特勒的，这部影片清晰了然，而在《摩登时代》里流浪汉总是身陷囹圄，因为他无法适应流水作业，有一天他还差点儿被工厂里的大机器给卷了进去。后来他爱上一位无业女孩，尝试照顾她的生活，但是谁料想女孩却被捕了。这部片子里还有很多关于大萧条、罢工以及人们为了自己的权利而斗争的段子，但是最后流浪汉和女孩儿还是被迫离开城市去别处寻找幸福。当然，我当时没能一下子看懂这部影片讲的是什么，我看片子的时候还太小，但是有一天，大概在六七岁的时候吧，我突然顿悟，要是人们想要幸福的话，就必须把这些机器和工厂全部摧毁，那时一切都会好起来的。

我去跟父亲讲这个。父亲……他，嗯，这么说吧，不赞同我的想法，而且，他还把普瑞丝特姑妈叫成老傻瓜。我父亲本来就是一个“硬汉”，我后面还会讲到这个话题。

总之，关于《大独裁者》这部电影我不打算跟父亲讲。普瑞丝特姑妈那里我去的次数也少了起来，怕被父亲看到，因为如果他不喜欢什么，或是不喜欢谁，而我还和这个人交朋友的话，那我就不会有好果子吃，这样的事发生过。

再后来普瑞丝特姑妈过世了。她没有孩子，甚至连个亲戚也没有，我们用市政拨款给她下葬。哦，我们，意思就是我们家也出了点钱。

她在遗嘱里把所有的财产都给了我们家，但是父亲让“把这些破烂儿都扔了”。身着蓝色连衫裤的工人来了，把家具抬出来，东西都放进袋子里，全部用大卡车给拉走了。窗台上只剩下几盆花和三排大块头的录像带。我当时拿走了两盘，把《大独裁者》和《摩登时代》带回家了。我也没有能看它们的设备，我们家已经有 CD 播放机了，但我还是保存着这些录像带，直到有一天父亲无意中发现了它们。

“这是什么臭狗屎？”他一边晃着《大独裁者》，一边问道，“你要它干什么？”

“留作纪念……”我吞吞吐吐地说道。

“纪念，它在这里！”父亲曲起手指敲敲脑门，“而这些都是废物和臭狗屎，是精神错乱的‘赤色分子’拍给那些傻瓜和无赖看的，立即扔掉！”

我去把两盘录像带扔掉了。因为如果父亲把某人称为“赤色分子”，那就意味着这不是什么好事。

查理·卓别林的确也是赤色分子，更确切地说，在信仰上多半是社会主义者，但是我父亲给“赤色分子”这个词赋予的可不仅仅是意识形态意义。

对他而言，“赤色分子”首先是与所有那些他热爱的、珍视的和保护的东西为敌。他们与所有美国的、正统的、正确的东西为敌。“赤色分子”想要摧毁消灭这一切，想要从地球上拭去这一切，也就意味着这一切本身是可以擦掉的。

父亲和他的朋友，那些同他一起在CG，也就是在海岸警卫队服役的人，一到周五喝啤酒的时候就开始讨论“赤色分子”，最好不要去烦扰他们。全都被他们点了一遍，有“愚蠢的中国佬”“细眼睛的越共分子”“俄国老毛子”“嗑药的美裔拉美人”，甚至还有“狂妄自大的英国佬”，总之最近这些年他们被“狠狠地赤化了”，简直和“吃青蛙的法国佬”一样。

也许，是时候讲一讲我的父亲了。他叫乔治，乔治·艾伦·科尔德，如果称呼全名的话。他是一个真正的美国人，强硬，有主见，对自己的所作所为充满自信，总是很自信。我记得，从小他就对我说：

“乔希，如果你这一生想要做出点什么成绩的话，就永远不要怀疑自己。怀疑和恐惧一样，对于男人来说，没有什么比被指责胆小懦弱更糟糕的了。”

我不知怎么地问了一句：

“爸爸，要是你错了，怎么办？”

“坚持己见！”他自信地回答，挺起了下巴颏儿。他有这个习惯，一发生什么事，就挺起下巴颏儿，眯起眼睛看着，好像他要揍你一样。

“即使大错特错？”

“是的，乔希，就要这样，即使你做错了什么，也要表现得犹如你在大甩卖时拿到了最高折扣那样。人们喜欢自信的人，受不了那些犹豫不定又牢骚满腹的人。还有，乔希，孩子，记住，一旦做了什么事，就永远不要害怕结果，不要害怕坚持到底，你懂吗？要像杜鲁门总统对待日本人那样。杂草应该连根拔起！倘若肯尼迪在1962年不尿，而是杀一杀古巴'赤色分子'的威风，那么他应该还会活着，今日世界也就会是另一番模样了。"

"那会是什么样？"

"美国的，完完全全地，彻彻底底地！"父亲的下巴扬得更高，"哪儿都不会剩下一个'赤色分子'，整个世界就会过得像我们一样。也就是说，正统又幸福。"

父亲的朋友们也都是他那样的人。他们自称"真正的男子汉"。他们并非都是海岸警卫队的，比方说，大个子布鲁斯是一个消防队的头儿，而光头沃尔特在警察局上班。

每到周五，我已经说过，他们或者聚在海滨酒吧，或者聚在我们家，边喝啤酒，边讨论各种各样的新闻和问题，而第二天，周六，他们开车去靶场，因为他们所有人都是全美步枪协会的成员。

当然，他们这些"真正的男子汉"都投票支持象党，也就是大老党[①]。现在也不会投给驴党，也就是民主党，因为他们推崇自由主义，立场摇摆不定，还关爱各种各样奇奇怪怪的少数群体。

或许，根据我的讲述您会认为我父亲和他的朋友们就是

① 大老党（Grand Old Party），是美国共和党的非正式名称。——俄编注

一帮雄赳赳的大兵，在独立日这一天唱着国歌，踏着大步，其他闲暇时间都泡在酒馆或守在电视机旁，还时不时地骂骂老婆。

不，我老爹可绝对不是这种人。他读过很多书，尤其是各种军事历史题材的杂志，他勤勤恳恳地做好自己那份并不轻松的工作。当然，我们威尔明顿的海岸警卫队不会像西海岸那样在加利福尼亚或得克萨斯海滨抓捕墨西哥的走私贩子，但是西海岸的操心事儿也够多了，尤其在风暴季节更不轻松。我父亲因工作出色还得过几次表彰。

总的说来，我时时处处为我老爹感到自豪，迄今依然如此。他是一个很好的人。的确，他的脾气很臭，可这就要看个人运气了，不是吗？至少，我身上的很多东西都是父亲的功劳。他教会我做一个真正的美国人，因此当我犯难或者需要做出重大决定时，我想到的人总是他。

可能，您很惊讶，为什么到现在我都没提过我母亲？不，我和朱迪思当然有妈妈，我们不是单亲家庭的孩子，而且她是一个了不起的女人，善良，招人喜欢，我们爱她……

但是不知怎么就这样了，小时候她成天忙着工作。她是律师，不管我怎么努力去回想她平日里的样子，我都想不起来。父亲每周却常常在家，他值一天一夜的班，然后就休息两天，因此我记得父亲，而对母亲没什么印象。

周末，我们当然也像所有真正的美国家庭一样，聚在一起吃午餐，祷告，吃东西，讨论点儿什么，但话又说回来，我记得在这些家庭聚餐时总是父亲张罗一切，而母亲却笑而不语。

我甚至到现在也说不好，她是女人中那种少有的话不多的人呢，还是只不过不想和我们聊天？嗯，可能觉得没什么意义，或者她不感兴趣。无论如何我都很费解，是什么把她和父亲联结在一起的？他们不单单是不同的人，而是就像物理学中带有不同电荷的粒子那样截然不同。

他们离婚了，当时我已辍学。朱迪思在那之前就上大学了，值得注意的是，她学的是律师。总之，不知为何她更擅长处理她们母女之间的关系。心理学家说，情况往往相反，父亲倾向于与女儿交流，依恋女儿，而母亲则依恋儿子，但在我们家父亲和朱迪思的关系很冷淡。她坦言不喜欢他的训诫，不喜欢他独断专行的作风，而他……有时我觉得，他其实不大相信生来平等，但这只是那种政治上不正确的猜测而已。

母亲目前就职于匹兹堡联邦法院……还是巴尔的摩法院？我们有时互通电邮，或者用SKYPE视频聊天，逢年过节，她总是寄来一个大大的、闪闪发光的纸质卡片。

或许，关于我的家庭和童年，我能说的就是这些。不，当然还发生过很多事，令人发笑的，让人忧伤的。有一天，比方说，我们家着火了，大个子布鲁斯那里的消防队员赶过来灭火时，父亲带着我们和邻居们已经自个儿把火浇灭了。

或者还有一次，Nordstorm[①] 季末大减价的时候，为了排队能排在前面，我们夜里开车到那里，父亲总是干什么事都特别喜欢争第一，可没想到差不多半城的人都已经在那里了。

当电视上播报，在北卡罗莱纳州沿岸，距我市不远处，好像发现了传奇海盗黑胡子蒂奇的船只残骸，那上面有着不计其数的宝藏，我和父亲，还有他的一个朋友红鼻子瑞克，开着快艇去那儿，想要看一看到底是怎么回事，说不定还能碰碰运

① 美国连锁百货店。——俄编注

气，结果被邻近基地的海岸警卫队撞见了，把我们当成了趁火打劫的人。当时，要不是瑞克叔叔在海岸警卫队有熟人，还不知道最后会怎么收场呢。

学校我从来就没有喜欢过，主要是因为老师。不是所有人都像斯坦福先生口才那么好，有的人简直连句话都说不清楚，但这还不那么要紧，因为还有一些人，不但什么也没教给我们，还很享受发号施令的感觉。

有一位艾森伯格先生，大光头，有应用信息领域博士的学位。我是现在才知道，要是有 PhD 学位的人在中学当老师，那么他肯定哪儿不对劲。可那时我们觉得，艾森伯格先生就是未被我国英勇战士打死的越共余孽，或者是伊拉克红色恐怖分子–法西斯分子、躁狂者、某个包装袋里的邪恶博士。

他中等个头，穿着完美无瑕的西装，胡子总是刮得干干净净，永远喷着芳香的古龙水，香得让我都觉得那是女士香水，和所有老师一样，他特别喜欢让我们大家做什么都毫无二致，穿得一样，学得一样，行为举止也一样，简而言之，谁也不要凸显出来，这样多方便啊！

但是，与其他老师不同，艾森伯格先生认为必须要培养孩子这种整齐划一性，他称之为“标准化”，而他，伊万·艾森伯格，有如圣骑士和光明斗士，应召前来铲除那些迷途小羔羊挑起的独特性和差异性叛乱。

铲除的方法不少，各式各样，一个比一个古怪。例如，“集体教育”，就是一个学生犯错全班都要受罪。比方说，有人上课迟到了五分钟，那么全班同学都得站着听课，直到下课铃响。然后，在大课间，由于长时间站立而发狂的同班同学就和迟到的人展开一场“友好会谈”，好让他不再迟到。谈话期间通常是踢腿或踢肚子，这样不会留下淤伤。顺便说一下，这也多亏了艾森伯格先生的指点。

不过他还有一个方法，所谓的“私下关照”。犯错的学生课后留下来，艾森伯格先生给他大声朗读布莱恩·雷恩写的百科全书《酷刑与惩罚》中的片段。

我就是从他那儿知道什么是浸水刑凳、吊刑、“犹大椅”，什么是“西班牙木靴子”、“异教徒叉子”、“当众折磨致死的死刑”、十人中抽杀一人、去势和断头。我的一些同班同学在“私下关照”时状态变得很糟糕，但是我通常都能安然无恙，总的说来我天生就性情冷漠，缺乏想象力。

虽然，不，我记得，有一次与艾森伯格先生的谈话给我留下了特别强烈的印象。内容和中国有关，而我一直对中国、对它的文化和历史很感兴趣，从小就这样。

谈话是关于中国女人的，按照中世纪美的标准，这种标准一直延续到20世纪，女人应该有一双弧形的小脚，形状宛如新月或百合花瓣。艾森伯格先生特别指出，倘若不具备这种美的特征，女孩就很难嫁人。

为了让脚变成弧形，从六岁起，女孩子就要把大脚趾以外的其余四趾向脚掌处弯折，再用绷带把它们严严实实地缠紧。每天再把绷带勒紧两次。就这样直到脚掌弯成弧形。

整个过程让女孩子痛苦不堪，经常双脚麻木，出现瘀血。脚趾挤进了脚掌里，血液根本供应不上去。那时中国成年女人的脚趾看上去就像是嵌入脚掌的白色长条。

结果成年女人的脚只有六岁孩子的那么大，只有大脚趾发育成熟，成为走路时的唯一支撑。结果数以千万计的中国女孩子不能好好走路，她们会摔倒在楼梯上、斜坡上，会被大风吹倒，可这却被视为“优雅”和“纤婉”。艾森伯格先生特别强调，她们都被“标准化”了，并且愿意为此承受巨大的痛苦，难怪有谚语说，“美要付出代价”，“小脚一双，泪水一缸”。

我从艾森伯格先生那里听说，中国著名政治家孙逸仙小时候看到母亲给胞姐裹脚，而姐姐痛苦不已，他就很心疼姐姐。

可怜的小姑娘夜不能寐，呻吟着，抽噎着，直到凌晨方能昏昏欲睡，但这会儿天也亮了，母亲来了，给姐姐的脚再一次缠紧裹严，姐姐又接着受罪。

这一切让孙逸仙颇受震动，有一次他找到母亲：

“妈妈，她太疼了。别给姐姐缠脚了！”

我不认为女儿受罪会让母亲高兴，但是她不得不回答说：

“你姐姐不受点苦怎么能有一双三寸金莲呢？如果她没有一双小脚，那么她长大后就嫁不出去，我们就会违反传统而受到谴责。”

孙逸仙，未来的伟大革命者，继续坚持废除裹脚，他与母亲起冲突，就是为了废除这种毫无意义又残酷的习俗，哪怕只是在自己家里也好，但最后也不过是母亲请了另外一个女人给小姑娘裹脚，她对儿子说：

“就是这样的习俗。大家都这么做。”

艾森伯格先生举了这个例子，他总是强调，破坏传统和“标准化”，都是那些疯狂的革命者干的事，最后他们把整个国家都毁了。

有时，听着艾森伯格先生的话，我就在想我们两人肯定有一个疯了，要么是他，因为他一直喋喋不休；要么是我，因为我能一直洗耳恭听下去。

而且我还不太明白，在最好最公正的国家，在世界的中心，在如今这个时代，如今只需飞行几个小时就可以在各个大陆间穿梭，借助于各种各样的技术设备可以随时随地，随便和谁都能联系上，简而言之，科幻小说家幻想的未来已经来到，我不明白为什么在这样的时代还生活着艾森伯格先生这号人。

有些同学想给州教育局投寄控告信，甚至已经开始征集签名了，但是一件事只要两个人知道，那么就连猪也会知道，有人打小报告，于是写信的那些人都给开小灶，加了一次“私下关照”。

坦率地说，我对学校的这种反感要归咎于老师和同班同学。我已经说过，我那时没有朋友，却不缺敌人。

说到这儿我想起来了，虽说我那时是一个精瘦的小男孩，但也绝不是羸弱之躯，而且我的体育也不错，也就是说并非是那种“恃强凌弱”的标准情形。

更确切地说，相反，那些嘲讽我的人体育都不怎么样，他们都是些胖墩儿，甚至过于肥胖，喜欢薯条、可乐、汉堡和布鲁斯·威利斯演的电影。

他们穿着说唱歌手的低裆裤，戴着黑色礼帽，或帽舌很长的鸭舌帽，穿着有骷髅头图案或 Jam Master Jay 相片的 T 恤衫，戴着链子，好像是黑色的。

他们当然也听 rap 音乐，ONYX、D.I.T.C. 和图帕克·阿玛鲁这类刺耳的 rap。他们自称为“Whiggers”，哦，好像是“白鬼”的意思，尽管他们是典型的“White trash”，白色垃圾……

对，他们彼此之间说的都是俚语，反正他们自己能明白就行。您知道吗？就是这样一些词，“哎，老兄，击下掌，哥儿们，太酷了，给兄弟两刀，让我来几口”，诸如此类。

我那时穿斜纹棉布裤子，polo衫，一般不听音乐。这些“白鬼”对所有人都纠缠不放，但是通常大家都是把他们撵走，或是晾在一边。有一次他们朝我走来，开始用他们的俚语嘟囔着什么，“老兄，哥儿们，过得好吗？”等等，用黑人英语说的。嗯，我就回答他们说：“Speak white，guys!”意思是：“说白人说的话，哥们儿！”他们一共四个人，但有两三次，在他们把我摁倒在地之前，我还来得及反击。好了，又扯远了……

他们恨我，只要场合适合，他们的仇恨就宣泄出来。父亲猜到我在学校里过得不顺，但是他的建议可以归结为“要是你好好地握紧拳头的话，挨打时手指就不会骨折”，或者“要是对手比你高，比你壮，有肌肉块，你就打他的喉咙和裆部，那里没有肌肉”。

总之，中学我没念完。您感到惊讶吗？说实在的，我自己当时都很惊讶，但是，另一方面，我现在是这么想的：“这些‘白鬼’是上帝亲自派来的，好让我有充分的理由，甚至有点儿合法地摆脱艾森伯格先生，不用再闻他身上甜腻的香水味，不用再听他没完没了地扯什么开膛破肚、分尸和‘圣奥古斯丁领带刑’。”

出乎我的意料，父亲倒没有太反对。我说，我会以走读生的身份结束学业。我打算去上大学，而且我还有好多事要做，这些事可比和我们班“白鬼”那样的低能儿耗在一起重要得多。我感觉我父母的关系那时已经严重破裂，他们压根儿顾不上我。

顺便说一下，我说有好多事要做，这可不是撒谎。我从很小就对电脑，对各种各样的游戏机、电子玩意儿和网络小装置感兴趣。这是我的世界，这个世界按照自己的规律运行，精确严格、不讲情感，没有多余的废话。

多少 B、KB、GB 的信息转瞬间就消失在一望无际的远方，变成文字、图片和运动的物体，通过它们可以控制各种流程和机械装置，甚至发射弹道导弹。

这是真正的魔法，是科学法术，这比骑骑自行车、在篮球场上吃灰或舞会上抱紧女生更加吸引我。

我酷爱编程、玩游戏，还试过自己搞出一些简单易操作的小游戏；后来 486“内核”时代到来了，用它可以弄出点儿值钱的东西了。

我认为电脑系统是未来真正的突破，有点儿像童话变成了现实，伴随着互联网的出现，电脑时代到来了。这时一切都各就各位，这就是我的位置，我就是为此而生。

21:08

科尔德不再作声，一双炽热如火的眼睛黯淡了下来，律师关掉录音。一阵沉默袭来，黏糊糊的、幽深的、难以穿透的沉默。看样子，科尔德对自己的坦诚感到懊悔。抑或他故意装作后悔的样子，想给谈话对方造成这种印象，律师脑子里冒出这样的念头，他觉得这样想也不无道理。

“和科尔德这样的人沟通，时刻要明白，他们可不像第一眼，甚至第二眼看起来那么简单。”他心里这么想，但嘴上却大声说道：

“一切都非常有趣，但是，要知道，您或许想说点别的？”

“您喝咖啡吗？”科尔德转移了话题，“咖啡，再来俩汉堡？

要吗？”

“好吧，我不反对。你这里挺暖和的，但不知怎么地……有点潮，是不是？”

“这是因为我把空调恒温设在 19 摄氏度。问题不在于我的姓氏。”科尔德扬了一下嘴角，“只不过一暖和，我脑袋就跟进水了一样。当然，这是比喻。”

他站起来，消失在门后。律师趁机检查了一下，科尔德的讲述都录上了，手机电池还够用很长时间。没过两分钟，地堡 A 的住客就端着塑料托盘回来了，托盘上有一个玻璃咖啡壶，一包牛奶，两个杯子和一盘三明治。

“请吧！”科尔德把托盘放在桌上，坐回原位，吃了起来。

“除了自身命运以外，”律师喝了一大口咖啡，盯着科尔德看，“肯定还有什么事让您苦恼。是不是呢？”

“道法自然。”科尔德嚼完三明治，喝完咖啡，放下杯子说道。

“又是老子？您喜欢中国文学？”

“是的，但最喜欢道教方面的。”

“那庄子也会对您的心思，他的率直让我膜拜。‘彼窃钩者诛，窃国者为诸侯。’”律师淡然一笑。

“似乎所有俄罗斯人都该膜拜这一论断。”科尔德也淡然一笑。

“您认为，只有现代俄罗斯人和生活在公元前 4 世纪的中国人人性是一样的？”律师讽刺地说道。

“不，当然不。”科尔德叹了一口气，“但是要是再回想一下老子说的话，‘是以大丈夫处其厚，不居其薄，处其实，不居其华’。”

“我国民间有一种说法，把这种看法表述得更简单，”律师说，“胜者王侯。”

“这是老百姓想出来的？”科尔德兴奋起来，“那你们的老百姓懂道啊。”

“不，当然不是。这是女皇叶卡捷琳娜二世说的，当时亚历山大·苏沃洛夫将军不顾鲁缅采夫伯爵的命令，带领 800 名士兵拿下了土耳其图尔图卡依要塞，那里有 4000 名敌兵驻守。苏沃洛夫本应受到军事法庭的审判，被判处苦役，甚至死刑，但是女皇介入了……”

“这是一位有作为的女皇吗？”科尔德问道，又立即解释说，“我不大了解俄国历史。”

“还不错，”律师点了下头，“的确，她登上王位纯属偶然，而且论国籍她还是个德国人，但……但是最后也不愧于‘大帝’的光荣称号。”

“这么说，她还真是个道家学派的！”科尔德郑重其事地把食指向上举起，两个人就大笑起来。

律师的电话突然振动起来，是办公室打来的。女秘书提醒他，“*Russia Today* 频道马上就要直播记者招待会，美国中情局及国家安全局前局长迈克尔·怀登[①] 会出席。”

“科尔德先生，我打开电视，您不反对吧？”律师站起身来，“我们可以看一档您会觉得颇有意思的节目。”

“来吧！”科尔德十分干脆地同意了。

记者招待会已开始，屏幕上怀登面带笑容，这位世界上最强大的情报机构之前局长就像是浸礼宗教会的牧师或权威医院

① 或许暗指迈克尔·海登。——译者注

的儿科医生出席慈善大会一样。

“……他确实不是英雄。同时，我认为他也不完全符合我国宪法规定的‘叛国者’的定义。但毋庸置疑，他的行为给我国造成极大的危害，看样子，他的心理有很大的问题。因此，大概真相就在那里。”怀登说道。

律师冷笑了一下，朝着屏幕点了下头。

“他认为您是个疯子。”

科尔德撇撇嘴，“我对此人的言论兴趣不大。”

“为什么？他可曾经是您的直接领导，就连现在也依然是一个颇有影响力的人物。我想，现在他的声音代表华盛顿官方。”

“问题不在于此。”科尔德局促不安地摸了摸下巴，“您明白吗……我觉得怀登像你们的领导人戈尔比[①]，就是米哈伊尔·戈尔巴乔夫，对。您看，甚至长相都像，只是少了块胎记。而且他也是那种……蛊惑者。嘚啵嘚啵嘚，这方面他很擅长。您还是自己听听看吧！”

科尔德从桌上拿起遥控器，调高音量。怀登刚好在回答问题，好像是问要是在他当国安局局长的时候，有年轻专家来找他，对他说 BRISM 计划[②]有问题，他会如何处理。

“这就是症结所在。这正是我们最关心的问题，为什么科尔德却没有这么做呢？如果有人想成为真正的揭密者，那么在这种情况下他必须去找他的上司，他上司的上司，或者去找该部门的总委员会，或者总监察长，甚至去找国会议员陈述自己的意见。在国家领导层内部有特定的等级制度，可以

① 西方人对戈尔巴乔夫的昵称。——译者注

② 或许暗指“棱镜”（PRISM）。——译者注

层层控告。”

“看，我已经说了，蛊惑者！”科尔德轻蔑地扔下一句话。

此时怀登继续说道：

“现在让我们来看看。首先我得承认，这种行为需要极大的勇气。因为什么样的人都会有，其中也不排除有这样一些人，他们会让勇敢的员工受到某种处罚。但在这种情况下这是唯一正确的道路。在我看来，如果员工中有人找到自己的上司，提出这种质疑，那么这些质疑一定会被认真对待。如果有人听从良心的指引找到了您，您就应该放下其他事情，同此人好好谈一谈，并且一旦需要，还要彻查，他的焦虑有没有根据。”

“什么？对开展情报活动的行为或方法如有疑义，找上级领导真的是你们的惯常做法吗？”律师对此很感兴趣，他尽可能严肃地问道。科尔德可能觉察到他声音里的讽刺腔调，却没有说破。

“那当然！我猜，怀登先生现在就要跟我们讲这个了。”

与此同时又听到有人提问，是一位年轻的女记者：

“我想起来，2007 年，您在国安局主持工作时，曾出现过科尔德这样的揭密者。在这些人将信息公之于众前，他们曾找您提出质疑吗？”

“他们好像在偷听我们说话！”律师乐呵呵地说。

怀登这时凑近麦克风，毫不犹豫地说：

“我实际上是 2005 年离开国安局的，2007—2008 年的那些事都是在我离开后发生的。在我任职期间，除了一些与处理国安局内部某些技术问题有关的意见，我没有碰到过其他控告，而且我也没有得到消息，说国安局当时的某些运作流程会导致揭密者的出现。”

“这只能说明他们没有好好工作。”科尔德耸了耸肩。

而此时屏幕上的怀登却情绪激昂，开始比画起来，挥动双手来加强自己说话的分量。

“在这种情况下应该弄清楚，到底谁应该对发生的事负责。这不意味着一定要找出犯错的人。应该竭力让员工们真诚地和您在一起，让他们详细地向您说明，到底发生了什么事，怎么发生的，您好帮助大家辨清事实，汲取教训，这样才有可能防范将来再发生类似事件，或者，至少能大幅度降低这种可能性。如果说到科尔德，那么这里要挖出他的整个关系网，要与同这个年轻人接触过的所有人谈话。他们怎么看，是什么驱使他这么做？要和他的上司谈谈。科尔德平日的行为有没有什么让人生疑的地方？或许，他曾有过什么出人意料的举动？或许，他有过一些哪儿不太对劲的征兆？这之后还要进行全面分析和损失评估。”

科尔德大笑起来，这一次，完全是真诚地，没有克制自己。律师发现，小伙子应该是觉得很可笑，听一听怀登这种水平的人通过屏幕能向全世界说些什么。

而这位此时接着说道：

“请允许我指出，三个主要方面的损害是确定无疑的。第一，科尔德先生向潜在对手暴露了我们的能力。他告诉人家，我们能做些什么，我们不会做什么，这本身可能就很危险。第二，这会对那些与国安局合作的美国公司造成损害。他们会蒙受损失，尽管他们所做的一切都是遵行美国法律，都是保卫美国。第三，如果世界上还有掌握信息的一些政府或某些个人想要与美国合作，那么他们凭什么相信我们能保守秘密？所有这一切都给我们造成了损害。"

"一个单枪匹马的疯子有这么大的破坏力吗，怀登先生？"科尔德小声说道，他眼睛盯着电视，脸上一副极其愤恨的表情。

"要不关掉？"律师问道。

"别，别，这挺有意思，"科尔德简短生硬地说道，头也没转一下。看样子，他对记者招待会上发生的事的确饶有兴致，此时又有人提问：

"科尔德公之于众的那些计划目前是什么状况，譬如，收集数据的 BRISM 计划怎么样了？它们已暂停？还是国安局仍继续执行？您怎么看？"

怀登用手捋了一下光头，似乎有些惶恐不安，但马上就应付自如了。

"我认为没有任何理由要暂停他披露的某个计划，比方说，那个收集元数据的 BRISM 计划。它们合法、合乎局势且有效。但是因'揭秘'而受损最严重的部分恰恰是其有效性。再说一遍，如今我们的对手知道我们能做些什么，我们不会做什么，我国法律和我国政策施加的限制有哪些，而这会让他们有更大的胜算保护其通信系统免遭美国情报机构的信息拦截。"

女记者当即往"烤"怀登的火里添了把新柴：

"尽管 BRISM 的覆盖面非常广，而且通过访问 Facebook、Google、Yahoo、Microsoft，实际上把美国变成了一个巨大的数据库，但还是'错过了'芝加哥马拉松爆炸事件前夕巴拉耶夫兄弟[①] 的在线通信。或者，你们的网可能撒得太大了。"

---

① 或许暗指波士顿爆炸案的作案者察尔纳耶夫兄弟。——译者注

怀登片刻间无法自持，透过那张善良的儿科医生的面具闪现出另外一副面孔，非常阴沉，甚至有些凶恶，流露出恶毒、冰冷、犀利的眼神，这正是职业情报人员应有的眼神。不过，当他开始作答时，就又克制住自己了。

“实际上，这些计划中没有一项识别出巴拉耶夫的身份，因为 BRISM 并非用来检测芝加哥马拉松爆炸事件前夕巴拉耶夫兄弟所使用的那类通信。我指的是，BRISM 是用来监控外国人的。只有国安局坚信我们想要监控的人是外国人，并且他们恰恰是作为外国人才具有情报价值时方能使用该项计划。而且在要求某家互联网公司协助我们工作前，我们必须向一家美国法庭证明这一点，哪怕是用笼统的方式。”

“感觉记者是有备而来啊。”科尔德说。

律师冷笑了一下。

“很可能，他们有来自特定机构的优秀顾问。顺便提一下，其实早就想问了，您和我国这些机构的代表谈得怎么样？”

“实际上没怎么样。我又没把重要信息放在身边。我能披露的所有数据都存储在遥远的服务器上，而且无论如何它们都会被公之于众。实际上这已经完全不取决于我了。”

“难道一点儿也不取决于您？”

“我现在还不想谈论这个话题。”科尔德避而不答，转身朝向电视。正好在问下一个问题：

“奥巴马总统声称，通过监控计划防范了 50 起恐怖袭击。考虑到 2011 年 9 月 11 日以后很快就启动了这些计划，那么通过 BRISM 这类收集信息的计划防范了多少起恐怖袭击呢？BRISM 计划可是能搜集到其他渠道无法获得的信息的。”

“他不会回答的。”科尔德很快说道。

怀登不假思索地回答：

“的确，这个问题提得很好，我也不想支吾搪塞，但却不得不搪塞。我不知道，就您提出的仅仅通过这些计划防范了多少起恐怖袭击这个问题，我的回答是不是正确。通常，在谈到某次情报行动的战果时，不能断言这次胜利仅仅是通过某一个计划获得的。最近 10 年美国情报机构最主要的一个成就就是，我们能够整合各种各样的信息流，其中每一段信息流都包含一些零散的数据。我们能把这些零散的数据拼凑成一幅内含信息的图片。这就好比您有许多彩色玻璃的碎片，每一个碎片本身并不携带任何重要的信息，但是这些碎片拼凑在一起就会形成一幅信息量巨大的马赛克图案。”

女记者拿起几页纸，翻了翻，又接着说道：

“我引用一下科尔德的话：‘如果政府的行为未如实告知民众，那就不能视为公民同意政府的行为。’我认为，我们应当承认，很多公民对这些泄密内容震愤不已，因为会造成这样一种印象，你们侵入每一所房子，窃听电话，查看电子邮件、私人短信，却并未让公民知情。你们还把这一切称为‘反恐战争’。我想问问，你们能进行反恐战争吗？而且你们能保护个人隐私，保护我的隐私吗？”

“我认为，当总统声明一个负责任的政府面临选择时，他说得对，”怀登情绪激昂地说道，“你们不能确保个人隐私决不受侵犯和绝对的安全，它们之间应该实现某种平衡。而这种平衡，坦率地说，取决于多种情势。威胁的性质是什么？这种威胁在多大程度上是现实存在的？我们手里检测这种威胁的工具成效如何？我认为，总统是正确的。应该力求实现平衡。但是我想强调一下，我们当前所做的很多事，在您看来，就是美国人都在谈论的事，实际上都是不知情的结果。

“遗憾的是，在美国，当这种事情公之于众时，就像我常喜欢讲的那样，它们立刻就会罩上一圈最幽暗的光晕。因此尤为重要的是要让美国公民想象一下，我们实际上在做什么。如果回到科尔德关于公民同意政府行为的那段话，那么我们不是生活在古雅典。我们不是那种直接的民主，所有人就所有问题集体做出决议。我们是代表制的民主。关于这些计划已通报给人民代表，而且他们也投票赞同。它们已被两任总统批准，被美国司法体系通过。美国行政权、立法权和司法权三权分立的制度可以在最大程度上保障公民的法律利益。”

“我们俄罗斯人常说，‘就像平底锅里的蛇一样，绕来绕去地兜圈子’。”律师点评了一下怀登的回答。

“这又是俄罗斯老百姓的话？”科尔德很感兴趣，“你们吃蛇吗？”

“你们还吃海狸尾巴，喝蜂糖浆呢，”律师耸了耸肩，“法国人还把青蛙和蜗牛当作食材。各国的美食是一个敏感的问题。在我看来，敏感程度远不次于情报啊。”

此时记者招待会已接近尾声。怀登起初精力充沛，样子显得很年轻，现在似乎有些疲惫不堪，脸上青一阵白一阵，额头上也冒汗了，也没伸手去擦。还是年龄不饶人啊。但是，不管怎样，在他身上还是看得出坚持到底的决心。

与此同时，女记者按照纸条连珠炮似的发问：

“你们自己的公民向全世界通报贵国体制的危险性，这一事实难道不能说明贵国体制存在某种隐患吗？这种事又不是第一次发生。”

“是的，不是第一次，”怀登沉重地点了下头，“但是我已经说过，在我看来，科尔德先生不是英雄，他这是犯罪。可他的心理有问题，请允许我这样委婉地表达。到底要多么狂妄自大才会认为，你自己的道德评判凌驾于两任总统之上，凌驾于国会两院之上，凌驾于美国法院以及三万名同事之上？我乐于承认，无论在美国社会，还是在俄罗斯社会，都出现了新一代年轻人，他们对于透明性的认识比我们这一代，甚至比我们的孩子们这一代走得更远。在我国情报机构，如同在俄罗斯情报机构一样，而且全世界的情报机构也都是如此，今天录用了这样一些人，他们对于机密性和公开性的认识与昔日进入情报机构工作的那些人迥然不同。于是，就这样，我们看到科尔德先生，看到下士班宁[1]，他们对于揭秘表现出某种近乎浪漫的热爱。但是在这两件事情中，他们对绝对透明的忠诚给全世界人民的安全造成了极大的损害。”

“不是这样！”科尔德突然抓住桌子边缘，几乎大喊起来，“撒谎！是他们对人们的安全造成了威胁！”

“别激动。”律师把杯子推到科尔德跟前，“喝点儿水。反正他也听不见您说话。”

“对，对，您说得对。抱歉……”

此时怀登在回答最后一些问题：

“我对当前美国情报机构的行动不予评论，但是我想强调的是，世界上所有国家都有搜集国外情报的合法权益，包括反恐在内。现在说的不仅仅是反恐，还有国外间谍活动。我再重复一遍，所有国家都开展国外间谍活动。我可以预测，至于这两个计划，考虑到收集元数据计划和 BRISM 计划只是略微触及

---

① 或许暗指曼宁。——译者注

美国人的隐私，我想仍会实施下去。它们获得了两党的广泛支持。它们会实施下去。但是我们今天所讨论的，我们国家和全世界最近两周所热议的，我认为，这一切会引发一场全球性辩论：关于互联网时代什么是个人隐私？合理的规则又当如何？在一个相互紧密联系的世界，个人隐私的合法边界在哪里？目前我在隶属中情局的咨询办公室主持工作，并已向他们提出这些难题。其中一个难题就是寻求安全与透明间的平衡。我是这样表述问题的：'未来美国是否能够在一个更为宽泛的政治文化框架内开展情报活动？这种政治文化每天都要求更大的透明度，要求更多关于国民生活各个方面的公开汇报。'他们研究了这个问题，然后向我提交了答案。答案就是：'我们没有信心。'"

"没有信心……"科尔德重复道，"那又如何，可是我有信心。"

录音 2

我不打算再谈论我的童年。这段纪念性的时光一去不复返了，您知道吗？我对此感到很开心。我不喜欢当小孩子，这不仅仅是由于我说过的那些原因。问题在于从那时起我认清了自己，我想当大人，我想长大。

为什么呢？原因非常简单，为了拥有大人享有的机会和权利。不，这里说的并非性、酒、毒品和赌场，何况我们大家早在年少时就已了解这些事。

大人可以做一些我称之为"真正的事业"的事情。您不明白？嗯，这就像在经济领域，有娱乐业这样的寄生部门，也有这样一些部门，没有它们国家就无法生存，比如重工业、高新技术、原材料、食品、军队、警察、医院。

童年，就好比是寄生部门一样，有各种各样的玩具、图画、智力玩具、早教用品、蝙蝠侠和蜘蛛侠的衣服、自行车和风筝。我一直对这些不感兴趣，周围的人简直感慨万分，啊，瞧瞧我们的孩子约书亚，啊，他这就要让新的直升机升空了！

我曾经读过，这种夸张的童年以及随之而来的幼稚病最近才开始流行，我们现在把20岁的男人和女人都叫成十几岁的青少年。

在20世纪30年代大规模的儿童产业根本没有。小男孩和小女孩都穿着大人穿的衣服，完全就是父母衣服的复制品，只不过尺码小一些，他们的玩具颜色并不鲜艳，也没被实物的夸张形象给弄得面目全非，它们都是餐具、日常用品、武器什么的复制品。

我在网上见过你们国家最后一位沙皇尼古拉孩子们的房间照片，有一些他们的玩具照片。女孩子的洋娃娃像真人一样，不是那些头特别大、眼睛凸起、不穿衣服的丑娃娃。

还有她们的裙子、帽子、靴子看起来也像是真的衣服和鞋子，只不过小一些。

带车厢的蒸汽小火车也完全是真正蒸汽机车的复制品，不是我小时候那种明黄色的、有嘴有眼的怪物拉着透明的煤水车，侧面写着很大的“Happy Train”字样。

我知道，给你们沙皇唯一的儿子阿列克赛王子还做了火枪和马刀，都是真正武器的复制品，只不过小一些。他的军装也是如此，用真的卡其色呢子做的，或者是用当时缝制军装的材料做的。

而如今这种军装就得用安全的、不可燃的、经世界卫生组织认证的低过敏材料制成，是那种带反光物质的亮橙色，好让大家一下子就能看到，这是一个孩子，对待他要小心谨慎。

您知道我说这些用意何在吗？如果人在小时候被当成低能儿和小丑，那么他就会长成这样的人。如果打他出生起，他的世界里就到处都是莫名其妙的、非功能性的、无意义的和超级安全的物件，他就不会想进入成年人的世界，因为那里完全是另一套法律和规则。

另一方面，或许，最终成年人的世界也会变成这样的幼稚王国，那里充斥着荒谬的娱乐产品、愚蠢的设计和幼稚的行为，实际上，这一过程已经开始了。

总之，大概在 13 岁的时候我就已逃离童年生活。我有一个天文望远镜，一个十分结实的圆筒放置在三脚架上，上面挂满了各种调焦测距仪、平衡锤、目镜和其他力学和光学物件。在我九岁参加天文小组的时候，父亲把它送给了我。

那时，似乎整整一年我都守在我房间打开的窗户旁边一动不动，观察木星的伽利略卫星、月球上的阿基米德环形山、哈特利彗星。后来我厌倦了这些，有两年望远镜就那么立在那里，可是突然又有了用武之地。

我就不兜圈子了，可能，您也猜到是怎么回事了。是的，我发现可以用望远镜往别人家窗户里看。这一发现让我整夜整夜地守在目镜旁边。

在美国不太习惯用厚窗帘，而是用窗纱，邻居们得知道，你没什么向他们隐瞒的，要知道你可是一个诚实的、规规矩矩的人！即使白天阳光刺眼，也总是用旋转百叶窗。哦，在高层窗纱都用不着。

于是，别人活色生香的世界就一览无余地展现在我面前了。

人们在家的表现和在外面——在商店、办公室、医疗机构和其他社会场所完全不一样。上帝，或者说大自然，把他们造成什么样，他们在家就是什么样，真实的样子。

成年人、体面的生意人在家里关起门来就变成神经过敏、歇斯底里的人，他们殴打孩子，对上了年纪的父母大喊大叫。

乖乖女、模范女生躲在阁楼阳台，避开全世界（就像她们以为的那样），抽着从母亲那里偷来的香烟。

举止优雅、上了年纪的绅士，他们对夫妻生活早已失去热情，却看着过期的“阁楼”[①]杂志手淫。

最后，美国社会的中坚力量，30多岁的家庭主妇，当老公和孩子不在时，居然干出那种事，我都难以启齿。就这么说吧，我从来都没想过，普普通通的吸尘器、电吹风和发胶瓶还能被奇思妙想地这么用上。

我整天整天，主要是在晚上，观察远近邻居的私密生活，渐渐变成了一个年纪不大的厚颜无耻之徒，对生活失去了信心。

我们曾在什么地方读过或者是在电视上听到的那些最可怕的猜想和最恐怖的暗示，突然间成为活生生的现实。

“厄比由斯”（Abuse）[②]源于一个抽象词汇，尽管我父亲是那种强硬的男人性格，但他是特别讲原则的人，其中一个原则

① 美国男性成人杂志。——译者注

② Abuse这个词在美国指家庭暴力，身体上和心理上的家庭暴力。——俄编注

就是，“士兵不会伤害孩子”，可是对我来说，这却几乎成了家常便饭。

我一到外面，随便碰到一个人，不论性别和年龄，我脑海中就有一个全新的经验开始叫嚣：“又来一个变态的人、家庭暴君、淫荡的怪物，只是装成正常人罢了。”

然而我还是没有停止这项绝对禁止的、却又让人欲罢不能的行为。每天晚上，我以做学校的课题或预习功课为托词，把自己锁在房间里，急忙奔向冰冷的望远镜目镜。

现在我明白了，那时我家正处于极其紧张和艰难的时期，父母离婚了，更确切地说，他们的关系完全破裂了，大家，首先是他们，开始明白这个裂缝无法弥合、无法修补、无法封堵，也没有什么方法能够消除。

但是我却什么也没有注意到，完全沉迷在自己秘密的、可耻的、却又诱人至极的爱好里。

渐渐地，只是看看，更确切地说，偷看开始变得无聊起来，突然有一天我的脑子里冒出一个念头，把在家里实施非法行为的那些人的地址和名字记下来，以后好告诉警察。我为什么没有实施这个计划，我记不大清楚了，但多半是因为恐惧，或是担心被人发现并加以报复。

其实，没什么人会专门来报仇。那位在家里殴打自己女儿的钱德勒先生，生活中是一个安静又谦逊的会计；女性瘾者布赖恩特更不像嗜杀成性的角色；而变态狂保罗·哈登我现在就能把他打倒，尽管他已经40岁左右了，只不过因为他先天就患有脑瘫。

嘿，可让我这个视觉控快乐的主要对象是科伯恩老头儿，更确切地说，是他年轻的老婆埃利亚。实际上她姓埃斯皮纳，她这个姓我却怎么也记不住，尽管父亲叫过几次。问题在于，埃利亚·埃斯皮纳那时是一个20出头的墨西哥女孩，还在科伯恩老头儿家帮过佣。

帮着帮着，结果就嫁给他了。科伯恩本人是一个70岁左右身材匀称的男人，留着白色的络腮胡子。这件事让他欣喜若狂，特别以“我的埃利亚”为傲，因为她“让族长的秋天变得美好起来”[①]。

埃斯皮纳身形高挑，有一头浓密的黑发，胸有E罩杯那么大，她对自己的新身份更是兴奋不已，因为这让她有机会成为“百分百的美国女人”。

可我却知道，最兴奋的人是科伯恩老头的孙子山姆，一个活泼亢奋的男人，年纪和我现在差不多，在威尔明顿郊区的邮局供职。

他时不时地去看望亲爱的祖父，他们坐在花园里，每人喝上一小杯，很快科伯恩老头就睡着了，而山姆和埃利亚就爬上二楼，进到客房，沉湎于书上所说的云雨之乐。

客房的窗户离我的窗户有500米远，就在视野内。当然，这么远的距离用肉眼无论如何也看不清，就连旅游用的双筒望远镜也未必能帮上忙，但是天文望远镜，就完全是另外一回事了。

透过我的长筒我什么都能看见，甚至埃利亚前臂上的文身，上面画着糖骷髅，用西班牙语写着Perpetuo sororro。噢，还有其他什么的，我也都看得一清二楚。

---

① 小说《族长的秋天》为哥伦比亚作家马尔克斯的作品。——译者注

从同龄人那里听到孤男寡女苟合或是在杂志照片上看到是一回事，自己亲眼所见完全是另外一回事！您觉得我说的对吗？

应该说，瘦小孱弱的山姆，看样子是用了什么方法勒索埃利亚，不然她要他这样的人有什么用？另一方面，科伯恩老头未必有什么过人之处，而她却正当盛年，一点儿也不像贞女肯奇塔。

总之，老头儿打盹儿这当口，他们就在床上翻云覆雨。有时还用到手铐，或者商店里买来的各种各样的成人玩具，甚至还有皮鞭。我实在搞不懂，他们到底为什么要这样，但是，或许，要是有人问他们这个问题，他们自己也不知道该如何解释。

唯一不太方便的，差点儿让我备受折磨的就是，望远镜里的一切都是颠倒的。当你看星星或是木星什么的，这一点儿也不碍事，可当你观看山姆和埃利亚的时候，始终还是不太舒服。

我想了很久，如何消除这个令人懊恼的缺陷，我曾试图重做反射系统，配一个同样焦距的透镜，好让画面翻转过来，可是没见什么成效。

我忽然想到一个主意，摄像机！父亲刚好两个月前买了一个日本摄像机，我们想要带上它去伊利诺伊公园玩，但不知为何没有成行，于是摄像机就一直待在储藏室的搁架上。我印象中，朱迪思回来时，拿出来过两次拍我们家那只名叫“晾衣夹”的老猫，此后摄像机就这样束之高阁了。

我把倒置的摄像机用拉线装在望远镜的目镜上，等到山姆和埃利亚例行约会时间，就打开它。后来，为防万一我不仅锁上房门，而且还用冰球杆把门顶住，倒带，然后再打开摄像机。

眼前所见景象令我十分震撼，其实也就是一部稀松平常的家庭色情片。这时，我此前在望远镜里看到的上下颠倒的东西俨然变成一部货真价实的录像片，成为墨西哥女孩与科伯恩先生古灵精怪的孙子偷情的证据。现在可是随便谁都可以看了。现在可以拿这个东西去勒索了。

当我意识到这一切时，我手心冒汗，头也嗡嗡直响。这是一种无法言传的全新感受，就刺激性而言在世上无与伦比。威力，对，对，就是威力，这就是我看着日本摄像机的折叠显示屏时所感受到的。

我一想到不仅能威胁山姆和埃利亚，而且可以威胁所有行为变态的人，我就像个疯子一样在房间里欢呼雀跃起来。

我像古代神话中的神或恶魔，不仅能看到谁也看不见和谁也不知道的东西，还能把看到的景象录到胶片上，把它们变成物质性的东西。

权力！现在我手里拥有凌驾于一大群人之上的实权！只需准备好一定数量的录像，制订好计划：想好怎样才能让他们做什么他们就做什么，同时还能避开警察？

我那时有没有想过，勒索属于严重的刑事犯罪？老实说，没有。我满脑子都是狂热幻想的愿景，丝毫没有想过我的所作所为是否合乎道德，坦白地说，一般这个年龄的人有谁会考虑道德，除了那些伪君子以外。

倘若不是因为父母离异——这好似晴天霹雳——还不知道这件事会如何收场。

在一个美好的夏日，阳光透过纱帘照进窗子里，地板上一些橙色的长方块在跳跃，好似 Windows 的 logo 图标，父母分别坐在房间两头的椅子上，桌子中央是几盒中餐，这是父亲买的，为了……哦，或许，为了让不好的事情能好过一点儿。他总是想要更好一些。妈妈也一样。

他们把一切都告诉了我和朱迪思，就是他们再也不能生活在一起了，现在他们是陌生人了。妈妈要搬到别的城市，而父亲留在这里，我们也留下，哦，更确切地说，是我，因为朱迪思已经在诺福克法学院就读。总之，当这一切发生时，我觉得我的世界坍塌了。司空见惯的世界，我指的是我们大家生活过的那个世界。我开始变得空虚寂寞。

有意思的是，我已经说过，我们和母亲并不是特别亲近，可她这么一消失，一切就如同电影里的色彩被去除了一样。一切都变成黑白的，灰暗的，毫无光泽。

于是我对天文望远镜的兴趣，对秘密视频的兴趣，对勒索计划的兴趣，虽然不算熄灭，但也暗淡了，蒙上了灰尘，变得皱巴巴的。

父亲成天待在单位，朱迪思去学校了，我就待在家里玩电脑，没日没夜地玩，主要是玩策略、射击和 RPG。

有趣的是，我那会儿觉得人生的全部意义就在那些游戏上，可现在却连两个游戏名字都很难想起来。不过，我还是感激它们的发明者，因为游戏帮助我在逃避中度过人生中那段艰难时期。而且，现在也对我有帮助，让我幻想出无边无际的活动空间。或许，这听起来有点费解，所以我尽量解释得清楚一些。

虚拟人物和电脑风景构成的世界乍看上去好像是平面的，像布景一样。当然，我指的不是绘制质量和 3D 图形质量，而是“背景深度”和人物性格深思熟虑的程度。有时候，它们的逼真程度和天生的超凡能力令人叹为观止，甚至让人难过得想哭：为什么不能钻进玻璃显示器里面呢？

当然，玩电脑游戏，无论谁来辩驳，这首先就是逃避现实。当窗外雨雪交加，你却身无分文，眼窝有一块瘀青，前途渺茫的时候；当你不单单是一个小人物，而且是所有人当中最无足轻重的人的时候；当就连定时去邮箱取报纸这种“重要事”你也说了不算的时候，总之，当整个生活就是一堆臭狗屎的时候，一股强烈的想要摆脱这种生活的愿望就出现了。

随便逃到哪儿去都可以，去别的城市，去别的州郡，去嗑药说胡话，最终，去死……

在这种意义上电脑游戏是真正的救赎，我甚至要说，这是某种治疗要素，是一种特殊阀门、保险装置，不让你的心理散落成数百万块彩色玻璃。

实际上，你就是一个15岁左右的半大小子，你的状态非常糟糕。有多么糟糕，我不再详细说明，刚才关于这点已经讲过。有一天，你忍受不了了，简直要发疯，你就漫无目的地出走了。走到哪里算哪里，就在那里待上一天、两天甚至三天。再多几天，未必能成，你肯定会被找到的，我国警察的工作还是很得力的，况且是一个形单影只的白人小伙子，又不是干草垛里的一根针。

瞧，你会被找到并送回去，麻烦事儿也就来了。青少年司法制度就像钳子一样，一旦夹住就掰不开了。各种各样的心理学家会找你疯狂地谈话，聊这聊那的，你的家里开始经常有形形色色的监察员和检查员光顾，他们是那些负责教养和监护“问题少年”的机构派来的，因为从你离家出走的那一刻起，你就成了“问题少年”，而且是情绪易波动的，这个标签以后就会长期贴在你身上，或许一辈子，你人生中的很多很多条道路如今都被国家体制设置的关卡给堵死了。

甚至，可能还会把你从家里带走，给你找到新的父母。也就是说，你不得不离开你出生和长大的地方，你有路可走的地方，而是来到某个“神赐之地”，克莱门斯山、密歇根州这样的地方，一切从零开始，从头开始。在15岁时从零开始意味着什么？我可以告诉你，这比在五岁或20岁时要困难得多，因为15岁的时候，你就像一个靶子，所有东西都朝你飞来，有目光、冷语、蔑视、拳头和皱巴巴的纸团。

为了摆脱这些不幸和问题，人们就发明了电脑游戏，我是这样认为的。你坐在电脑前，带上耳机，运行程序，暂时告别现实。主要是不用跑到任何地方去。

更重要的是，在游戏里你可以充当任何角色。有机会实现自己的梦想，这非常重要，这简直就是天赐的礼物！是的，在现实中你的前臂不够壮实，视力不好，你绕着学校操场跑一圈都很困难，走路驼背，甚至连低年级的女生都笑话你。然而在游戏里你成了一个灵巧敏捷、身体特别健壮的人，肌肉很有弹性，下巴方正，还会很多技能，从射箭抡斧到某种“光明魔法”和“血液魔法”。你踏上未知的土地四处游历，碰见朋友和敌人，遇到可怕的危险，开始战斗，找到宝藏，救出美丽的公主或英俊的王子，这里的一切都取决于你自己最初做出的选择，而且不论今天游戏结果如何，你反正都会满意，因为明天你的角色又满血复活了。

他哪儿也不疼，他时刻准备着建功立业，准备去冒险，他是理想的……完美的美国人，要是坦白说的话。而你，却是不完美的。而且你周围的所有成年人都老是因为你的不完美而戳着鼻子数落你。当然，他们想要你更好，但结果却恰恰相反，你也为此大发脾气，而且还成了一个心结。你自己也非常想成为大家想要见到的样子，哪怕一次也好，但是在现实生活中，在线下，这是不可能的，因为……但根本不可能，就是这样！而在游戏里一切都轻而易举。

当然，这是逃避现实，彻头彻尾的避世主义。但是这方面电脑游戏迷们绝对不是创新者，他们并没有踏出任何一条新路，要知道所有这些垮掉派、嬉皮士、摇滚乐迷、飞车党以及其他那些朋克，他们也是逃避现实，他们也是避世主义者。

为了不在现世生活，不考虑现世问题，他们给自己臆造了一个虚构世界，一处“野草莓”[①]。当然，入场费要比电脑玩家的高一些。在这里你只需要花点儿网费，花点儿时间，噢，或许，有时会染上结膜炎、右手出现腕隧道症候群症状，脊柱侧凸，而在那里却需要用各种各样的化学药剂来毒害自己的身体，让大脑发昏，坐在污水坑里都能让自己觉得是在天堂里。

不，电脑在这方面更诚实。主要是得有电，而电如今几乎时时刻刻到处都有。当然，有时会有灯火管制，但是我觉得，它们出现的概率，差不多可以和被陨石砸死的概率相提并论。

陨石，这是超越现实的现实，这是来自完全不同的世界的客人。不久以前一份“大宇宙”馈赠的礼物就落在了你们俄罗斯。我看了许多视频，因为俄罗斯的车主有良好的习惯或传统，我也不知道这算什么，就是给自己的汽车安装行车记录仪，我对贵国人的勇气和沉着不胜惊讶。

没有人惊慌失措，没有人边跑边喊：“噢，我的上帝！救

①《野草莓》是瑞典导演英格玛·伯格曼执导的电影。——译者注

命啊！救命！”人们望着天空，拍照录像，相谈甚欢，可是当爆炸响起、办公室和学校等多处房子的玻璃被击碎时，人们都在互救。没有人死掉！所有人都及时得到了救助。我在看视频时甚至有这样一种感觉，这是一些演习视频，都是事先准备好的。

我记得一段令人震撼的视频，正在上课的女教师看到窗外的火光后，命令孩子们躲在课桌下面。爆炸发生了，所有玻璃都震碎了，但是没有一个孩子受伤，连一块擦伤都没有。孩子们有组织地离开学校，他们甚至还笑了……

我思索良久，为什么会是这样的反应，然后明白了，你们俄罗斯人不需要逃避现实，逃避现实甚至有害，因为你们生活在另外一种现实中。

你们的世界不可能被毁灭，因为你们时刻准备迎接各种突如其来的事件，因为对你们来说，不存在什么生存法则和规章制度。

有人写道，丘吉尔这样评价你们：“俄罗斯是一个谜，披着神秘的外衣，藏在迷雾之中。”或许就是这样，但是我觉得没必要去找龟毛兔角，原因要简单得多。你们的现实与电脑现实和虚拟现实接近。这是一个由无法解释的东西和行为构成的世界，是一个拥有无限可能性的世界。我不知道，生活在 19 世纪中叶的哲学家托马斯·卡莱尔是如何顿悟的，但是他在那时就写道：“俄罗斯对人的生命和时间的流逝都漠不关心，它缄默不语，它是永恒的，它是坚不可摧的。”

这恰恰就是对虚拟世界、对电脑游戏世界的描写，那里生活着做好一切准备的宿命论者！这方面，我觉得俄罗斯人和佛教徒很接近，他们的生活秉持着“境来不拒，境去不留，一切随缘，能得自在”的原则。不久前，在夏威夷生活的那段时间，我明白了这一点，我才非常强烈地想要亲眼看看你们的国家。不过，我又跑题了。

美国人最初做的事就是在蛮荒之地缔造文明。需要从森林、大草原、荒地拿下一块土地，把它围起来不让野兽进来，赶跑或歼灭印第安人和那些以掠夺为生的人，建造房屋，种植欧洲作物。也就是说，美国是一个缔造出来的世界。

美国主要是一个人造的世界，但不是虚拟的，因为这里的一切都有明确规定，大家的生活都要以不计其数的法律法规为指导，包括不成文的。如果您走在美国小镇的街上，随便哪一个小镇，不对行人抱以微笑来回应他们的值班式“笑脸”，您就已经违规了，因此周围世界也不会向您致意。有时，尤其是在 15 岁的时候，人们会非常想要逃离这所有的一切。

这就是为什么我没日没夜、争分夺秒地玩游戏的原因。我那时不去上学，实在是没法去。总的说来那时出门对我而言就是真正的折磨。我觉得我在街上碰见的所有人，从孩子到警察，到修路工人，他们都知道我家里的变故，大家都可怜我，他们都想要从我这里得到些什么，总之我先前讲过靶子的事，真的就是那样，丝毫不差。

我不想让大家可怜我。总之我不想再这么生活下去了，好像一切都是老样子，好像什么都没有发生一样。妈妈走了，朱迪思走了，为什么我和父亲要留在家里这片灰烬当中，这片废墟当中？我们也应该去什么地方，反正得离开，只要从这里离开就行。

21:57

律师把手伸向遥控器，想要关掉电视，上面是一档午夜秀节目，但这时通向走廊的门突然开了，门口出现一个魁梧大汉，一个人就把门口堵住了。他身穿黑色西装，系着领带。

他双手极大，手掌发红，宽阔的胸膛和个头儿像是酒吧的双门冰箱，而剃的光头直接长在强壮有力的肩膀上，看上去有些小得不成比例。整幅画面定格在固定于左耳的通信设备，以及左手里握着的无线接收器。

“先生们，”魁梧大汉突然大声说道，“请你们待在原地，我们有紧急情况。”

科尔德一跃而起，把椅子都弄倒了，退到角落里。魁梧大汉走进房间，站在门的旁边，在他身后又溜进来几个模糊的身影，是几个头戴面罩，身着灰色迷彩服的特种兵，配有枪管极粗的小型冲锋枪。他们一共有五六个人，两个人钻进卧室，其他人围着桌子占好位置，枪口对准入口处的房门。

“说实在的，发生了什么事？”律师想知道，尽量轻声地、平静地问道。

“可能，有人擅闯，”魁梧大汉没有看他，尖声说道，简直是用超声波讲话一样，“请你们保持冷静，先生们，科尔德先生，请坐下，您在桌子旁边会更舒服些……”

无线接收器有了动静，传来一阵嘶嘶声，沙哑地传出几句话，也听不清楚是什么，就不响了。

“明白，待命。”魁梧大汉含糊不清地答道。

时间一分一分地过去了，沉闷而难熬。特种兵们一动不动，也不讲话。科尔德从口袋里拿出一对中国产的玉石保定球，尺寸比鸡蛋大些，他漠然地望着墙壁，开始在手掌里转动这两个球。

“或许，我们去另一个房间会更好些？”律师问道。

“为了确保你们的安全，这里是最合适的场所。”魁梧大汉答道。

律师心想，他问也是白问，在地堡里一定有各种各样的辅助隧道、工程用通道、通风系统以及其他彼此相通的过道，那些负责安保的人更清楚。但是就这么坐着，也不说话，而门外随时可能有人进来要科尔德的命，这种状态实在是很痛苦，根本就无法忍受。

“擅自闯入”和科尔德有关，这一点律师十分清楚。如果这个小伙子的性命未受到任何威胁，那么最初也不会把他藏起来，躲着记者，躲着外交官和其他公众。当然，科尔德也留了后手，他把自己的控告证据藏好，安排妥当，一旦他出什么事就有人将其公之于众，但同时谁也不会忘记那句同世界一样古老的格言：“没人，就没有问题。”作家阿纳托利·雷巴科夫在长篇小说《阿尔巴特街的儿女们》中把这句话记在了斯大林的身上。

科尔德的死会让美国国安局丑闻的热度马上消退，媒体公布的揭秘材料的可信度也会显著降低。

揭秘者是一位真正的情报人员，他递交申请，还附带评论，他本人就和监控人们的程序打交道，这是一回事；如果揭秘者是某些名声不好的、莫名其妙的记者，而且他们还是同性恋，那就另当别论了。

紧锁的房门外面没有任何声音。特种兵们一动不动，看上去就像是杜莎夫人蜡像馆里的蜡像人物；魁梧大汉的喘息声听得非常清楚，科尔德手里的保定球不时地撞击着，时间慢慢地流逝。

在此之前，律师已有几个月滴酒不沾，可是眼下却想，现在要是能喝上一杯上好的红酒该有多好啊，一位有头有脸的客户说这样可以“麻醉神经”，他在放松身体这方面绝对是专家。

在这种情况下，比起其他的酒，比方说，白兰地和威士忌，红酒要适合得多，它能保持思维清晰，还不会影响运动的协调性，当然，如果适量的话。这种协调性随时都可能用得着，律师对此十分清楚，就像他知道自己也有可能无法活着摆脱这个烂摊子一样。

干掉不受欢迎之人的最可靠方法就是制造爆炸，而且威力越大越好。无论是黑手党，还是全世界的恐怖组织，近年来从培训狙击手转向培养高级工兵爆破手和人体炸弹，都已做出自己的选择。让一个正常人自杀，把他变成可走动的武器，这种技术和方法从各个国家情报机构的情报官那里落到了恐怖分子的手中，无论对谁，这都早已不是什么秘密。

“如果某个稀里糊涂的狂热分子肚子上绑着几十公斤的炸药闯入地堡，我们不可能看不见，”律师心想，“但是有各式各样的炸药，某种塑性炸药也能一下子就把一切都炸得粉碎，尽管在密闭环境中普通 TNT 炸药就足以解决很多问题……”

关于 TNT 和密闭环境律师并非只是道听途说，他在苏军战略导弹部队服役时，他们上过这方面的课，以防潜在对手的破坏分子妄图拿下指挥掩体。

律师瞟了一眼科尔德。他半闭着眼睛，一直转动着保定球，转啊转，仿佛佛门中人不问世事一样。可是他面色苍白，鼻孔微颤，看来小伙子由于神经紧张实际上有点发抖。

过了几分钟，从走廊里传来低沉的砰砰声，律师不禁哆嗦了一下。科尔德手里的一个玉石球掉在桌子上，滚动起来，啪的一声撞到杯子上。

“冷静，一切尽在掌控中。”魁梧大汉用一只大手做了一个平缓的手势，好像是要推开波浪一样，然后把手伸到怀里，掏出一把黑色方形手枪。

科尔德大声地咽了一口唾沫。特种兵们哗啦一声拉开枪栓。走廊里一阵沉重的脚步声轰隆隆地匆匆而过，律师似乎听见有人叫出声来，此刻魁梧大汉正认真听着耳机里说着什么，脸上露出武装解除后孩子似的笑容，如释重负地说：

“好了，撤！”

他和端着冲锋枪的士兵们像影子般离开了房间。律师突然冒出一个想法，这个手里握着玉石球、脸色苍白的小伙子，此刻正待在冷战时期秘密堡垒的地下七层，就坐在他对面的桌子旁边，现在，即使不是上万人，也有上千人围着他转来转去，他们都是这场复杂的情报、外交和地缘政治游戏的参加者，而游戏结局谁也不打算预测。

谁也不打算预测，然而这并不意味着在这场游戏中会把什么东西交给偶然。不，没有任何偶然性，玩家们都太有分量，太老练，太老奸巨猾，而且花在准备工作上的精力和金钱太多了，甚至不排除有人为了这场游戏献出自己的生命。

“就连我这会儿坐在这里也并非偶然，很有可能，早在科尔德离开 Hong Kong Airlines[①] 的机舱踏上俄罗斯国土之前，我就注定会出现在这个地堡里。”律师心想。

科尔德“噌”地站起来，走进卧室，没过几秒钟又回来了，手里拿着一瓶爱尔兰威士忌，那种大肚瓶的。他咕咚一声把酒瓶放在桌上，一副想要大醉一场的样子。

“您不是不喝酒吗？”律师吃惊地问道。

律师真的很惊讶，因为在第一次会面前他看过关于科尔德案件的卷宗，里面特别说明，约书亚几乎滴酒不沾。

“在目前这种情况下，这就是药。”科尔德轻声说道，把绿色的瓶盖拧了下来。

“Couch syrup?”[②] 律师的英语口语仍然有待提高（尽管他完全能听懂科尔德说的话，也完全能够清楚地表达自己的想法），但他决定显摆一下自己不久前在一篇文章里看到的俚语表达法，可他马上就意识到，在目前这种情况下未必合适，就立即道歉说，“请原谅，如果这个玩笑不那么恰当的话。”

“我很欣赏您孜孜不倦学习英语的精神，”他干巴巴地反驳道，“但是在您的英语水平尚未尽善尽美时，最好不要使用这种模棱两可的成语。有时这些成语会让人觉得不那么合适。”

他往两个杯子里各倒了两指高的酒，举起杯子，没说祝酒词，而是引用了老子的一句话：

“胜人者有力，自胜者强。”

“天下莫柔弱于水，而攻坚强者莫之能胜。”律师也引用了

---

① 即香港航空公司。——译者注

② 酒瓶的叫法，因某人爱喝酒，却假装不饮酒，而把酒瓶藏在沙发后面而得名。——俄编注

同样出处的一句话作为回应，然后把威士忌一饮而尽。一股火一般的热流滑过食道，像热弹一样在胃里爆炸了。

律师看了一眼科尔德，只见他站着小口啜饮，尖尖的喉结一颤一颤的，仿佛要划开纤细的脖子破肤而出似的。

喝完威士忌，他泪眼迷离地望着律师，喘着粗气，问道：

“您觉得他们还会回来吗？”

“我觉得不会。”

“太不可思议了，”科尔德坐下来，用一只手掌搓了一下脸颊，“他们想杀了我……可是为什么？这根本就毫无意义啊！”

“我觉得并非所有人都这么认为。”

“嗯，您似乎是对的。如果贵国政府拒绝我的避难申请，我就不得不向美国政府投降了。要知道我已经得到保证了……不，这也不是办法。我似乎是无路可走了……”

“不要着急，”律师轻声说，“只要不是自己把自己往死胡同里赶，就总会有办法的。有时别人问我，为什么要接那些毫无希望的案子？我总是回答说，不存在毫无希望的案子。不管怎样，我个人的经验可以证实这一真理。”

录音 3

总之，我自学通过了中学欠下的所有课程，在一个晴朗的日子里，我去马里兰州的 AACC 学院上学了。AACC 指的是 Anne Arundel Community College[1]，位于阿诺德，离巴尔的摩不

① 安妮·阿伦德尔社区学院。——译者注

远。不过，在马里兰州，哪儿都离巴尔的摩不远。

为什么恰恰是这所院校呢？第一，AACC当时不是一所热门院校；第二，那里大家学信息学和……何必不承认呢，好一点的院校我确实也考不上啊，分数不够。

大学生活给我的第一印象就是孤独。或许，要是我们中学的心理学老师知道的话，就会把我当成不正常的青少年记录在案，指定某种恢复性治疗，开一些抗抑郁的药。可是我，首先，什么也不打算告诉任何人；第二，中学已成为过去，这让我高兴得说不出话来。

有一段时间，大概三个月的时间吧，又或许半年，我就像穿着隐身衣一样生活，或者是某种非同寻常的防护衣，可以把我和外界隔绝开。

周遭生活喧嚣，成群成群的男生和女生你来我往，接吻、抽烟、喝酒、吃饭、滚床单、吵架、和好、在派对上跳舞、看电影、玩电脑游戏、上课、搞恶作剧、运动健身，我就透过隐形又非常结实的衣服观察所有这一切，我的衣服可以让大家看不见我。

没有人和我打招呼，没有人问我什么事，没有人邀请我去什么地方或是要求我做什么。就像我不存在一样，明白吗？

起初这让我开心，后来我生起气来，我到底怎么了，比别人差吗？我，和所有这个年龄的男孩子一样，想要交际，想在同龄人中博得好感，赢得声望……也想让漂亮的女孩子注意到我，真见鬼！但是在学校里，半年来没有一个女孩在我身边驻足，一次也没有，哪怕只是和我说两句话也好，更不用说闲聊了。

渐渐地，我成为一个真正的弃儿，倒霉蛋。我成宿成宿地不睡觉，饮食也不规律，没日没夜地泡在电脑旁边。

那时我痴迷于加密程序，这种程序与数据加密和盗取密码有关。我自己发明了个小玩意儿，是一个绿兔子的动漫形象，由一组交替变化的画面构成，可以造成一种兔子在跳舞的错觉。Dancing rabbit 程序的访问是受密码保护的。

我编了一个程序，密码由随机数发生器生成，先是每 10 秒、每 5 秒更新一次，后来每 3 秒、每 2 秒、每 1 秒更新一次，后来我又编了一个程序，用同一个随机数发生器生成密码，并试图破解程序。这让我极其着迷，我可以一连几个小时不动地盯着电脑，看着显示屏上一列列数字以风驰电掣的速度互换不停。据说，借助于镜面单摆和蜡烛可以对一些人施以催眠。而我的“密钥”程序则让我陷入恍惚状态。

有一天我带了一张存有两个密码发生器的光盘到学校上信息安全课，我偷偷地进入系统，把我自己的程序“绑定”在记载教学成果和成绩的汇总表上。现在只要你调出表格，屏幕上就会出现我的绿兔子，一脸无辜地让大家猜出三个数字，范围在 0 到 9 之间。

您要是能看看大家有多么努力就好了！任务貌似不难，小菜一碟！这些傻瓜们开始敲击自己电脑上的键盘！所有这些“达人”“2001 级校花”，还有那些胖子们，他们甚至想都没有想过，十个数中间抽出三个数字放在一起可以有上千个组合，他们要想猜出来，下课前剩下的这点时间是不够的，得花几个小时才行。

我悄悄地自娱自乐了一会儿，鬼鬼祟祟地看着这一切，直到休里斯先生朝我走来，他是信息系统课老师。

“我早就在关注您了，年轻人，”他轻声说道，“而且看得出来，您在自己选择的道路上已有所成就。我们这里有一个小团体……更确切地说，是编程爱好者小组。想加入吗？”

“很乐意，先生，”我回答说，“但是我的成绩相当差，所以我未必能……”

“您可以，可以，”休里斯先生安慰我，“但是现在请先解除系统的魔法吧，我要下课了。”

我早准备好了密码发生器的破解程序，伴随着休里斯先生的点评，在同学们的鼓掌欢呼声中我运行了程序，他们终于注意到我了。绿兔子终于跳起了最后一支舞，表格打开了，上面科尔德的姓对着一个大写字母 A[①]。

这是我的胜利日。约书亚·科尔德，superstar College！大家同我握手，拍我的肩膀，叫我的名字，原来，他们知道我叫什么！

但更重要的事还在后面，在走廊里纽兰妮朝我走来。其实她叫阿比盖尔，阿比盖尔·斯瓦伊古特，但是她自己说，她父母又给她起了个名字，夏威夷名字，就是纽兰妮，意思是“天女”。她是另类团体中的一员，他们常常聚在“车库”里，这是一个很酷很酷的团体。

单从外表上看纽兰妮就能给人留下深刻的印象，街上的小伙子都会扭着脖子看她，因为她上身穿短皮夹克，驼鹿皮的，下身是超短裙，系着钉满铆钉闪闪发光的腰带，脚蹬会发光的运动鞋……这还要再加上罗伯特·史密斯的发型，《银翼杀手》中复制人的彩妆，下嘴唇的穿孔，而且尖嘴利舌，敢和任何人

---

① 在美国的学校里评分用英语字母表示，从 A 到 F，A 对应的是五分。——俄编注

叫板。这位“天女”的形象就十分引人注目了。

她就这样迈着她那独特的步态朝我走来——这种步态会让人口干舌燥。她耳朵上挂着大大的耳环，胳膊上戴着手镯和各种各样的手环，她说：

“你真牛，真让我们开眼了！懂电脑，是吗？”

“还行。”我回答说。

“那今天晚上来‘车库’吧！我们的电脑有点儿小麻烦，来吗？”

我点了下头，连说话的力气都没有了。

“那回头见！”

她就走了。我却像个雕像似的站着不动，只是两耳发热。纽兰尼和我说话了！叫我去“车库”！或许，这是我人生中最幸福的时刻。欢天喜地的时刻、夙愿实现的时刻和无限遐想的时刻。我的命运线正是在此时此刻出现骤然转折，然后我就……

真见鬼！我变成了另外一个人，您明白吗？“车库”是通往新世界的大门，是通往诱人福地的门户。有传言说，那里不仅抽大麻，而且吸粉，抽“墨西哥货”，啤酒都流成河了。当然，学校那些最美的女孩子去那里可不仅仅是为了跳舞，“车库”里还有很多配有软沙发的僻静角落。

其实这并不是什么车库，而是原来北河岸边的水上飞机机库。聚会那帮人当中有一个叫“巴赫”的小伙子，这个机库是他父亲的。巴赫不是他真名，而是绰号，是为了纪念一位年老的作曲家，是他想出了“巴、巴、巴、巴”的歌。所有“车库人”都有绰号，一个比一个稀奇古怪。

去车库要经过一条沿河小路才能到达。雨天的时候小路变得泥泞不堪，湿漉漉的枝条低垂在小路上，可是我却更喜欢这条路。如果沿着大路走，就不可避免地要经过那些掩映在灌木丛中的房子，里面住着面色阴沉的老太太和爱喊好嚷的欧巴桑，总是不停地抱怨，说在她们家珍贵的草坪和邮筒旁边有人“成群结伙地乱转悠”。哦，的确，有一次“车库人”中有人不小心撞歪了两个邮筒，那又能怎么样呢？叫 FBI 吗？

“车库”里面永远是半明半暗的氛围。大门紧锁，这是三大法则之一。第一条：“大门永远紧锁！”第二条：“你不要妨碍任何人，也没人妨碍你。”第三条：“‘车库’垃圾不可外扬。”不言而喻，第三条法则说的可不是空酒罐、皱巴巴的烟盒、比萨饼盒和安全套包装，而是指信息，翻译成“老祖宗的话”就是：“‘车库’里发生的那些事只有车库里的人知道，不会再有其他人知道。”

那里常住的有五个人，基本上都是男孩子。他们的巢穴在车库东边，与“中心站”和“外间”用架子和黑色帆布帘隔开，上面用银漆写着“Iron Curtain”①。

“外间”有酒吧、画展场地和舞池。在“中心站”里有一些隔间，是为那些想要独处的情侣们准备的，便于他们面对面抽大麻或是干点别的什么事；有“极乐世界”，是一个房门那么大小的铁屋子，供那些抽多了大麻或是“三道粉都吸了一遍”的人在里面“飘飘欲仙”；有“总调度室”，即“车库”老大的私人寓所。让我大跌眼镜的是，车库老大竟然不是沉着冷静的胖子“巴赫”，而是一个身材孱弱、留着寸头的小伙子，面色不太友善，甚至有点凶恶，他叫“杜宾犬”。那个“有点小麻

① 意为“铁幕”。——译者注

烦”的电脑正是他的。“杜宾犬”在管理“车库”之余用它制作一些音乐片段，剪辑一些在“极乐世界”拍摄的色情片。

顺便说一下，机器本身不怎么样，有点儿差劲，也没得到应有的维护，主机上洒了啤酒，显示屏上也溅上了什么脏东西，关于这东西的出处我甚至不愿去想。但电脑是工作用的，我只不过是重装了操作系统，没想到却让“车库人”欣喜若狂。

“哎哟，你这个呆子，行啊！”“飞盘”，一个瘦瘦的、爱笑的、一头淡黄色头发的男孩子拍了一下我的肩膀，他差不多有两米高，“或许，扩音器你也能修？”

“等等，‘飞盘’，我们还没问人家，人家有没有时间修呢？”“杜宾犬”打断了他的话。与大多数“车库人”不同，他说话时几乎不使用俚语，“乔希，你说呢？”

我看了看面带微笑的纽兰妮，顿时发窘，只是点了下头，表示我有时间。

“也就是说你想和我们在一起？”“杜宾犬”再次确认，他的脸和我的脸贴得太近，我都想要把他推开了。

“嗯……想……”

“献礼！”一头绿色头发的女孩哈哈大笑起来，她叫“管子”，“举行献礼了！‘巴赫’，把奶油拿来！”

于是周围所有人，他们一共有十个人，高兴得又喊又叫，有人按响了*quadrophenia*，于是整个“车库”都沉浸在The Who乐队的吉他音乐中。彼得·汤谢德拨弄着琴弦，罗杰·达尔特瑞扯着嗓子歌唱吉姆不幸的命运，而“车库人”一面狂野地叫喊，一面把我从“总调度室”拖向“中心站”，把我拽到桌子边，让我坐到桌子上。

音乐停止了，灯光熄灭了。

“约书亚·科尔德，百无一用的学院小子，你准备好换个活法，在这里，在混沌和黑暗的居所，扩大对大海狸内部世界的意识并认识它的美吗？”“杜宾犬”用庄重却又有些让人惊恐不安的声音说道。

“嗯，是……”我回答的声音虽然不大，但因为“车库”里突然沉寂无声，也能听得见，仿佛北河的河水拍打着岸上的机库铁墙一般。

“你接受你对面墙上的三大法则吗？”

“接受。”

“你了解时间学说吗？”

我摇了摇头，这我还是第一次听说。

“纽兰妮，”“杜宾犬”把头转向我的大恩人，“你怎么搞的，什么也没跟他解释吗？”

“说了啊，”纽兰妮耸了耸肩，“时间我没想好怎么说呢，你自己讲吧。”

“这样！”“杜宾犬”的声音充满了史诗性的力量，“世界各国政府借助于科学所描述的人们周围的世界都是在欺骗人们。世界根本就不是我们大家认为的那样。首先就和时间有关。我们被灌输，有过去、现在和将来。这么做是为了让我们大家，让全人类都成为时间的奴隶。我们总是被迫回顾过去，似乎其中饱含着先辈的某些经验，他们在远古时期的体验，于是为了将来我们就不停地工作，拼命地干活，辛苦地劳作，将来——不知道要过多少年才能来到，但似乎一定会是美好的……这都是谎言。”

“谎言？”我惊讶地问道。

“都是胡说八道！”“杜宾犬”再次证实说，“彻头彻尾的胡说八道。”

我望向纽兰妮，她的笑容里满是不屑和傲慢，一脸尽知世间一切的表情。

“要记住，”“杜宾犬”庄重地总结道，“没有过去，过去根本就不存在。过去已经过去了，过去一去不复返了，所以过去不存在。看，我说完这句话，这句话就不再存在了，明白吗？好了，没有过去！每一秒，每一毫秒，过去都在消失、消融、蒸发，就像固态冰融化和蒸发一样。因此过去的一切都不再存在，也不具有任何意义。这就是全部经验，其他的全部都是谬论，都是胡说八道！要记住，学院小子约书亚。一个自由的人要在自己犯的错误中学习。学习，是因为过去不存在。但是将来也不存在。它不存在另有原因，因为它还没有到来。今天要努力，要加油，为了将来能够成为我们期望的那样，所有类似的论调都是双重谎言。将来不可能到来，不可能来到，因为到了这一刻将来就会变成时间的唯一状态，也就是时间原本的样子，即当下。当下，就是你现在过的这一瞬间，就是你目前存在的这一瞬间。只有当下是具体的，现实的。活在当下！这是我们的口号。现在请你告诉我，姓氏冷酷的电脑大师，你想不想把你稍纵即逝的当下浪费在某份工作上，坐在愚蠢的办公室里，忙于业务和交易，法院和报表呢？”

“不想。”

“大点声！”

“不想！”

“人生苦短！”“杜宾犬”喊道，“认识自己，认识真正的世界吧！快活起来吧！爽起来吧！嗨起来吧！活在当下！

耶……哈！！”

“活在当下！耶……哈！！”“车库人”大喊起来，开始在四周又蹦又跳。频闪灯亮了起来。音乐重新响起，这会儿好像是某个类似于 Shadow Gallery 的当代组合了，然后“杜宾犬”简短地下令：

“纽兰妮，到桌子上去！‘巴赫’，奶油！”

纽兰妮依旧微笑着，把夹克扔到地上，只穿着红色吊带衫爬到桌子上，一边扭动着整个身体，一边沿着桌面爬过去，然后坐下来，一把扯下吊带衫，里面居然什么也没穿！就这么仰面躺下。

我的心脏加速，怦怦直跳，心率都超过疯狂的音乐节奏了。

“哎，哎！”“管子”一边甩着自己乱蓬蓬的绿发，一边喊道，“为什么是她，而不是我？”

“因为我是这么说的，小姑娘！”“杜宾犬”龇牙笑着，“巴赫！”

“胖子”朝纽兰妮走过去，把喷罐里的奶油喷射在她的乳峰上，她的乳头上带着乳环。他喷完后，微笑的“天女”就像一块蛋糕。“杜宾犬”从衣兜里掏出一个装有白色粉末的袋子，把白粉撒在了奶油上。

“这是什么？”我问道。

“香草糖！”“巴赫”回答，然后哈哈大笑起来。

“吃！”“杜宾犬”命令我。

“什么？”

“舔！吸！吃！大口吃！”

“大口吃！！大口吃！！大口吃！！”“车库人”拉着长声喊道。

我弯下腰靠近桌子，尽量不去看纽兰妮那张笑意盈盈的脸，舔舐着奶油，尽量不让舌头触碰到她的皮肤。不知为什么，我觉得白色粉末肯定是某种苯丙胺类的片剂研磨而成，应该会发苦，但是奶油的确有点香草的味道。

“要津津有味地吃才对！”纽兰妮说，她突然一把揪住我的头发，用力把我的脸按在她身上。我双手撑在桌子上，大口大口地吃着那块甜甜的东西，都喘不过气了，我想要挣脱出来，可是她紧紧地搂住我。她的乳头戴着不锈钢乳环，硬硬的，进到我的嘴里，然后……

然后我就平静下来了。一种莫名的倦意袭向全身，开始想笑，想要就这样吃着奶油，一直吃下去。我抱着纽兰妮，紧紧地贴着她，一动不动，我能感觉到她的身体在笑声中一颤一颤。这……真好，非常好。大概平生第一次觉得这么好。我好像找到了家。或许，实际上我是找到了她。

需要说一下吗？就在那一夜我成为男人了。确实，我不大记得过程，“杜宾犬”往奶油上撒的“神奇粉末”还是太多了，把我“带到了”很远的地方，且久久不归，第二天早上我感到非常难受，我发誓以后再也不吸食毒品了。

22:12

“科尔德先生，抱歉，我不得不打断您一下。”律师双手摊开以示歉意，“我收到一条紧急信息，和您有关……”

“什么事？”在短暂的停顿后科尔德问道，目光盯着一处不动，咬了咬嘴唇。

律师放下电话，从公文包里掏出平板电脑，进入邮箱。

“我不便讲消息来源，据说有一股势力认为把您交给美国有利，正在干涉对您的问题的处理，这可能会对我们不利……”

“即便如此，我对事态的进展也已做好准备，”科尔德坚定地说，“尽管一切都掌握在上帝的手中。”

“您不后悔将您的命运和俄罗斯绑在一起吗？”律师把平板电脑放在一边，“您本来还有别的方案……”

科尔德搓了搓下巴，不置可否地笑了。

“想吃点什么吗？我叫比萨和沙拉。”

“谢谢，我饱着呢，但也可以来两块三明治陪您一起吃。可是您还没有回答我的问题。”

“等一下……”

科尔德拿起内部电话点餐，但是律师看得出来，他一直在考虑如何回答，于是又接着问道：

“顺便说一下，拉美的几个国家不是当即就表示愿意接纳您，并向您提供避难吗？”

科尔德放下听筒，点了下头。

“是的，其实，厄瓜多尔支持卡桑奇的例子起初给了我希望，我认为一定会成功，我想要和您讲的也包括这个，但是突然出现了这些人……您愿意听吗？”

律师点点头，打开录音机，把它放到桌上的酒瓶旁边。

“好吧。”科尔德端起杯子，里面还有没喝完的威士忌，在手里晃了一会儿，又把它放了回去，“那我就继续讲。夜深了，已经快 11 点了，可我还是想要按顺序讲，一直讲到故事的实质部分，哪怕是讲到三点钟……”

录音 4

"杜宾犬"这个人，他不太正常。现在，随着岁月的流逝，我对此更是深信不疑。他不仅有病态的兴趣，还有变态的嗜好。他无法不去破坏他接触到的东西，让一切都变得肮脏丑恶、庸俗不堪和扭曲变态。

我记得在一次名为"精灵鼠小弟[①]在天堂上用早餐"的行为艺术表演中，他把30只活生生的小白鼠放入一个硕大的空水族箱，然后自己爬进去，开始用脚踩它们，而且还大声诵读关于一位不幸的德·朗巴尔亲王夫人死后命运的描写，她在法国大革命期间受尽了疯狂群众的摧残和折磨：

"这具不幸的尸体被拖拽着穿过整个巴黎。被马刀肢解的下体，像战利品一样被挑在刀尖上，大家因血腥的场面而兴奋欢腾，陶醉不已，他们把砍下的头颅和挖出来的心脏挂在刀尖上，像军旗一样，头发在上面四散飞舞。游行队伍扑向丹普尔堡，扑向监狱，那里关押着玛丽·安托瓦内特王后，她就是受尽凌辱的亲王夫人的那位密友。"

差不多所有的老鼠都被踩死了，此时"杜宾犬"的双脚已被鲜血浸红，他让"飞盘"把油桶里的汽油倒进水族箱。"飞盘"这边倒着汽油，而"杜宾犬"继续诵读，这回到了描写迫害摧残最狠的那一段：

"马刀第一刀削掉了她头上的帽子，浅色的长发散落在肩

① 美国家庭喜剧的主人公，一只小白鼠。——俄编注

上。第二刀劈开了她额头到眼睛的那一部分，鲜血瞬间飞溅到她的裙子和头发上。她失去意识，摔倒在地。但是人群觉得还不够痛快。她被揪起来在尸体中行走，又倒下了。可能她还活着，一个叫夏尔洛的人决定结果她的性命，挥棒一击。似乎终于轮到自己大显身手了，人群愤怒地扑向尸体，用马刀把她砍得支离破碎，用长矛乱刺一通，直到尸体血肉模糊，不成样子。暴力和鲜血让人群沸腾，他们的仇恨似乎永无止境。一个屠夫的帮工，一个绰号叫‘驴子’的小男孩，俯身用一把硕大的屠宰刀砍下了她的头。”

然后“巴赫”按照“杜宾犬”的手势点燃了汽油，尚还活着的那些老鼠绝望地吱吱惨叫，就这样被活活烧着了，可是“杜宾犬”的声音却盖过了它们的吱吱声。

“……笔墨无法描绘出德·朗巴尔亲王夫人遭受极刑的细节。人们用最残忍恐怖的方式摧残了她八小时之久。她被开膛破肚，拔光了牙齿，人群还采用各种手段救她，让她恢复意识，维持了将近两个小时，而这么做就是为了让她能够‘更好地体会死亡’。

“战利品让人毛骨悚然，游行队伍带着她上路了。人们用绳子捆住尸体的双脚，拖着她游街示众，先去了亲王夫人在巴黎的府邸，然后去丹普尔堡，那里关押着皇室成员。一位目击者是这样描写游行队伍的:‘某个卑鄙无耻之徒用尖尖的长矛挑起浅色头发的头颅，头发被血液黏结在一起。走在他后面的那个人一只手里是受害者血淋淋的心脏，另一只手里是其他内脏，还把肠子缠绕在手腕上。这个变态还夸口说，今天晚餐就用德·朗巴尔亲王夫人的心脏犒劳自己了！

“两个家伙拖着德·朗巴尔亲王夫人赤裸的、已被开膛破肚的无头尸体。游行队伍在城堡前停了下来。残缺不全的尸体被竖立在摇摇晃晃的绞首架上，尽量把它摆得像模像样。他们做这些的时候既冷静沉着，又一本正经，让人不禁想到，这些人没发疯吧？我右边的一个头目挥舞着长矛，上面挂着德·朗巴尔亲王夫人的头颅，她的长发总是拂到我的脸上。我左边那位更恐怖，手里握着一把尖刀，胸前攥着受害者的内脏。他们身后跟着大个子卖炭者，尖尖的长矛上挂着血糊糊和脏兮兮的衣服碎片。

“很快就找来一个理发匠，为了在王后面前让亲王夫人的样子看起来能体面一些，像她应有的样子。他得洗干净被血液黏结在一起的头发，按照宫廷礼节给她弄弄发型，再搽搽脂粉。双颊弄成了当时流行的绯红色，‘至少要让安托瓦内特认出她来’。

“快走到城堡时，人群要求皇室成员到窗前来。他们迫不及待地想让玛丽·安托瓦内特看一看，她亲爱的女友身上还剩下些什么。市卫戍队的军官把要求传达给国王。听到这些后，玛丽·安托瓦内特失去了知觉，城堡外面的人群肆意猖獗，要求王后把头伸出来。然后游行队伍又向皇宫进发，想要让亲王夫人的小叔子奥尔良公爵见见尸体。快到晚上 7 点钟的时候，疲惫不堪又斗志昂扬的人群才放过尸体，把它扔到了沙特莱广场附近正在施工的建筑基坑里，黎明时亲王夫人的尸体终于被送到了一处弃婴墓地。”

我记得，在这场表演和其他表演（有的比这个更恶心）过程中没有人觉得不舒服，无论是观众，还是参与者。也不是，很多人昏倒了，呕吐不止或昏迷不醒，但这仅仅是因为服用了“可令意识大开”的各式小药丸而已。

在认识“车库人”之前，总的来说，我对当代艺术几乎一无所知。当代艺术都包括些什么，总之一窍不通。绘画、雕塑、油画、线条画，这一切都离我非常遥远。

22:34

科尔德的电话突然响起来，律师不得不关上录音。

“喂！”科尔德回答得相当简洁，“是的。对，正忙着呢。莫里森小姐，我没办法见您。不，我无须向您汇报……那好吧。我正和我的律师见面呢。不，我这里一切正常。是的，再见。”

他撂下电话，往后仰靠在椅背上，叹了口气说：

“有时我觉得，卡桑奇派莫里森来是为了暗中监视我。只不过她要把信息传递给谁呢？”

“难道这些人不是来帮您的吗？”律师诧异地问道，“在我看来，正是他们能够和厄瓜多尔的外交官们联系……”

“对！”科尔德的身体向前探了一下，突然打断了律师的话，“正因为如此我才不愿意……我应该谨慎些，明白吗？那边……那边一切都太容易了，像是诱饵。您问过，为什么我选择俄罗斯？或许，我会跟您讲讲这一切，但暂时我只想说：前景。这里有前景，有回旋余地。明白吗？而且，总之我有一种感觉，在这里我可以隐居，无论是中情局、军情六处，还是我们国家的警察都找不到我。而拉美可是美国的后院！不，认真想过后，我意识到自己不想待在那里。还有一点很重要，或许卡桑奇要是不把我往这边推的话，我就会更认真地考虑厄瓜多尔和委内瑞拉的提议了……”

录音 5

在接着讲有关“车库”的故事以及接下来发生的事之前，我想就“9·11”事件说两句。事件发生时，我刚开始念大学。这是一个很普通的日子，在我看来，星期二，没有任何预兆表明要发生什么不寻常的事情，然后突然周围所有的电视，无论是学校门厅、小吃部，还是保安室，都开始播放世贸中心大楼以及撞向大楼的飞机画面。

各处屏幕四周都聚集着人群，很多人在哭，有人一直在问：“现在怎么办？现在怎么办？”当听到播报说天空中还有几架载有恐怖分子嫌犯的飞机，并且其中一架直捣白宫时，人群几乎开始恐慌起来。两辆救护车赶到学校，一名女学生和一位名叫霍普金斯的老师身体不舒服。

可是，不知为什么这一切并未给我带来某种强烈的触动。不，当然，很可怕，有人死了，无辜的人，平民，如我父亲所言，但是在直播中这种死亡是给营业员和家庭主妇看的，给那些庸人看的，一言以蔽之，就是它看起来太像电影了，就好像是照着先前写好的剧本在表演。尽管，或许，我这种有所节制的反应与父母离异和内心创伤有关，就连纽约的恐怖事件也抵不过这种创伤。我不知道。

当然，后来我读了很多这方面的文献，看了一些持不同见解的支持者和反对者拍摄的影片。终于，当我在国安局工作时我试图去了解真相，这只是为了所谓的兴趣，但是我却触碰到一个十分强大的信息隐藏系统。

该系统是这样构建的：它会让任何一个想要挖掘事实真相的人产生一种坚定的信念，即摆在你们面前的是一组偶然性，是散落在黑屋子地面上的众多拼图块，而且有只黑猫还刚刚从上面跑过去。总的来说，系列片《X档案》的主创说得对，真相就在那里。

再回到“车库”上来。那里定期举办展览和当代艺术画展，反正“车库人”自己是这样认为的。我已经举过例子，不想再举例了，因为这实在有点儿倒胃口，但是我要强调一下，“车库”让我了解到很多关于绘画、雕塑、线条画等方面不同流派的知识。

在认识纽兰妮和其他人之前，我只听说过超现实主义，而且就连这个也是多亏了挂在朱迪思房间的画，是萨尔瓦多·达利画作《由石榴旁飞舞的蜜蜂引起的梦，就在醒前几秒钟做的》的复制品。不过，老实说，这幅画会引起我的注意绝对不是因为超现实主义手法，而是因为上面画着一个裸体女人。

在“车库”里他们用非常简单又通俗易懂的语言向我解释一种当代艺术风格与另一种风格有何不同，并举例说明。给我上课的是“飞盘”和纽兰妮。

“瞧，看看，”纽兰妮一边在一页书写纸上飞快地勾勒马的轮廓，一边说，“一匹公马是什么样，我就画成什么样，脏兮兮的蹄子，勃起的阴茎，这就是现实主义。现在……”她拿起水彩笔，“我们给马涂上蓝色，再给它画上红色的鬃毛。这就会变成表现主义。然后我们再给阴茎加上铲子，给马蹄子加上冰刀，而在马背上画上罗马教皇的肖像，这就是超现实主义。‘飞盘’，把黑色炭笔给我！”

她用黑色炭笔加粗马的所有初始轮廓，把图像分解成一些几何图形，把头和尾巴的某些地方改动了一下。

“这是立体主义。要是把它们全部变成黑色方块和白色圆圈，旁边再写上‘马’的话，那就是至上主义。对了，忘了，要是在最开始的时候我们给马涂上各种粉彩，边缘再加上晕染效果的话，那就会变成印象主义……”

“要是画面上只有一个圆圈，表示马蹄印的话，这就是极简主义艺术。”“飞盘”在授课时插进来一句，“但是如果把整幅画都浇上马粪的话，那就一半是‘行动绘画’，一半是达达主义。你明白了吗？约书亚小子？”

“大体上差不多吧，”我笑了，“你们想知道吗？我也给你们讲一些有用的东西，关于用C++语言编译程序，或是关于html网页设计？”

“神啊，救救我们吧！”他们齐声高喊，然后故作惊恐地跑了，留下我和画着马的图片两两相望。

除了艺术，“车库人”还积极参加各种社会政治运动。我们定期为那些标新立异的网站写一些测试程序，巡查地方上的化工企业，支持“绿色和平组织”，为反全球化人士在红色T恤衫上印制切·格瓦拉的头像，这些人打算去欧洲的什么地方与警察对抗，还非法灌制“马努乔”歌手的碟片，因为这是一支唱过抗议歌曲的主要乐队。

有一天，我、纽兰妮以及其他一些“车库人”去巴尔的摩参加游行示威，以支持俄罗斯的黑客德米特里·斯克利亚罗夫。这个小伙子灵机一动编了一套软件*Advanced eBook Processor*，可以轻而易举地绕过ADOBE公司专门设计的PDF文件保护程序，而这套程序可以禁止他人复制任何东西。

按照美国法律，德米特里这么做是违法的，可是按照俄罗斯法律这却是合法的，所以他的公司心安理得地兜售他设计的软件，一切都很正常。

可后来德米特里应邀出席在旧金山举行的计算机大会，他甚至还发言做了报告，可在这之后他就被 FBI 的特工抓走，还被藏到监狱去了。

嗯，当然，举国上下但凡是正常人都感到强烈愤慨，因为如果今天因为这个俄罗斯人工作干得好就让他入狱，那么明天只不过是因为我们在网上写了点什么东西就可以让我们坐牢。我指的是，从当局的角度来看，写的东西好像“有问题”。

的确，纵观整个事件，对我来说，起初只是一个虫洞而已，什么东西被藏起来了，以避开公众的注意力，有点不大对头的隐晦之处，如果可以这样表达的话。

因为就其实质而言，严格说来，德米特里的软件能让人盗取信息，而偷盗行为，不管发生在什么地方，无论是在商店里，还是在 BP 加油站，或是因特网上，总归都是不好的行为。

但是另一方面，很多人会断言，信息应该是自由的，难道人们会为在大街上、交通工具里、森林里和田地里听到的东西付钱吗？

总之，我自己还不太打算弄清楚这件事，只要纽兰妮和“车库人”，也就是我的朋友们，只要他们支持德米特里的话就够了，那我也就支持。

我们开了两辆车，小伙子们开一辆旧福特，车内装着横幅，上面写着“释放德米特里”，我和纽兰妮开一辆小型丰田。为了在游行结束后好好磕嗑药，我们得先和纽兰妮的一个熟人碰头，纽兰妮在此人那里买过大麻。

我们一路又是聊天，又是接吻，有两次甚至差点儿就从高速公路上飞了出去。纽兰妮的小车很灵活，简直就像是赛车一样，尽管她说这是便宜的日本货。

路过帕萨迪纳后，我们就在格伦伯尼那里左转，拐上一条街，街道名称很可笑，叫水鹿路。我不能说我喜欢上了这个小区。小区挺差劲，老实说。“臭狗屎”，“杜宾犬”该这么说了。不过，毒贩子们倒应该是住在这种地方。

纽兰妮把车停在一栋二层小楼旁边，外墙包着塑料板，似乎应该叫披叠板，在我们威尔明顿只有小吃店和市政大楼才这样装修。

“走吧。”纽兰妮说完，拉着我跟在她后面。我冷笑了一下，那时候我就已经把冷笑学得很不错了，他们说，我应该对任何事都不屑，是的，所有的一切！于是我就从车里面钻出来跟在她后面，尽管我一直认为，毒贩子们做事的时候不会喜欢多余的眼睛和耳朵。

纽兰妮用自己的钥匙把门打开，这让我大为吃惊。然后她脱掉鞋，可能是因为地上到处都铺着草席。我也把鞋脱了。

我们走进去，经过一间大屋子，里面有沙发和壁炉，到处都挂着竹制风铃和解梦铃铛，然后进到另一间屋子。这里，或许住着一位疯狂的嬉皮士兼性瘾者，而且还是一位画家。墙上挂满了画着裸体女人的素描和彩画，都是令人作呕的姿势。而且她们极尽各种淫荡污秽之能事，与活蛇性交，生下蟾蜍，吐出一堆切下来的阴茎等等，这是最让我恶心的。

“你在这儿看看书，我去阁楼拿大麻。”纽兰妮说，然后我就听见她光着脚噔噔地踏着木楼梯上去了。

书架上有书，非常多的书，大概有 20 本吧。在这之前我只在中学图书馆见过这么多的书。哦，在艾森伯格先生那里，在他的办公室里也有很多书，满满一柜子。

我们家里没有书，而且就连我去过的那些熟人家里也没有。不，《圣经》是有的，当然，还有课本，但是这不算数，每个人家里都有这些。在我同班同学马修·特克尔的家里，还有一本从欧洲带回来的奇怪的书，也不知是他祖父带回来的，还是他曾祖父带回来的。书里面有一些黑白插图，很恐怖，瘦弱的骑士骑在马背上与各种恶魔交战。书不是用英文写的，而且书名我也看不懂，但是里面有一些内容是关于唐吉诃德什么的。

纽兰妮朋友的书可大不一样。我读了一下书脊上的作者名字：赫胥黎、加缪、海因莱因、奥威尔、奥特加·伊·加塞特、福山，便明白了，实际上这些书对我毫无用处。不仅如此，还有一些书，在我看来纯粹就是胡诌八扯，有黄帝、老子、张道陵、葛玄，以及其他一些“五斗米教”的书。

所以最吸引我的是一本厚厚的黑皮书，有一个古怪却也能让人明白的书名，叫 *The Anarchist Cookbook*，也就是《无政府主义者食谱》，是一个名叫威廉·鲍威尔的人写的。

我拿起书，随便翻开一页读道：“大麻的食用方法。很多人在收拾清洗完药草后，就把籽、茎和秆扔掉了。我强烈建议您留下这些东西，因为有很多加工这些边角废料的食谱。把这些边角废料收集起来放在纱布袋或小布袋中，就可以简单轻松地做出好喝的热饮，像茶一样。抓一把就够了，因为分量决定药力和功效。接下来把药草放进袋子，然后再扔到茶壶里，加水煮沸。水烧沸几分钟后，从灶上取下茶壶，再泡上五分钟。然后饮料就做好了。根据口味加糖和柠檬。”

我翻到另一页，这里讲的是毒品类甜点：“如果您喜欢糖果，也可以用大麻轻松制作而成。四分之一杯粉碎成末的大麻，倒入杯中，添水加满。加四杯的糖、两杯半的糖浆，搅拌。在大锅里加热至310度，加入食用色素和薄荷香精。从灶上撤锅，让混合物稍微冷却一下，倒入纸质模具。待糖果冷却后，把它们切成小块，即可食用。”

“看得出来，这位鲍威尔先生是一位会搞花样的大玩家，”我一边翻页，一边想着，“只是这和无政府主义者有何干系？我很想知道，接下来还会讲些什么。”

接下来是关于LSD的：“我认为，在今天黑市上可见的所有毒品中，LSD最为诡异和神秘。这是一种源于精神治疗亚文化的最新毒品，也是最主要的。赫胥黎早在精神药物在市场上大规模普及之前就用麦司卡林做过实验，但是相较于今天麻醉药物的广泛使用，这些实验具有完全不同的限制规定。或许，安托南·阿尔托是在精神药物的基础上构建伟大社会这一思想的主要代言人，他在墨西哥用佩奥特掌在自己身上做实验。赫胥黎的实验与阿尔托迥然不同，赫胥黎的实验在实验室内进行，一切都在监控下，而且监控是他本人要求实施的；阿尔托则把实验当成了自己生活的一部分。多亏了熟谙佩奥特掌，阿尔托才改变了，但是这难道不好吗？如果把脏兮兮的衬衫洗一洗，衬衫也会起变化。由于这种改变，阿尔托得以领悟和理解另一个层面的思想和世界观。他能够从理性主义跳出来，不再使用现代的组织方法，乃至现代的真理。阿尔托走自己的路，发现了他自己的真理，以及他自己的范畴结构。它们把他和其余世界隔绝开来……

“我在罗德兹被电击而死。

我死了，从法律和医学的角度而言。

电击后的昏迷持续 15 分钟。
半个小时甚至更长时间，后来病人又开始呼吸。
休克后一个小时我依然没有苏醒，并停止了呼吸。
惊讶于我病态的生命力，
实验员用听诊器听了听，
却没有在我身上找到生命迹象，
于是开始实施理疗。”

当然，这首诗写得不怎么样。但是一个人描写他在 LSD 的作用下濒死时的感受，这个故事本身，我还是很感兴趣的，于是我接着读下去：“在实验室里制作 LSD。要想合成酸的话，您就需要具有化学方面的基础知识，且能获准进入实验室内。不用说，炼制 LSD 就是一门艺术，需要的不是化学方面的基础知识，而是化学方面的精深知识。如果您不知道的话，就请您跳过这份食谱，看看下一个，下一个要简单得多。但是如果您能行，您是有机合成方面的泰斗，那么未来属于您。

“麦角酸二乙基酰胺的制法。

美国专利局 2.736.728

授权时间：1956 年 2 月 28 日

“这一发明涉及的是麦角酸二乙基酰胺的制作以及制作麦角酸所必不可少的中间化合物的生成。尽管已知的天然麦角酸二乙基酰胺和人工合成的麦角酸二乙基酰胺只有为数几个，它们却具有很多不同的有效药理特性。尤为有用的是麦角新碱，即 N-（1（+）-1- 羟基异丙基）- 酰胺 d - 麦角酸，麦角酸在工业中常用作氧化剂。”

化学我不懂，真的是一窍不通，我开始觉得无聊起来。就继续往下翻，不一会儿就翻到了佩奥特掌。我一直以为，这是一种毫无用处的墨西哥仙人掌，然而此书作者却透露它完全另有用途，这种植物内含麦司卡林，这是一种药力很强的致幻剂：

“我记得，我与佩奥特掌的第一次接触就在那里。我喝多了，两周都没有醒过来，后来我怎么也无法恢复正常，这时我在路上碰到一个衣衫褴褛的小男孩。他冷不丁地喊道：‘哎，先生！哎，嬉皮先生，您要不要点优质的佩奥特掌？！我妈妈自己采的。’我那时就是一个大白痴和草包。我让魔鬼把我丢到地狱，却毫无顾忌，我不认为这有什么危险的。我对小男孩说OK。他想先拿到钱。我还不至于那么蠢。我们一起往前走。

“我们一起上路，到城外去，大约有五六英里远。沿途很漂亮，可实际上我却没有注意到。终于他停下来说，他家到了。这就是五根生锈的扁铁和几块木头绑在一起，盖住了一个壕沟似的洞穴。这地窝子太神奇了！他又想先把钱拿到手。我说，先交货，后给钱。然后他做了一件事，真是让我害怕了，他邀请我进他的家里。我那时就想，他的一票兄弟正等着我呢，我瞬间清醒过来，开始清楚地意识到身边的情势；在这种情形下我脑子里想的只是：‘见鬼，如果他们向我冲过来，我对上帝发誓，我一定会抓住这些浑蛋中的一个为我陪葬！’他请我去他家，掀开我面前一块橘黄色的破布。从外面进去的第一感觉就是黑，但是当我的眼睛渐渐适应以后，我看见了一个女人，我本料想会看见一个体态臃肿的老妈妈，结果反而是一个纤瘦娇弱的女人，面目线条不太清晰。她蹲在屋子中央像炉灶一样的蓝色东西旁边。她欠起身迎接儿子，我才发现她并没有我先前料想的那么老，在余烬发出的幽暗火光下她看上去有点激动过度，那孩子又开始埋怨起来。我觉得他一直都在发牢骚，我就没听见过他好好说话。他叽叽喳喳地说得很快，我一个词也没听懂。都是胡言乱语，这些话从他嘴里吐出来得越快，我的头就越晕。我真的已经开始头晕了。那个女人看出来我不大正常，搀着我的胳膊，让我坐在地上。我一坐下来，便觉得好点了，我的感觉开始恢复，那孩子也不再叽叽喳喳了。

“我看见他妈妈站起身来，走到一个大陶罐前，从里面掏出点什么，然后又回到我身边。现在我弄明白了，应该就是佩奥特掌，佩奥特掌就是我来此的原因。我从她那里抓起一把就塞到嘴里。这是我有史以来吃过的最难吃的东西。也不知是因为男孩子没有兄长的缘故，还是因为我当时都没法数钱。等我终于回过神来把它吐掉后，我就把自己的钱夹一股脑地交给了那个女人。不知道怎么回事，但是突然，就像是遭到枪击一样，我胃里的东西就像是在炉膛中一样烧起来。我感到自己一直吐啊，吐啊，把胃里面吃的和喝的全都吐了出来，就像在该死的月神公园游乐场一样。我知道这根本没办法停下来，抽搐就像是阴雨天沙滩上的波浪，一波接着一波。

“我站起身来跑到外面，心里一阵恐慌，我是不是中毒了。我的胃已经被我搞得精疲力竭。痉挛似乎无休无尽。我感觉到我翻肠倒肚地吐了个够。我几乎都不知道自己是怎么回到城里的，浑身像散架了一样，钱夹也没了。

“佩奥特掌是一种生长在大自然中的棕色小仙人掌，就露出地面一点点。这种仙人掌植株顶部有几个花苞，无刺，有点像蘑菇。麦司卡林就在这些花苞中，人们吃的也正是这些花苞，尽管有一些印第安部落也吃根部，或是整株植物。佩奥特掌历史悠久，可追溯至阿兹特克人，他们认为这种植物是神圣的，并将其用于许多宗教仪式。

“佩奥特掌的特性被一些印第安部落重新发现，因此再度在各地广泛使用。西南部的印第安人在举办宗教仪式时使用佩奥特掌，并将其作为仪式的核心部分。‘正宗美国人’教派共计有两千多人，这里人可以完全合法获得毒品，这种地方为数不多。其成员可以完全合法地飘飘欲仙，而把自己那些不适的感觉归咎于神。”

纽兰妮耽搁住了。我留心听了听从上面传下来的声音，但是除了虚无缥缈的喃喃声，而且还是女人的声音，什么也听不清楚。那会儿特别热，我想要喝水，要到集会和游行示威的地点还得开很久，可是时间已经很紧了。

我本打算喊一下我的女友，但决定再等五分钟左右，为了礼貌起见，于是又看起书来。我接下来翻到的一章名为《论蟾蜍》。我接着读下去：

“我从未尝过这种东西，但是我德州的一位密友对此盲信盲从。显然，他在里奥格兰德附近的中学上学期间尝过这东西，那儿的农田里有很多蟾蜍。蟾蜍皮里有一种叫作‘蟾毒色胺’的物质，是一种迷幻剂。从蟾蜍皮提取蟾毒色胺的流程如下：

“收集 5—10 只蟾蜍。确认是蟾蜍，青蛙不行。最好取三只蟾蜍。

“尽可能无痛地杀死它们，然后立即剥皮。

“把蟾蜍皮放在冰箱里晾干，四至五天，直到蟾蜍皮变脆。

“现在研磨成末，抽吧！（由于味道难闻，我会把它和薄荷或者其他有香味的药草混在一起）

“享受吧，这是合法的，但是祈祷吧，不能投胎了。”

“你在看什么呢？”身后传来纽兰妮的声音。

“瞧，”我给她看了看，“书很有意思。”

“都过时了，”她鄙夷地耸了耸肩，“都是比利大叔和他的信徒们写的。好了，走吧，大麻我拿到了。奇瓦瓦的，真正的‘墨西哥货’。”

我把书放下，我们就往出口走。

“这是谁的家？”纽兰妮关门时我问道。

“啊，这个……”她沉默了一会儿，到了车旁边突然回答说，“我父母的。”

接下来的一整天我们都在巴尔的摩胡闹，在那些没有警察的小巷子和门洞里喝啤酒，但后来一个当地人把我们供出去了。或者是几个当地人。总之，有人从窗户里看见我们几个未成年人在一家商店后面，就给警察打了电话。来了一些警察，我们就跑了。这太好玩了。

我们正跑着，在路上突然撞上福音派教徒的游行队伍，就立马消失在人群中了，简直就像电影里演的那样。我们就这样躲过警察溜走了。但是我们大家也失散了，过了好长时间才找到彼此。

后来我们和一些哥特少年，以及华盛顿来的同性恋者混在一起，举着条幅游街，大声喊着：“让德米特里自由吧，让他和他妈的小俄国一起完蛋吧！”

您以为我们真的在乎这个黑客呢？其实一点儿也不在乎！好玩就够了。不，在他妈的这个示威游行中，讲原则的人够多了，他们“握紧拳头”，差点儿就准备冲到警车轮子下面了。但是我们又何必？我们是自由艺术家，我们活在当下。

游行结束后大家（嗯，除了我，您可是记得关于誓言的事吧）就躲在桥底下的河岸边抽大麻。来了一群黑人小伙子，大概七个人，我觉得。他们挤在桥的另一端，都盯着我们看，甚至还做了一些手势，像是说："你们瞅什么瞅，嗑药的？"但是我们的人也挺多，再算上那些哥特少年，以及华盛顿来的同性恋者，黑人也没敢来找碴儿。或许，白白错过了，因为我们这帮人嗑了药都神志不清，没什么可怕的。

夜里我们把一些旗给拽下来撕了。在巴尔的摩市中心的所有大楼上都挂满了旗帜，每幢楼都同时挂有三面旗帜，美国国旗、马里兰州州旗和带有市徽图案的市旗。"杜宾犬"第一个跳起来，一下子就把三面旗幅都抓住了，刺啦一声给扯了下来。

我记得，在某一瞬间由于认知失调我甚至还哆嗦了一下，我的整个人生，我这 18 年来，我的周围，无论是在家里、学校、外面，还是电视上，都在向我（及所有其他孩子）灌输，我们的星条旗是主要的、实际上很神圣的象征。

而且，我早在一年级时就将法规背得滚瓜烂熟，任何人任何时候都不能亵渎美国国旗！"不得降旗以表示对某人或某物的敬意，即便州旗、军旗和其他旗帜均已降旗以示敬意；除非发送遇险警报，否则升挂国旗时星区不得朝下；升挂国旗时，国旗下方不得触碰土地、地面、水或其他东西；举国旗时，旗杆不得与地面平行（举国旗时应与地面保持一定的角度）；升挂国旗时不得令其遭到毁损或玷污；不得在国旗上乱涂乱画；不得将任何东西卷在国旗里；不得将国旗用作衣服、床单、窗帘，不得用在西装和运动服上（但国旗图案可以缝制在爱国组织成员、军人、警察和消防队员的制服上面）；不得将国旗用于广告和产品推广；不得将国旗图案印制在餐巾纸、盒子或其他一次性使用的物品上面。”

“杜宾犬”同时违反多项法规规定。他把国旗卷起来了，他用国旗一角擤鼻涕，他把国旗撕下来一条，把它裹成尿布的样子塞进了裤子里。我本想对他讲，可能犯不着这么做，但就在这时“飞盘”大声喊道“杜宾犬”像鬼马小精灵一样，大家都哈哈大笑起来，我也是。由于我的朋友们都“嗑药”，他们根本无法停下来。

我们踉踉跄跄地走在街上，撕扯着旗幅；有人把它们当头巾系起来，有人把它们做成罗马托加长袍或超人斗篷。我不知为什么把旗幅系在了腰间，像苏格兰短裙似的，然后我就和纽兰妮一起跳起了奔放不羁的吉格舞，叫嚷着，我们是麦克劳德家族的，“只应留下一人”。

警察当然出现了，因为在我们胡作非为时，很多窗子都亮起了灯光，人们透过窗户往外看，他们不可能不叫警察，我们可是不守秩序违反了州法，但是因为事情发生在夜里，警察隔着几个街区就吹响了警笛，我们也就安然无恙地躲进了一些贫民窟。

哦，不是贫民窟，而是铁路旁的仓库。我们正好在那些有盖布遮挡的箱子和集装箱上过夜，临睡前大家把大麻都抽完了。

盖布下面很暖和，抽大麻也很方便。有时一个人喷云吐雾，其他人都一起吸着大麻的味道，也跟着神魂颠倒起来。他们叫我一起，可我却爬到上面去吹风。第一，因为誓言；第二，我突然反感起来……

我们回到学校，日子一天天过去，像是什么也没发生过一样。撕扯国旗这件事也没人把我们怎么样，我们的叛逆行为不用承担什么后果，大家很快就忘了这件事。

但是我却久久不能释怀，有一次，我和纽兰妮两个人去“车库”，我突然说，我们那样对待国旗是不对的。我倒没太指望能得到什么答案，我只不过是必须说出来而已。但她却回答了，而且很严肃，一句俚语黑话都没有。像是在考场上一样：

“国旗、国歌都是外部象征。概念转换，懂吗？”

我摇了摇头。

“嗯，只不过是块布料，是个词语而已。它们本身没什么意思，却被当成盲目崇拜的对象。‘不要给自己制造偶像’，懂吗？”

我又摇了摇头。我也不是听不懂她的话，只不过我不想对她的观点表示赞同。

“唉，那算了！”纽兰妮甚至愤愤地跺了下脚，“我给你一本书，你自己读读吧……”

她还真的给我带来一本书，书名我已经不记得了，是关于佛教及其各个流派，关于哲学流派以及那些生活在上千年前的智者。为什么这本书能吸引我？或许，还是因为纽兰妮对此痴迷吧。

不能说我一下子就吃透了那些意义隐晦的话语和抽象的定义。瞧，我，一个美国青少年，那时就要弄懂，什么是“道”，尤其是考虑到，即便是现在，作为一个30岁的男人，我也没有完全搞明白，而且我绝对相信，我们这个星球上没有一个头脑健全且意识清醒的人会对自己说：“我懂什么是‘道’了！”

不，当然也有各种各样的科学定义，书里有“内在性”“超验性”和“不可再分的虚空”这样睿智的词语，但是这些对我有什么用呢？

对于我，一个IT人士，老子的话要明白易懂得多，他说，道生一，一生二，即阴和阳，二生三，三生万物。

也就是说，这么一来，"道"就像计算机中的二进制编码一样，是所有形式的始源。确实，按照老子的观点，"道"同时也是一种形成整个创造过程以及创造本身的动力。这是一种既可以缔造一切，也可以毁灭一切的创造力，但是缔造和毁灭同时也在生成万物，并让万物生生不息，确保它们以我们认识的样子存在。也即"道"还是善与恶的平衡，也就是说又是一个二进制编码，我想，爱亦是如此，因为没有爱怎么行呢？

佛亦如此，充斥着定义，我更喜欢读道家智者的东西。纽兰妮给我带来一本书，里面有黄帝等一些伟大的道家思想家的文章。当然，里面也有不少令人费解之处，但是有些说法因其无可指摘的悖谬而深深吸引我："天下皆知美之为美，斯恶已。皆知善之为善，斯不善已。故有无相生，难易相成，长短相形，高下相倾，音声相和，前后相随。"

这就是我喜欢的老子。仔细琢磨，这句话描写的就是世界秩序！真的，最好是净心后长久冥想，方能悟得要义……

而如果认真地讲，老子也说了一些有道理的东西。例如这一句："躁胜寒，静胜热，清静为天下正。"这是真的，应该接受，所以接着讲下去。

顺便说一下，关于接下来发生的事，该什么事了呢？大概是伊拉克战争的爆发。不，战争开始前还有一个准备过程。我记得，到处都在说萨达姆及其盟友"基地组织"的成员是"9·11"事件的罪魁祸首，是他们杀死了成千上万的无辜平民，现在他们准备利用大规模杀伤性武器发动战争，准备来一场真正的大屠杀，针对的已不是几十万人，而是成千上百万人。

关于伊拉克大规模杀伤性武器的谈论无处不在，加油站、小吃店、超市，甚至在我们“车库”里。

接下来就是科林·鲍威尔在联合国安理会发表最著名的演说，他把一小瓶白色粉末拿给全世界看了看，说道：

“我们知道，萨达姆·侯赛因就是所谓的‘监督核查组高级委员会’。只要好好想想，伊拉克成立了高层委员会来监督核查人员，而这些人员可是被派去监督伊拉克销毁武器的！

“不能与他们合作，不能协助他们，而是要暗中监视他们，并给他们的工作制造障碍。

“委员会直接向萨达姆·侯赛因汇报工作。委员会由伊拉克副总统塔哈·亚辛·拉马丹牵头主持。其成员包括萨达姆·侯赛因的儿子库赛。

“我们知道，萨达姆·侯赛因的儿子库赛曾命令把所有违禁武器从总统官邸运出来。我们知道，伊拉克政府官员，执政党阿拉伯复兴社会党党员和科学家们将违禁品藏在自己家里。另有一些重要文件从军事机构和科研机构搬出来装进汽车，由特工人员开车运往农村，以免暴露。

“现在请允许我讲一讲这些致命的武器计划，并说明为什么对地区和全世界而言它们乃是现实的危险所在。

“首先是生化武器。我们在这里关于生化武器已经讲了很多。作为开场白和历史性的题外话，请允许我讲三点。

“第一，你们大概记得，UNSCOM（联合国特别委员会）花费了漫长又痛苦的四年半时间才让伊拉克承认他们拥有生化武器。

“第二，1995 年伊拉克承认拥有这类武器时，其存量颇为巨大。放在信封内不足一茶匙的固态炭疽杆菌，比这个量再多一点点（这时他正好给大家看了看装有粉末的小瓶），就导致

2001年秋美国大会关闭。这迫使数百人立即就医，两名邮政职员死亡。

“伊拉克承认现有8500升炭疽杆菌，但是UNSCOM查明，萨达姆·侯赛因大概生产了2.5万升。如果将这么大数量的病菌浓缩成固态形式，那么足以装满1000万茶匙。然而关于该致命物质，萨达姆·侯赛因未提交一份真实可信的说明报告，连一茶匙的说明也没有。

“那么现在我来讲一讲第三点，最关键的一点。伊拉克依然未就所有的生化武器进行汇报，他们自己承认持有，我们也知道他们持有。关于用来生产生化武器的有机物质他们也未做汇报。关于大批量像400型炸弹这样填充了此类物质的武器，也未做汇报。这是既定事实，而不是推测。这是真的，而且都是有可靠记录的。”

23:35

“但是伊拉克拥有大规模杀伤性武器依旧未被证实。”律师说。

科尔德点了点头说：

“当然。现在鲍威尔的演讲可以被视为‘所谓的谎言’的范例，尽管想要相信，他此番出于好意，但是就伊拉克的情形而言，这个不幸的国家在我国协助下所走的道路正是出于这些好意堆砌而成，而实际上看到当地的每日新闻报道后，不难相信，这条道路直通向地狱。”

律师想要说点什么，但是科尔德打断了他，意味深长地向上竖起手指说：

“但是，那时，在2003年春天，我们甚至都不曾往这方面想过。反恐战争早在两年前就已宣布，可是似乎还不曾有过这样的敌人，拳击台上蓝方一直空缺。突然一个嗜杀成性的独裁者的身影压了过去，是一个留着小胡子的败类，他准备用炭疽杆菌葬送整个世界。裁判还没来得及喊‘BOXING’宣布开始，整个美国就已经冲上去战斗了。”

录音6

在一个不太美好的日子我来到“车库”，撞上了半裸的纽兰妮和“杜宾犬”在“中心站”躺椅的毯子下面翻来滚去。我不知道他们那会儿是否已经做了什么，还是没顾上，但是我勃然大怒，变得神经质起来，弄翻了一个装着颜料的塑料桶，打碎了一堆酒瓶，总之就是把屋子里的东西砸了个稀巴烂。

我觉得，他俩都没料到我会如此发疯。我也没想到自己会这样。

终于，怒火平息，我问纽兰妮：

“你跟他，还是跟我？”

她笑而不语。“杜宾犬”伸了个懒腰，他那两条毛茸茸的小细腿杵在脏兮兮的地板上。

“你干什么，约书亚小子？”他懒洋洋地问，“早在瘦高个艾贝[1]时期就废除了对人的所有权。她是自由的。她想和你睡

① 指亚伯拉罕·林肯。——译者注

就和你睡，想和我睡就和我睡，要是她想的话，她也可以和斯帕克睡。”

斯帕克是一条掉了毛的公狗的名字，它就在“车库”旁的灌木丛中生活。我们会喂喂它，有时为了好玩还往比萨饼或汉堡里加点裸盖菇素类的致幻蘑菇。斯帕克的trip[①]爽极了，它吠叫了很久，很瘆人。我一想到纽兰妮四肢着地趴在那里，后面是那只嗷嗷叫着抽动不停的斯帕克，我就开始作呕。

“你为什么不说话？”我问纽兰妮。

她还在微笑。就这样，她笑着仰面倒下，我看不到她的脸，给“杜宾犬”的身子挡住了。他也一副平日里皮笑肉不笑的德行，时刻准备与你针锋相对。

“放松，约书亚小子，”“杜宾犬”说，“去吧，给自己找个女伴，要是你被逼得想发泄一下，那个小个子刘时刻准备着，她有瘾症。活在当下！没有过去，忘了吧！这是我给你的忠告。”

“我不需要你这个变态的忠告。”我回答他说。他大笑起来，对我竖起中指。

我走出“中心站”，毅然决然地打算永远离开“车库”，但是还没走到大门口，纽兰妮就追了上来，毯子像托加长袍似的裹在身上。她默默地抓着我的胳膊，张开双臂抱我，用力吻我的嘴唇。毯子掉了下来。她什么也没穿……

总之，我留下来了。然而还是有什么东西变了，碎了，裂了，和以前不一样了。我坐到电脑前，一头扎进加密软件的研究中。如何加密网上传输的数据，我疯狂地迷上了这一课题，而且我正是在“车库”里抓住这个课题紧紧不放的。有一次我

---

① 俚语，用来表示吸食毒品后的愉悦感。——俄编注

们讨论网络自由，有人发表了一番简短言论，我印象中是黑人瑞克，他对这种话题总是很感兴趣，“网上应该有专门的程序和插件，可以自动地将每一位网络用户变成匿名。总之，在上传数据时就应该禁止注册地址。只有这样，网络才能成为真正自由的领地，成为谁也不欠谁什么东西和谁也不怕谁的地方！”

他说的那一套当然行不通，可是对数据进行安全加密，隐藏，不让大家，不让政府、黑客以及无孔不入的商人发现，这是完全可行的，我做的就是这个，况且我也需要用点儿东西来填满纽兰妮背叛后内心出现的空虚。

休里斯先生的小组我也去，起初还挺有意思，但是很快我就发现“遇到瓶颈了”。休里斯先生的技能水平和学校里的计算机性能都不足以满足我的兴趣。我想要走得更远，可这里却让我原地踏步。那一刻我突然意识到，完了，我的学业实际上已经结束，尽管还有两年的时间呢。

有一次我把这些想法告诉了休里斯先生。他摘下眼镜，咬住镜架，皱着眉头看了我一眼，若有所思地说：

“作为老师我不愿意听到这些，可是作为学者我很得意，因为您，科尔德先生，是我的学生。您已经走得很远，我向您保证，而我……我会用某种方式推动一下这件事。”

“怎么做？”

“您看，有一个人，是一位备受尊敬的企业代表，这家企业从事研发您这一专长方面的产品，他请我尽可能地介绍一些有前途的学生给他认识。想想看，科尔德先生，您有兴趣认识一下吗？”

我，或许，如您所知，是一个不爱社交的人，而且极不愿意和陌生人凑在一起。他们让我害怕，当然，不是外表，而是可能会裹挟到我生活中的那种潜在威胁。威胁在这里指的是变化，当时的变化已然让我穷于应付了。除此以外，和纽兰妮闹翻后我真的不想和任何人联系，更别说陌生人了。

“谢谢，休里斯先生，”我说，“不用了，再见。”

和他道别后，我就回宿舍了。或许，我会忘记这段谈话，就像我已然忘了我有生以来与各种各样的人之间的许多次谈话一样。但是第二天，当我经过文科楼时，一辆车在我身旁停了下来，是个黑色大奔。我瞟了一眼——车不错，动力强，很漂亮，尽管是欧洲货，然后接着走我的路。可是奔驰也动了起来，在旁缓缓行驶。这是一个阴雨天，稀稀拉拉地下着雨，当乘客位置的车窗打开时，细小的雨滴在贴着车膜的玻璃上晃动着。

“可能，迷路了，想要问路。”我心想。车在减速，尽管停在雨中并不是一件令人愉快的事，您懂的，车牌不是本地的。

但是出乎我的意料，真皮内饰的车里面有人喊我的名字：

“科尔德先生！劳驾，可否打扰您一下呢？尊敬的先生。”

有生以来还从未有人叫过我“尊敬的先生”，我当然停下来了，弯腰往奔驰的车窗里看。里面坐着一个 40 岁左右的男人，是个白人。他的面容和蔼可亲，浅色头发，留着寸头，皮肤粗糙泛红，像帆艇运动员那种风吹日晒后又干又黑的皮肤，眼睛炯炯有神，如夏日天空般那样蓝。

“您叫我？”我傻乎乎地问道，想要弄清楚他叫我干什么。

“是的，科尔德先生。我叫詹金斯，埃德·詹金斯，愿意为您效劳。”他充满善意地笑着，“我自我介绍一下……不过，您何必在雨中淋着？上车吧，里面舒适着呢。”

我环顾四周，似乎是普普通通的一天，人来车往。当然，从孩提时代起我们就被灌输，不要坐陌生人的车，但是……可我早就不是孩子了！此外，这位詹金斯先生，完全不像是会威胁到我安全的人，甚至以后也不会。当然，他出现的情形有点儿诡异，但是……

总之，众所周知，好奇心害死猫。我打开车门，坐上了奔驰。

詹金斯握了握我的手，他握起手来坚实有力，和父亲一样。“那当然了！”我突然明白了，“父亲！这是他的熟人、朋友或同事。所以他才认识我，他就是这样才会有风吹日晒后又干又黑的皮肤……”

“科尔德先生，您肯定很惊讶，或许，您对在街上把您叫住的陌生人会有些反感。所以为了尽快在我们之间建立起相互理解的氛围，我就不兜圈子了。”詹金斯半侧着身对着我坐下，面带笑容地接着说道，“我不是浸礼会传教士，不是推销员，也不是军队征兵人员。关于您的信息是您的老师休里斯先生告诉我的……”

我失望地叹了口气，原来是这么一回事。

“看样子，我的解释与您的期望不符。”他的笑意更浓，“但是请相信，您不会对我的建议无动于衷的，而且是从积极意义上讲。”

他说话很轻柔，句尾都会转一下调。这些轻声细语听上去很舒服，不会让人想要打断他的话。

“您在网络信息数据传输加密和密码领域的研究给我方专家留下了良好的印象。”

“贵方？是哪一方？”我坐到车里后第一次开口说话。

“简单地说，乔希，”他语气一变，一下子就变成了一个简简单单的小伙子，“我想提议与你合作。就是给你一份工作，明白吗？起初是一些不太复杂的、技术含量不高的工作，你还是有很多东西需要学会的，但是接下来……”

“谁是雇主？”我想知道。

他没打算绕来绕去兜圈子：

“政府。”

我冷笑了一下，这情形就像是HBO频道播放的廉价电视剧。

“抱歉，詹金斯先生，但是我不会为政府工作。这有悖于我的信仰。”

他笑了起来，可当他说起话来，他的声音听起来很严肃。

“信仰？您真是个爱说笑的人，科尔德先生。您说的是什么信仰？您在一个良好的美国家庭长大，您的父亲是一个令人尊敬的人，您父母离异，也不是他的错。当我说到‘政府’的时候，我指的是美国。您家里信奉的价值观，就是美国的价值观。”

“我早就不在家里住了！”我挑衅地说道。尽管“不在家住的这段时间”不过是我生命中的一小部分。

“就算是这样吧。”他没想辩驳，“但是信仰不是袜子，不能每天换来换去。您同意我说的吧？”

我耸了耸肩。同意就意味着承认他是对的，可我满腔翻腾着心理学上所谓的“青少年叛逆心理”。我很想向这位詹金斯先生证明，生活中最重要的是自由和……

“生活中最重要的是自由。”他说道。我吓得缩了下脖子。

这么说来，和我谈话的人会读心术？他到底是谁？真见鬼？！

“我非常喜欢棒球，”詹金斯先生继续说道，“但是这个游戏里让我感兴趣的不是漂亮的击球或是球的飞行轨迹，不是比分，不是球迷的狂热，也不是庄家的赌注。不，约书亚。我看重的是棒球运动中同一球队球员间的协同性。大家都奔着结果使劲，绑在一起作战，能够取胜也是因为他们彼此有默契。告诉我，我们之间是否有这种默契？”

我不知该怎么回答，就又耸了耸肩。他点了下头。

“好，那我继续。自由是我国社会的基本价值。或者简单地说，这是成千上万、数十万美国人为此献出生命的东西。你记得独立宣言的内容吗，约书亚？”

“嗯，大体上吧……”

他闭上眼睛，大声背诵起来：

“‘我们认为下述真理是不言而喻的：人人生而平等，造物主赋予他们若干不可让与的权利，其中包括生存权、自由权和追求幸福的权利。为了保障这些权利，人们才在他们中间建立政府，而政府的正当权利，则是经被统治者同意授予的。任何形式的政府一旦对这些目标的实现起破坏作用时，人民便有权予以更换或废除，以建立一个新的政府。新政府所依据的原则和组织其权利的方式，务使人民认为唯有这样才最有可能使他们获得安全和幸福。若真要审慎地来说，成立多年的政府是不应当由于无关紧要的和一时的原因而予以更换的。过去的一切经验都说明，任何苦难，只要尚能忍受，人类还是情愿忍受，也不想为申冤而废除他们久已习惯了的政府形式。然而，当始终追求同一目标的一系列滥用职权和强取豪夺的行为表明政府企图把人民置于专制暴政之下时，人民就有权也有义务去推翻这样的政府，并为其未来的安全提供新的保障。’这一段刚好说的是自由，约书亚。你懂我的意思吗？”

“懂，但是我……”

“你现在的处境不佳，小伙子。一方面，你有能力，甚至是天分，你能为任何一个团队增光添彩；另一方面，你的履历正受到威胁，”詹金斯先生委婉地说道，“我不想给人好为人师的印象，但是你现在交往的那些人不会让你有出息的，相反……”

“您是怎么知道我和谁交往的？！”我能感到自己怒火中烧，“关于自由您说的都对，所以请您指点指点我这个自由国家的自由人，真见鬼，我应该做什么？应该和谁打交道？不应该和谁打交道？”

“知道，这是我工作的一部分，”他回答，语气没有任何改变，“至于选择的自由……你，或许知道，大洋中最自由的生物是海豚。但是小海豚出生后其他海豚会把它团团围住，不让它往边上游，也不让它往深处游，而是用鼻子把它推向水面，好让它张大嘴吸气，然后开始呼吸。它们当然也可以给它自由，让它自己决定往哪儿游，但是这样的话，小海豚死亡的概率为百分之七十五。你该不会说，大自然的安排如此愚蠢吧？”

“不会……”

“接下来要说的是，每一种自由都有自己的象征和传统。在我国自由的一个主要象征就是国旗。需要有很大的勇气，约书亚，才能不仅仅是知道，这是一块带有星条图案的布，而是在非常艰难的处境下也能捍卫它的荣誉。还有，我们的一位排长，他是参加朝鲜战争的老兵，他常说：‘埃迪，记住，吐口水永远比清理口水容易，但是四处看看，你就会发现，我们的世界并没有被口水弄脏。’你还想说点什么吗？”

“不……不，先……先生。”事实上我有点儿慌了神。这位詹金斯先生不知怎么轻而易举地就把一切都彻底颠倒过来了，或者正相反，是让所有东西都各就各位。

“那么我们的谈话暂且到此为止吧，我觉得，你需要想一想。”

“是，是的……”我从车上跳下来走了，几乎是跑开了，我觉得自己就像是一只刺猬或豪猪，身上的棘刺一下子就掉光了。

于是我往车库那儿走，因为我不知道该做什么。一方面，詹金斯先生对我说的一切都是对的；另一方面，我们大家，“车库人”，难道不是一直就在与这一切抗争吗？不是在嘲笑这一切吗？

到底是我们，还是他们？我，约书亚·科尔德，我是谁，我最终属于哪一边的？如果思量思量，那么我这一生，除了最近这半年时间，一直都是“这山望着那山高”。我父亲是一个百分之百的美国人，为了我们的国家他什么都愿意做。我和姐姐依循他的公民模式长大，也变成了这样的人，在某一特定时刻到来之前，我们甚至不曾想过，或许可以变成另外一个样子。

这时我第一次思考，说实在的，对我而言，美国到底是什么？不，当然，有一套意识形态方面的陈词滥调，还有一些国家“名片”，而且既有供外部需求使用的，也有供内部需求使用的。

有历史、文化、名人，有“黄金时代”和“美国梦”。见鬼，有朗费罗、霍桑、菲茨杰拉德、海明威、厄普代克、查理·卓别林、保罗·纽曼、克林特·伊斯特伍德和塔伦蒂诺，有弗兰克·西纳特拉、阿姆斯特朗、猫王、贾尼斯·乔普林、B.B. 金，还有成百甚至上千的人，全世界都知道这些人，而他们全部都是美国！

但是，他们又是如何环环相扣联系在一起的呢？有用美国国旗擦屁股的“杜宾犬”，可飞机从索马里还是什么利比亚运回的士兵棺椁上也是这样的国旗。到底什么更重要？可以用国家象征擦屁股？还是应该为国捐躯？

我内心充满了各种情感和想法，就连手都像老年人那样哆哆嗦嗦。我突然觉得自己就是个废物，是社会的弃儿，是问题少年，不过是因内心矛盾和情绪失控就往学校擦得干干净净的窗户上扔泥巴。

坦率地说，詹金斯先生成功地扰乱了我的内心，触动了我的灵魂，并且在我心里播下了怀疑的种子，我开始怀疑自己这样生活到底对不对，而这一切他做得相当巧妙。用詹金斯先生赞不绝口的棒球游戏语言来说，他把球准确地投到捕手手套中，投出一记好球，而我这个击球员却很没用，挥棒落空了。

好不容易走到“车库”，我摁了摁大门的密码，正想要锁好门（第一条法则），却碰见“飞盘”，门就半开着。

“飞盘”坐在“外间”的地上用刷子在一块湿乎乎的纸板上画画。他画画得很好，可能比所有“车库人”都好。他涂抹得又快又准，我不由地看出了神，尽管一点儿也看不懂他画的是什么。

“巴赫”来了，又拿来几块纸板，用水浇湿，然后摊开晾干。

“你们这是干什么呢？”我又凑近一点儿问道。

“安迪·沃霍尔的‘未知’画作，”“飞盘”并未转身，乐呵呵地说，“‘杜宾犬’挖到了一个特酷的题材，通过网上拍卖卖画。你给拍品估估价，定个起拍价，在拍品介绍中写上：在自已心爱的祖母家阁楼发现此画。祖母年轻时是一名记者，住在‘大苹果’[1]，与疯子安迪交好。因此他把这幅杰作送给了她。好了，接下来你就老实地坐在家里等着吧，那些傻瓜会从世界各地跑来给你送钱。”

“但是，这画又不是真品啊！”

“我们哪儿写着它是真品呢？”“飞盘”讥笑道，“这就与我们无关了，是那个年轻女记者的事，上帝啊，请宽恕她罪恶的灵魂吧！就让他们自己辨清是非吧！”

“‘杜宾犬’是个天才！”“巴赫”坚定地说。

“你们已经画了很多吗？”

“那边，你看看，在画展那里。”

我掀开帆布帘就看见长桌上有三幅“画”，其中一幅画着轰动一时的“坎贝尔”浓汤罐头，只不过画作上的题名不是“Tomoto soup”，而是“Yamoto soup”，这帮人在罐头盒中间画了一面日本国旗，而下面的花边部分变成了戴着军用头盔的头盖骨。

第二块画布上画着玛丽莲·梦露正在吮吸肯尼迪总统的阴茎，她的乳房上有一个靶盘。

最后一块纸板上，号啕大哭的自由女神盯着我看，她的托加长袍已被扯掉，眼下她正试图用火炬遮住自己的身体。

“快说，怎么样？”“飞盘”手拿刷子在我身后出现，“真正的沃霍尔吧！不是开玩笑的。”

“但是这个……”我试图找到恰当的词，而脑子里却冒出一些有说教和训诫意义的术语，在这里，在“车库”里用这些词

① “大苹果”是纽约市的别称。——译者注

是不对的，我说道，“总之，这太……卑鄙下流了！”

“什么，卑鄙下流？”“飞盘”一下子怔住了。

“到此为止吧，不能这么干。”

“老……老兄！”“飞盘”放松下来，咧嘴笑了，“你要明白，没有规则，就没有无聊！”

“你确信，无聊就是我们人生中要与之斗争的主要对象？”我问道。

“不然还有什么？和敌人吗？”“巴赫”走到画展这边，耸了耸肩，“你怎么了，有很多敌人吗？”

“我自己没有，但是我们国家有……”

他们犹如刚刚吸多了“墨西哥货”一样，笑了起来。简直就像马在嘶叫那样笑。

“啊，你，原来是一个爱国者，约书亚小子！”“飞盘”可找到乐子了，“唱个国歌，小伙子，我们向你敬军礼！全部的，毫无保留！你会不会更喜欢其他一些献礼方式？口交，肛交还是阴道交？”

最后我向这帮小丑们啐了一口，就去“调度室”了，有音乐声从那里传出来，希望能在那儿碰上纽兰妮。我费力地从一堆摞得如金字塔般的旧箱子边上走过去，绕开一些架子，上面堆放着满是灰尘的飞机零件或船用马达零件，也不知放在那儿多少个年头了，还被旧轮胎绊了一下，我越接近目的地，就越觉得，除了这种类似于 Iron Bee 风格的音乐，那种伤感的音乐，沙哑的女声，还有另外一种声音掺杂进来，也是女声，很熟悉的声音，有节奏的呻吟声，带着明显的满足感。

我非常清楚，在什么时候，在什么情况下，纽兰妮会发出这样的呻吟声，但不知何故还是想冲过去亲眼看看……

他们是在沙发上做的，像狗那样的姿势，而且“杜宾犬”还把手指放进纽兰妮的嘴里，让她向后撅起嘴唇。这太让人恶心了，尽管，或许，他们不这样想。

他俩都看见我了，可却完全没有任何反应，继续做着他们做过的事。在我们“车库”里，一般来说，都是一派自由风气，某人可以当着大家的面和某人苟合，但是大家还是尽量到布帘后面，箱子后面，到一些僻静的角落……

“你好！”“杜宾犬”向我使了个眼色，屁股继续有节奏地抽动。

“乔……乔……乔希……”纽兰妮呻吟着，用女歌手那沙哑的声音笑了起来，“到我……我们这来……”

有那么一刻我还在想象，这会成什么样，她、“杜宾犬”和我在一起，然后我差点没吐出来。

就在那时，我做了一件连我自己都意想不到的事。我一掌拍到桌子上，连播放器都跳了起来，不出声了。

“哎！”我对他们说，“别黏在一起了，我有事。”

一阵沉默。“杜宾犬”从纽兰妮身上下来，往沙发上啐了一口。纽兰妮在旁边伸了个懒腰，不知羞耻地用一双半醉迷离的眼睛直勾勾地盯着我。

“真是个让人扫兴的人。”“杜宾犬”嘟囔着。

“我这就走，”我说，尽量不往纽兰妮那边看，“彻底地。”

“还能去哪儿？”“杜宾犬”打了个哈欠问道，“放下吧，老兄。过去的事已经过去了。没有过去，你忘了吗？如果你是因为纽兰妮，可她自己想要这样。她有这个权利。”

“乔……乔……乔希！”纽兰妮又拖长声音叫我，“你在吃醋吗？傻瓜。嗯，我只是……只是想要了，可你又不在身边，你懂吗？我和蒂娜喝了威士忌，然后我……”

“我这回要彻底走了，”我打断她的话，“‘车库’变成了污水坑，变成了窑子。这不是我待的地方。”

一阵沉寂。纽兰妮撇了撇嘴。

“那就滚吧，老鼠！”“杜宾犬”勃然大怒，他全身发红，一跃而起，急得使劲地把牛仔裤往身上拽，“滚吧！黄毛小子，有洁癖的家伙，书呆子，懦夫！”

“纽兰妮，你和我一起走吗？”我应该问一下，所以也就问了，尽管已经知道答案。

“乔……乔……乔希……唉，为什么你这……这么难……难沟通呢？”纽兰妮的眼睛咕噜噜转着，轻声说道。

我转了一下身，往地上啐了一口。不知道是为了什么。一般来说，我从不吐唾沫，就算在街上没人看见也不吐唾沫，可在这里却啐了一口。或许，棒球手詹金斯先生的话在我的潜意识里浮现了出来，嗯，就是那句被口水弄脏的世界。又或者只不过是气愤难平。

“杜宾犬”一下子发起火来。

“站住，畜生！现在你用他妈的你自己的嘴巴把他妈的口水舔干净！”

我看了他一眼，我已经完全平静下来。我用眼睛的余光看到纽兰妮裹在红褐色的毯子里面，就是那天她披着追上我的那条。

“杜宾犬”挥动着双手向我扑过来。或许，他在这种事情上的经验要丰富得多，而我实际上从来没打过架，如果不算上童年、沙盘、“老星系”空中卡车和麦克弗林兄弟的话。

但是现在“杜宾犬”怒不可遏，而我却没有。老子的话没有白说:“躁则失君。”

因此我冷静地等待他跑到我跟前的那一刻,一拳打在他光溜溜的肚子上。他喘不上气来,跪倒在地,瞪大眼睛,脸变得更红了。纽兰妮尖叫起来,躲到沙发的一角。

沉重的脚步声传来,“巴赫”和“飞盘”闯进了“调度室”。

“怎么了?”

“抓住……他!”“杜宾犬”声音嘶哑地指着我说,“快……趁他还没跑!”

“巴赫”立即揪住我的一个胳膊肘。

“松开,”我对他说,“松开,否则……”

“‘否则’会怎样?”“巴赫”眯起眼睛,含含糊糊地挤出一句,又把我那只手背到后边去。

就在那当口,我用另外一只空出来的手击中他的脸,打在他肥嘟嘟的脸蛋儿上,但手还是疼了起来。

“巴赫”立刻跳开,皱紧眉头,举起拳头,向我出击。“飞盘”稀里糊涂地闪在一旁,大声叫嚷着什么。纽兰妮尖叫不停。“杜宾犬”试图站起来。

我试图躲开,但是“巴赫”击中了我的颌骨,然后是胸口,肺里的空气全都打出来了。我开始意识到现在确实该滚了,就晃晃悠悠地勉强挪到门边,无力地挥手躲开昔日朋友的猛烈进攻。但是终于站起来的“杜宾犬”却不这样想。他像钳子一样抱住我,把我摔倒在地,“飞盘”就立刻上来用脚踢我的脸……

或许,要不是斯帕克出现的话,他们就会打死我,没关好的门跟“车库人”开了一个恶意的玩笑。这条公狗狂吠着冲进“调度室”,开始乱咬一气,大概,又有人给这个可怜的家伙吃了迷幻剂。小伙子们为了躲开疯狗四处乱跑，我才侥幸离开了“车库”。

我被打得满脸是血，踉踉跄跄地走在街上，路过那些美国人规规整整的小房子，里面生活着品行端正的美国家庭，他们尊重特定的价值观，不能接受我们在“车库”里搞出的那一套。

今天在那里发生的事可以被称作“为这些价值观而战”。我为了自己的祖国和这样一些人战斗，他们靠着国家垃圾为生，并试图毁掉一切他们勉强可以得到的东西。

他们把周围的人都叫作“老鼠”，而实际上他们自己才是老鼠，卑微可怜的、贪得无厌的、笨拙愚蠢的老鼠，他们活着的意义就是为了满足自己的欲望，极尽享乐逍遥之能事。

他们靠社会生活，却又给这个社会扣屎盆子。

他们漠视一切，包括道德、传统、国家，而正是国家让他们这些人有可能实施某些行为，正是国家培养和教育他们，正是国家让他们可以做到，他们认为应该怎样生活就怎样生活。

对他们的要求少之甚少，仅仅是成为国家的好公民而已。他们却不想这样，而是宁愿像动物那样生活，嗑药，交媾，在自己的污秽物中爬来滚去，然后按照不可侵犯的“没有过去”学说，在第二天一早把头一天的丑行怯懦地忘掉。

您是否记得，我在最开始就说过老鼠的事？在“车库”里我自己差点儿就成为它们中的一员。

我没有赢，可我也没有输。现在我没有朋友，没有心爱的女友，可是我有祖国……

“哎，小伙子！”有个男人喊我，“你还好吧？或许，需要帮忙吗？”

我的内心一下子变得温暖起来，“车库人”在街上看见小伙子满脸是血，在最好的情况下也要嘲弄一下这个可怜的家伙。

“需要，当然需要！”我心里高兴得想要高呼，因为有人顾得上我，因为有人在街上问一个陌生人是否需要帮助？这就是我们真正的、美国本土的东西，我们强大是因为这个，我们强大是因为我们在一起……

正因为如此，我缓慢而有尊严地转过身去，看到我面前是一个年纪不轻的中尉，戴着老兵勋章和奖章绶带，于是摇摇头说：

“不，先生，什么也不需要。我没事。只不过我和一撮败类吵了一小架。”

“那为什么争吵啊？”他不苟言笑地问道。

“他们不爱自己的国家。”我诚实地回答。

“这么说来，小伙子，你捍卫了美国？你叫什么名字？多大了？”

我回答了。他伸出手来。

“约书亚·科尔德，我很荣幸地邀请你加入美国军队！我们非常需要像你这样的小伙子。这是我的名片，上面有阿诺德征兵站的地址。再见！”

我向他敬了军礼，拖着步子继续走，脑子里深深印刻着一个想法，唯一的想法，这一想法似乎是解决了所有问题：“军队”。

……就这样我失去了“车库”里一直引诱我的东西，更确切地说，失去了那个纽兰妮。随之消逝的还有我去那个臭屎坑的全部意义。或许，我可以和“巴赫”“飞盘”言归于好，甚至也能容忍下流胚子“杜宾犬”，但是和纽兰妮却不可能重修旧好，这也就成了引发山崩石落的沙砾。

我渡过了卢比孔河，心意已决。军队，这就是那个能够让我忘记一切的地方，更何况总得有人保卫国家吧，而这个人为什么就不能是我呢？

当我告诉家里我打算参军，而且是海军陆战队时，父亲坐在旁边沉默良久，当他开口说话时，很奇怪，他的声音发颤。

“你知道，”他说，“作为男人，我会和你握手。但是，作为父亲……”

詹金斯先生又和我见了一面，当时我坐在公园长椅上，研究征兵站给我的那些文件，他就这么走上前来。

“没想到又见面了！”他做出一副真心高兴的表情，以至于有那么一瞬间我真的以为我们在这里是偶遇。

我请他坐下，哦，基本的礼节，没别的，他坐下来，跷起二郎腿，开始滔滔不绝地聊起棒球，说“巴尔的摩金莺队”在最近的一场比赛中输了，尽管一切都表明，他们应该“领先”对手，可是“金莺们搞砸了”，现在他们夺冠无望了。

我一边点头，一边翻看合同，因为我不知道该如何接过话头。

“准备参军了？”詹金斯先生突然问道。

“差不多吧。”

“逃避问题，对吗？”他盯着我，就像猫盯着老鼠似的，“和‘车库’里那些神经病朋友们吵架了，是吧？”

“我才不会逃走！”我发起脾气来，“只不过现在打仗呢。我……我应该在战场！”

“噢，原来是这么回事？！”他又一副惊讶的表情，“你原来是一个不错的小伙子，约书亚·科尔德。真正的美国人，是吧？行吧，我很高兴我们认识，只不过……”

“‘只不过’什么？”我嘟囔着。

“你确信你在战争中是有用之才吗？”他像蛇一样眯起眼睛，总之他经常会这样做，他一这样做就仿佛能看到人的内心似的，“关于战争你了解多少，小伙子？”

“反正不比你少！”我生起气来，“当然，战争中会有死亡，还有其他什么的。但是如果谁也不在战场上战斗，炸了纽约大楼的那类浑蛋就会越来越频繁地出现在这里，然后会在我们周围安插，把大家一个一个地杀死。”

“原来是这样，”詹金斯先生低下头来，“但是这和战争一点关系也没有。这是反恐，懂吗？同一枚硬币的另一面，如果可以这么说的话。而战争……全然不是有效的特种作战，不是从风景优美又安全牢固的山岩后面向敌人射击，不是急行军，甚至也不是在敌人的炮火下把受伤的指挥官拖拽到自己的队伍中。战争，首先是极其恶劣条件下又脏又臭的生活，我甚至会这样说，这样的条件会让你们的‘车库’先得一百分。这是极其艰苦的体力劳动。真正的陆战队员和美国兵像个骆驼似的，不断地往自己身上背负重物，武器、装备、食品、军需品……这一切还是在烈日下，大约摄氏55度，华氏是多少呢，约书亚，你最好不要知道，今晚才能睡个好觉。那里没有厕所，没有正常的食物，没有正常的水，没有手机和电视，总之什么都没有！这些还不算，在整个作战期间你可能连敌人的影子都瞧不见，你的M16一枪也没打过，你一次也不曾体验过因为没有浑浑噩噩地度过一天而获得的超级满足感。一次也没有，在整个服役期间，你懂我的意思吗？小伙子？”

“每个人都要自己去经历。”我咕哝着。

“青春期的特点就是怀疑，”他反驳道，一句话就把我打败了，“但是要成为一名英雄，未必一定去参军，到世界的另一头去。在这里也可以保卫自己的国家。记住，约书亚，到处都是前线。你懂我在说什么吗？”

我默默地摇摇头，逐字逐行地潜心阅读合同文本。詹金斯先生那种教训人的派头、其形象的变换和模糊的暗示渐渐让我不爽起来。

“你在计算机方面一直是一个非常有前途的小伙子，简直就是个高手。”他又变成“棒球手”角色，“我们需要你这样的人。”

“你们，究竟是谁？”我努力克制着想要把对方打发走的冲动，问道。

“我们是一个保卫美国的组织。”他变得严肃起来，“我们不开枪，也不开战斗机，但是较之于军队或海军的贡献量，我们对国家安全的贡献并不少，或许还更多。”

“噢，您是FBI的？”我好奇地把头转向他，“我猜对了吗？”

詹金斯先生笑了。

“约书亚，FBI不过是给我们打杂的。再往上猜！”

“CIA？”

“再往上！”

我一下子笑了起来：

“再往上还有什么？国务院？”

“国务院也常常根据我们的意见和建议办公。”

我已经被逗乐了，詹金斯先生就像是千篇一律的精神分裂症患者一样，生活在自己想象的世界里。

“那么您到底是谁？摩萨德？克格勃？ MI6？”

“国家安全局。”他简单地说。

“噢，查无此局！”我依旧笑着，“永远什么都不要说……[1]詹金斯先生，我该走了。再见。”

23:56

科尔德点的餐送来了，他稍事休息，居然食欲颇佳地吃掉很多比萨和沙拉。律师吃了一块三文鱼三明治，小口抿着咖啡，问道：

“科尔德先生，您现在讲的是您的爱国情怀。您不觉得，您的世界图景有点儿……太理想主义了吗？”

科尔德用餐巾纸擦了擦油乎乎的嘴，点了下头，他说，“我知道您想问什么。”但并未急于回答。漫长的五分钟过去了，他终于说起话来：

“理想主义是某种自我保护反应，懂吗？正因为如此，在青少年中才会有那么多理想主义者。犬儒主义是随着生活阅历的丰富出现的。”

“物理学家与抒情诗人的争论[2]以犬儒主义者的胜利而告

---

① 国家安全局，英文为 National Security Agency，因为它自身的保密性质，其缩写词 NSA 有时被玩笑地解释为“No Such Agency”（查无此局）或“Never Say Anything”（永远什么都不要说）。——俄编注

② 指 20 世纪 60 年代苏联有过的一场“科学与艺术”之争。——译者注

终。”律师苦笑了一下。

“什么？”科尔德没明白。

“没什么，这是我们俄罗斯的文化基因，更确切地说，是苏联时期的。如果一切顺利的话，您就有时间研究这个了，还有其他很多类似的民间口头创作。”

“那我接着讲。”科尔德说。

录音 7

在运送新兵去基地的车里，我们彼此打量了一番，然后就开始互相逗趣。

一位绰号叫埃尔·加托[①]的美籍拉美人，是一个身穿绿色衬衫的大块头儿，他用蹩脚的英语向全车人宣布：“好了，萨达姆蹦到头了，这就完蛋了。”

一个穿着皮坎肩的小伙子，典型的乡下人，神经兮兮又恶狠狠的，平翘舌不分地从豁牙缝里念叨着妈妈做的牛排，还有两个黑人，我觉得他俩是兄弟，表演了一段军旅题材的即兴说唱音乐，副歌是“白天吃泥浆，晚上刷马桶！”总之，挺乐呵的，最开心的要数随行下士了，他的一只手是塑料做的假手。

车终于驶进帕里斯岛军事基地大门，我们要在这里进行为期三个月的军事训练后方能获得“一等兵”这一令人骄傲的称号，然后作为美国海军陆战队的一员前往伊拉克，恢复那里的

① 即西班牙语的 El gato，意为“猫”。——俄编注

民主和正义。

帕里斯岛还被称为“新兵站”，密西西比州以东地区的所有新兵都集结于此，而以西地区的那些新兵在加利福尼亚的圣地亚哥进行训练。

我们的车在基地里行驶了好一段时间，路过一些铁丝网、部队营房和标语，上面写着：“注意！禁区！哨兵无须警告即可开火！”

车门终于开了，我们被命令下车。不知何故车并没有停在营房或总部旁边，而是停在一个巨大的水洼中央，在一处后院里。几个身披雨衣、脚穿胶靴的军官和军士熟练地把我们从车里拽出来，撂倒在泥浆里，坐在前座的独臂下士像个疯子一样哈哈大笑。然后让我们做俯卧撑，而且做的时候我们的脸要没入泥浆。就在我们做俯卧撑的时候，给我们讲授美国军队的纪律是什么，我们享有哪些权利（什么权利也没有），如不服从命令我们会受到什么样的处罚（所有处罚，包括死刑）。

接下来是集体淋浴和理发，我们都给剪成了“锅盖头”。食堂里只给十分钟让我们把稀泥一样的粥灌进去，是用豆子和土豆做的，然后就又把我们赶到后院做俯卧撑。我军旅生涯的第一天就这样开始了。

晚上，“熄灯”令一下达，我就和其他人一样，倒在床上就睡着了。如果此刻问我，怎样 ping 通同一局域网中其他子网的计算机，那么按照这里的传统，用这里的话说就是，我会让他滚到恶魔的屁眼里去。

我们只睡了三个小时，就被揪了起来，连骂带踢的，被撵到基地后面的山坡上，路上尘土飞扬，我们披星戴月地一直跑到天亮。有两个人的状态很糟糕，而那个在车上疯疯癫癫的乡下人，他的名字原来叫肯，把胆汁都吐出来了。

早上，随军牧师与疲惫不堪又饥肠辘辘的我们进行会谈。他是大尉，已不年轻，两鬓发白，戴着勋表。

牧师对我们说，现在我们所有人都叫作二等兵，这种称呼一直用到初期训练课程结束。如果我们有什么问题、意见和申诉，我们应该找他，并且只能找他。除非士兵中有人觉得自己的健康岌岌可危，需要看医生，医疗站在基地大门右侧。

牧师还向我们说明，那些应召而来的军士和军官，要把我们从“民用棉花糖”打造成真正的“军用饼干”，他们有权对我们吼叫，使用各种各样的字眼叫我们，唯独不能使用与性别和种族有关的脏话。此外，允许军士碰触士兵身体，但仅限那些严格界定的部位（这时有人居然有劲儿笑起来），且仅限在训练过程中。

接着牧师再次扼要地讲了讲我们的职责和军队中的禁令。我们必须一切行为都服从军士和军官，其他行为一律禁止，包括问一些不该问的问题。

“关于新兵间斗殴，”牧师特别强调，“应当予以处罚，包括长达十年的监禁。而且斗殴所在分队的军士也要受到处罚，既然他的兵还有力气斗殴，那就意味着他训练得不好。”

“从今天起，在未来的三个月内，维斯特豪森军士长带领的军士们就是你们的父母、兄长、老师、导师以及所有资历高于你们的人，”牧师说道，又补充道，“关于申诉我已经说过，在结束讲话以前，我想有必要跟你们说一说我们基地的传统，这里自奥马哈海滩登陆以来就不喜欢告状的人。美国海军陆战队不是软骨头和牢骚满腹者待的地方。”

军士长亚伯拉罕·维斯特豪森身高两米，体重绝不低于

100公斤。加上鲍里斯·卡洛夫[1]的面相，光头上的胡蜂文身，再穿上迷彩服和钉了马蹄掌的高帮鞋，“恶魔胡蜂”的模样就跃然眼前，他在军事基地里鞭打和诅咒所有新兵。

我们的一天从他洪亮的叫骂声开始——“起床，杂种们！该晒晒你们他妈的屁股了！”也在他同样响亮的叫骂声中结束——“现在熄灯，婊子养的！安静！就连海军上将伯德在诺克斯堡放个屁，我在这里都得听得见才行。”

为什么早已身故的上将伯德要放屁，而且还是在诺克斯堡，我们谁也不知道，但是谁也没有胆量问问胡蜂军士，我们叫他维斯特豪森。

他喜欢的一个消遣是命令新兵“向后转”“立正”，然后用钉了鞋掌的高帮鞋往尾骨处踢。这时人就会感受到那种难以忍受的疼痛，没法一动不动地站在原地，就会舞动起来。胡蜂高喊“立正”，可这哪是什么立正，这时海军陆战队的新兵蛋子们就会跳起摇曳舞、扭摆舞和街舞。也就是说不服从上级军官的命令，就会受到处分和处罚，这方面胡蜂堪为大师。刷马桶和擦洗战车轮子，这和胡蜂钟爱的、他称之为“捕捉美元”的感化方法相比，简直就是小巫见大巫。

捕捉过程是这样的，在十英尺深的水泥游泳池里，泳道旁边设有障碍物，军士长投掷美元硬币。犯错的新兵要用牙齿咬住呼吸管潜入泳池，然后手里攥着硬币再潜出来。貌似也没什么难的，如果没有“但是”，但是泳池里不是干净水，而是下水道里的污水。

---

① 鲍里斯·卡洛夫是英国恐怖片演员，以在《科学怪人之子》中饰演弗兰肯斯坦的怪物一角而出名。——译者注

我印象中我们排共有六位犯错的小伙子受到这样的惩罚。在这之后，三人因肠道感染被送往医院，接着因训练时限加长被转到我们基地的其他分队。两人向牧师提出申诉，他们就被踢出局了，而且当他们背着行囊往车上走的时候，吃力地挪动着双脚，显然，我们帕里斯岛不喜欢告状的人，牧师这话可不是白说的。

哦，第六位经历过“捕捉美元”的就是那位威胁萨达姆·侯赛因的大块头埃尔·加托。他没能在泳池里找到硬币，当胡蜂第三次用脚踢他进粪坑时，他抓住军士的鞋不放，把他拉下了水。

这可是一桩大丑闻。宪兵队的一个军官来了，结局就是加托被判袭击军士，押到利文沃思堡监禁整整一年，而胡蜂在粪坑里游了一圈后彻底发疯，逮住机会就跟大家讲，利文沃思堡当地的狱警会对埃尔·加托这样的人做些什么。

“第一天他就会变成小姑娘，一周后他的屁股就会被干得他能坐在啤酒瓶上，连眉头都不皱一下，懂了吗？杂种们？！”胡蜂在熄灯前吼叫道。

凡此种种，可我也不能说我觉得当兵难，或是有什么特别不舒服的地方。当然，身体上确实难以忍受，但是精神上我倒是得到了休息，军士们的吼叫和连篇废话如此简单粗浅又不费脑筋，因此并未让我产生情绪化反应，反倒让我对人种学产生了某种兴趣，仅此而已。

还有一个事实让我喜欢得不得了，就是现如今我在部队，完全不需要考虑将来，按照合同，未来几年都被规划完毕，在这里有人替我考虑，就是那些按照军衔和职位应该这么做的人。

所有男人，感兴趣的当然不只是试穿军装，还有使用各式各样的精巧武器和配件，这种东西在海军陆战队的军械库中数不胜数。

我记得给我们介绍在军事行动中我们有权使用哪些装备时，我不知所措，原来除了野战服和队列服，还有常服，尤其是还有“晚礼服”，也叫“做客服”。至于军械库，也是如此。我记得，一个海军陆战队队员有机关枪、榴弹、手枪、刺刀，可他又不是警察，为什么还要有棍棒，以及橡皮子弹和装有CS或Dazzler[①] 的催泪瓦斯这些非致命武器呢？

不过，这些问题当然多半是反问性质的。部队不喜欢好奇的人和脑袋不灵光的人，更何况问也白问，就算我斗胆问某位军士棍棒和CS的问题，我也只会得到一种答案，类似于“既然有，就意味着需要”，还得加上在“猪圈”里做50个俯卧撑，“猪圈”指的是障碍训练场旁的水洼。

这段时期还有什么让我印象深刻的呢？我和营房同屋的关系很和谐，更确切地说，我压根就没有同屋。毕竟我们来自迥然不同的社会阶层。您知道吗，超过百分之五十的美国海军陆战队队员不是生于美国，还有近一半不能承受服役的艰苦和磨难而中止合同，并充实到罪犯队伍中，因为他们也无处可去。但是这也就是统计数据，总之，和我一个排的那些人大多是典型的社会渣滓。

他们大多数人认为参军能让自己脱离“游牧城市”，脱离臭烘烘的拖车式房屋和父母那同样臭烘烘的农场，还有“彩色”郊区，那里人命一文不值，所以也很少人在那里生活。

① 一种非致命性武器，即激光致盲武器。——俄编注

军队能让他们赚钱，让那些没有公民地位和国籍的人能够得到这些东西，让他们在履约后能拿到退役金，或许，继续军旅生涯，比方说，考进军士学校。

而我却是想要为我们伟大的祖国效力，因为我认为每一位正常公民的人生意义就在于此。不，我当然明白，我的这些话听上去有点儿做作，过于慷慨激昂，但是那时候，继上大学和与“车库”的伙伴们交往之后，我确实是这么想的，而且准备好奔赴地球上任何一个地方，就为了在那里拿起武器保卫人们享有真正的民主和自由权利。

顺便提一下，我和武器的关系不知怎么一直处理得不太好。我们家里有几管枪，包括手枪和步枪，我已经说过，我父亲喜欢射击，他的那些朋友也都喜欢。妈妈和姐姐朱迪思，顺便说一句，经常和他们一起去全美步枪协会的靶场，使劲地往靶盘上或者只是往瓶子上开枪射击。

可我去两次也就足矣。第一次我伤了自己的肩膀，因为枪托握得不够紧，结果子弹往上飞了，击碎了照明灯，第二次去靶场被狗咬了，父亲不得不把我送到医院。

我在部队枪打得不好，拆装“Colt M4Al”自动步枪的速度也慢，因此经常受到胡蜂的处罚，他还威胁要让我去“捕捉美元”。

时间就这样一天一天地过去了，我们的人在伊拉克已经拿下巴格达，但是萨达姆跑了，他的士兵们转向游击战，我们的训练也快结束。有一天我在练兵场总部前面竟然看见一辆民用汽车，好像还有那个詹金斯先生，就是先用车载我，后又在公园长椅上和我谈论英雄主义的那个人。他进了门，接着维斯特豪森军士长被紧急召进总部，他几乎是跑着穿过练兵场。

我们在棚子底下擦拭武器，基地里紧挨总部的那边区域我们看得一清二楚。小伙子们立刻揣摩起来，这位不是军人的大人物跑到我们这里做什么，为什么他要见恶魔胡蜂呢？

我站起来想要看得更清楚一些，到底是不是棒球手，但这时格罗斯军士，他的嘴里永远散发着一股恶臭，威胁说如果我不立即滚回桌子边擦枪的话，他就把通条塞进我的屁眼儿里。

我终究还是没弄清楚是谁。很快意外访客走了，军士回来了，不知为什么他看我的眼神就像是我突然死了，然后又突然复活了，并勒住他，想把他掐死似的。

这一天我们先是被赶着在通往山坡的路上狂奔，接着是充气登陆艇训练课，然后是晚餐，一个小时的肉搏战，这让我躲过了清理车库的活儿，不用成为十位志愿者中的一员，接下来是一个小时的自由时间，熄灯，一天就这样结束了。

但是那一夜我们没能睡多长时间，1 点 15 分胡蜂和其他军士就用警报把我们揪起来。开场白很简单，“大杰克”穿越，也就是全部武装通过障碍。

这是什么意思？只不过就是让你穿戴全部装备，包括防弹背心、突击背心、头盔，携带一定重量的弹药，背上防化装备、枪支，然后跑步通过满是稀泥和臭水的壕沟、独木桥、高低杠，完成“坍塌楼梯”“蛇形跑”和“攀爬”，翻过高矮不同的石墙和木墙，匍匐穿越通电铁丝网，跨过粪坑，下管道，打靶，从泥浆中跑过，按照命令卧倒，起跳，戴上防毒面具，再跑，而且这一切都在炮火和硝烟中进行。

在“大杰克”穿越快结束时，我鞋里的汗水已经扑哧扑哧地响了，而且手脚哆嗦，心跳每分钟超过 120 次。但是没人让你休息，因为还得把武器擦拭干净，把弹药和制服整理好，凡此种种，一切收拾妥当也就该晨练了。

说我们不喜欢“大杰克”等于什么都没说。我们甚至都不是“憎恨”他，这里应该用另外一个词语来形容，表示更强烈一些的情感，唉，只是我不知道。

总之，我们一早被赶出了营房，点完名，我们就往障碍训练场跑。那里的景象如地狱般惨烈，到处在燃烧，冒烟，爆炸。

胡蜂举起手来，高呼一声：

“冲啊，杂种们！快点，快点！记住，落后者会生不如死！”

我们就跑了起来……

快到“蛇形跑”附近时，这才只是“大杰克”的三分之一，我就觉得已经没劲了。双腿犹如穿着灌满铅的靴子那般沉，背上像是压着两个20公斤的杠铃那么重。

我用尽最后一口气爬过铁丝网，地下管道不是跳下去的，而是像个麻袋一样栽下去的。那里漆黑一片，我稍微喘了口气，但是我后面队员的钢头盔已经顶到我的鞋底，我只好像个蠕虫一样扭进湿乎乎的水泥管子里，爬到上面，射击，双手吊在“水平绳索梯”上通过，跑几步跃过“坍塌楼梯”，跳到壕沟里，然后贴着光滑的岩壁爬上来。

下一个障碍是“秋千”，有点像“坍塌楼梯”，只是方木为同一高度，悬挂于锁链上。原则上“秋千”在我们这里不算是复杂项目。这里的要领是，脚千万别打滑，一旦不走运的话，就要尽量抓住方木，因为下面堆着混凝土块，高度一米半，这可不是“坍塌楼梯”下面的那种沙堆，所以一般没人愿意从“秋千”上掉下来。

我开始跳向第一块“秋千板”，突然我发现我的乏力感消失了，双腿、还有整个身体都很听使唤，尽管耳朵里依旧嗡嗡作响，可这不是因为疲钝，而是因为砰砰的爆炸声。

我记得，那时我就在想，这就是人们常说的“突破极限，潜力爆发”起作用了吧，我就像松鼠一样蹦跳起来，很开心，因为我终于就要成为真正的海军陆战队队员了。

也不知是由于兴奋，还是我天生观察力就弱，我看见胡蜂的时候已然太晚了。他出现在弥漫的硝烟中，犹如恶魔，他朝我瞥了一眼，用竹竿戳了一下悬挂于锁链上的方木，就是一秒钟之后我就要跳上去的那根。方木向一侧移动了一下，锁链吱吱嘎嘎地响了起来。我，仿佛是一个旁观者，眼看着我右脚满是划痕的鞋头已经碰到湿乎乎的方木，可还是踏空了，紧接着，一等兵约书亚·科尔德双臂乱舞，身体的其余部分直接往下坠……

我很不走运，摔得非常严重，很难想象出比这更糟糕的情形了。我跌落的高度刚好够我在空中翻转过来，所以先是带着头盔的头部撞到一块斜放的混凝土板，上面还覆盖着薄薄的一层尘土，接着是左肩、胳膊，然后是其他部位。腿是最后着地的，正好是下跌的最低点，小腿刚巧撞到石板角上。

一阵剧痛向我袭来，仿佛被自行车链条卷住了似的。嘴里发干，眼前一黑。我听不见，也看不见，丧失了空间方位感，由于恐惧，那种本能的恐惧，我就要死了，我开始绝望地挣扎，主要是试图站起来。后来医院里的医生对我说，这是大错，让我的伤情严重恶化。

总之，我尝到的结果就是一阵钻心的刺痛，剧痛无比，我一度休克，失去意识，等我醒来时已经在查尔斯顿军医院了。

诊断结果不妙，是“双腿错位性骨折”。第一天牧师就带领我们军区的几位军官前来探视。还有两位律师陪同前来。

他们告诉我这是一场意外事故，请我签署一份文件，其中指出，我对海军陆战队隶属的海军部没有意见，因为是在合同规定的训练中受伤。他们向我保证，我会得到一笔保险金，足以抵消直升机送我至此的交通费用和医疗费用，还可以得到赔偿金，总之一切都会好起来的。

我当时被注射了止痛药和镇静剂，那一刻药劲儿还没过去，我尚未彻底清醒，所以头脑迟钝，理解东西很费劲。关于维斯特豪森手里的竹竿我也含混不清地嘟囔了一下，但也没多说什么。牧师向我保证，说这是通过“秋千”训练的标准流程，说军士长是在履行职责，当然没有任何恶意，况且我在服役期间一次也没有和他发生过冲突。

最后一个论据毁了我，我也没往深处想，就签了他们带来的那些鬼文件，然后又倒下了。第二天早上醒来时我才弄清楚，别的不说，我还签了一份由于身体原因而要求退役的报告。

我拖着断腿躺在医院里，一下子从雄赳赳的海军陆战队队员变成一个需要有人照料、需要有人递送便壶的人，我想了很多，想到那些和我一起在新兵站训练的人，想到那些撇下我去伊拉克的人。

那里很危险。沙漠里热浪滚滚，军车车队在尘土飞扬的路上行驶，海军陆战队队员们伏在机枪后面，从头盔下面凝视着漫天黄沙，每一秒都在等待，不知哪一刻不定从什么地方就会有导弹飞来，是苏联便携式 RPG-7 火箭筒发射出来的，用粗野的俄语说就是“granatomiota”，这个词发音很难，这种导弹能穿透“悍马”车身的防弹钢板，直接击中陆战队标志，标志上是地球和船锚，其上是威严的、张开翅膀的美国鹰。喷射气流灼热，温度与星体温度相差无几，可致金属彻底熔化，直抵弹药箱，然后“砰”的一声，爆炸把沉重的悍马掀翻，就像开个沙丁鱼罐头一样。

据说，在这种情况下，有可能活下来的恰恰是机枪后面的人。这种机会很渺茫，微乎其微，但是有过先例，有次爆炸的气浪将一个机枪手从车上弹开，他落在一座新月形沙丘上，“只是”脊柱压缩性骨折。

我望着医院白色的天花板，盯着圆形磨砂顶灯，想着这一切，我感到很委屈。委屈得想哭。我们排的小伙子们，就是那些有点愚钝、没受过教育、蛮横粗野的乡下人和美籍拉美人、黑人和白人，他们要去保卫自己的祖国，并准备为此献出生命。

他们甚至可能都没有思索过这个问题，从未思索过，可是他们却这么做了，而行动永远高于语言，语言没有任何意义，判断一个人应是观其行，结果我，约书亚·科尔德，一个有意识地签合同参军的人，我参军就是为了拿起武器向所有人证明，首先是我自己，在为了自由和民主的斗争中人人平等，在自由的国家里没有“炮灰”，没有“用鲜血换取的国籍费”，没有以种族特征和社会特征划分的派别主义，还有……

事实是，我们排在伊拉克沙漠和“萨达姆分子”战斗，而我，高智商的“白领”约书亚，却躺在白色床单上望着白色天花板。

我没能向任何人证明任何事。生活化身为军士长维斯特豪森，揪着我的后脖领，用槌子给我狠狠一击。瞄准脑袋，却打到腿上，有何分别，重要的是结果达到了。

在最初的日子里我一直想的就是这些，想的是命运的不公和自己的挫败，甚至在夜里也会想。我躺在腿伤患者的专用病房里，这里还有三张床，但一直空着，因为没有人愿意把自己下肢摔骨折，除了我。

瞧，我就这样躺着，由于愤怒和无能牙关紧闭，我总是羞于摁呼叫按钮叫护士来，因为白天是一个年轻的姑娘，一个混血儿，有着漂亮的嘴唇和猫一样的眼睛。

我就这样忍着，忍到耳朵嗡鸣、腹内绞痛、忍无可忍而眼冒金星时，我摁了该死的按钮，于是她步态婀娜，扭着丰满结实的屁股走过来，刚到门口就用低沉洪亮的嗓音打招呼说"嗨"，接着灵巧地把便壶塞到我身体下面，然后很有礼貌地转过身，走到窗户边，开始和一个叫尼克的人打电话闲聊，她喋喋不休地无所不谈，情侣们都是这样消磨时间的，就为了下班后合为一体，发出快乐和满足的呻吟声。

不知为什么我觉得这个尼克就是我们基地的一位军士，是一个身体强壮又体形健美的黑人，一个被神化的英雄，他参加过几次战役，无论对自己还是对自己做的事情都信心十足。

那个护士叫凯莉，她一定很骄傲自己有这样一个男朋友，满口白牙的运动员，他能说会道，能在街上把两三个波多黎各的吸毒抢劫者一起打趴下，床上也是好样的，像个种马似的。

我眯起眼睛往便壶里撒尿，听见凯莉对着听筒嗲嗲地说："亲……亲爱的，我的小甜心……"我便满脸通红，耳朵也发红，我觉得甚至连阴茎都变红了，这是因为羞愧难当，因为愤怒和怨恨，怨恨一切，自己、世界、该死的伊拉克人和俄罗斯人，乡下人肯以及我们排里所有其他人，再也不是我们的排了，还有那个我不认识的尼克、大屁股美人凯莉，他们的智商一定比动物园里猴子的智力高不出多少，一句话，怨恨整个世界。

我嫉妒他们。我嫉妒，是因为我，一个受过良好教育、懂得各种计算机操作和黑客技能的电脑高手，在大好的青春时光像个废人一样摔断腿躺在医院里，让日子一天天虚度过去，而他们全是些无足轻重之人，实际上，他们的存在就像变形虫和蟑螂一样毫无意义，却活蹦乱跳，甚至还成了有用之才。

归根结底，他们是为民主、自由和正义而战，见鬼去吧，他们所做的正是我从离开该死的“车库”那一刻起就梦想要做的事情。

凯莉拿走便壶的时候，我通常睡着了，但即便在梦里也摆脱不了这些想法。他们变成一些诡异的图像，一些大斧子和一群怪诞而又异常迷人的生物在行军队伍中快活地跳着圆圈舞，宽阔的大道两旁满是绿色的原野，一直通向阳光照耀下的巍巍群山。而在这些梦里我看上去却像是一种爬行动物，而且是某种卑微的蠕虫或毛毛虫，在大道旁的臭水沟里蠕动。

父亲来看过我两次。他给我带来了壁挂电视、电脑，还有姐姐的问候。我问他妈妈是否知道我住院了。父亲一如既往直截了当地说：

“不必让她知道，她和我们家没关系。”

当然，妈妈还是有办法和我见面，还定期问候我，给我送各种好吃的，但总是左顾右盼，有点慌乱，好像我不是在医院里，而是在监狱里，妈妈在做什么违法的事似的。

我调好几个新闻频道后就整日整夜地看电视。上网时，我主要是泡在我们驻伊士兵相互交流的论坛和聊天室里。他们平时会发一发以沙漠和城市风景为背景的照片，找一找熟人或讲一讲段子，通常不是什么可笑的段子，而是令人毛骨悚然的。

有时也会有各种各样的“车库”败类溜进来，就是那些和平主义者、无政府主义者、特罗利巨魔、疯子、变态，他们往别人珍视的东西上泼脏水，并以此为乐。

那些上来就开骂的人通常马上就被踢走了，消失不见的还有那些发起宣传言论的人，他们说我国海军陆战队和GI的所作所为并非是正义的，说伊拉克是一个和平、甚至繁荣的国家，萨达姆·侯赛因是其合法领导人。我被这些傻瓜们逗得狂笑不止，我总是会插嘴参与讨论，发一些“萨达姆分子”用化学武器攻击平民的资料、伊拉克大规模杀伤性武器的数据和伊拉克反间谍拷问室对持不同政见者使用的各种毒刑。

有人认同（世上还是有聪明人），有人不赞一词，他们说，我相信自己是正确的，而您的论据站不住脚。我被这个“我相信”给逗乐了，好像我们说的是宗教似的。

但是也有这样一些人，他们不仅辩驳，而且试图证明我是不对的，而且还有凭有据。他们发了一些统计数据，是从阿拉伯媒体，甚至还有俄罗斯媒体翻译过来的，但是我们，也就是我和混迹在论坛里那些真正的美国人，非常清楚，这些都是具有“冷战”精神的、厚颜无耻的宣传，对于他们这些人来说，“冷战”无论如何也不会结束，尽管谁是赢家大家都心知肚明。

我的腿渐渐不再疼了，石膏里面开始痒得厉害，吉尔伯特大夫，我的主治医生，一个头发花白、胡须浓密的老头，他说，这很好，这就意味着伤口开始愈合了。

“乔希，我的孩子，”他的胡子一颤一颤的，“我奶奶总是说，‘痒就不疼了，快好了’。”

吉尔伯特大夫的奶奶的话当然让我放心了一些，可是我更希望他能用某些现代化医疗设备和磁共振数据说话。

不管怎样，时间一天天过去了，时间对我有利，我的意思是，我的腿一点点好起来。而其他一切照常，战争仍在继续，我们的人仍在流血牺牲，我继续上网聊天，继续与和平主义者和反美分子唇枪舌剑。

后来，论坛里来了一个昵称叫Passerby①的人。他什么也不写，只有一个签名。他发了很多很多照片，伊拉克的乡镇、村庄和城市、街道、房屋、尸体。非常非常多被打死的人。这些人不是士兵，不是军人，总之不是男人。Passerby上传的照片上大多是被打死的妇女、老人和孩子……破衣烂衫，要么上面落着薄薄一层灰，要么有些地方散落着被炸毁房屋上面掉下来的砖屑或混凝土块，他们死于轰炸，被我方武器发射的子弹或炮弹击中。

他们是计划外伤亡，但是，根据照片判断数量过于庞大。我不知道这些照片是Passerby自己拍的还是别人给他的，但是有两点很清楚：第一，这不是伪造的，不是演戏，也不是剪辑过的；第二，在这场战争中有什么地方不对劲。

我看到一个死去的孩子，脸色发灰，脸颊被弹片穿透，眼睛半闭，头发上凝结着血迹，手指蜷曲，这太恐怖了。我惊呆了，是的，惊呆了，就这个词能准确恰当地描写我当时的感受。

---

① 此英文单词意为“过客”。——俄编注

在战争中死去的应该是士兵，是男人，这是他们的工作，他们的义务，我家老头儿总是这么说，我自己也一直这样认为。

当士兵们面对面碰上时，就算是一个开着防弹悍马，另一个手持 RPG-7 躲在土墙后，这也是正当的战斗。可是仅仅根据推测在巴士拉市某住宅区内藏有一队“萨达姆分子”，为了摧毁他们，就派去 300 个，不是海军陆战队队员，也不是 GI，而是大口径炮弹，炸毁整个街区，致使房屋倒塌，沦为一片瓦砾、混凝土碎块和扭曲变形的钢筋，这是不正确的，也是非正义的，这让人想起了二战中纳粹分子的伎俩。

Passerby 还发了一些伊拉克战俘的照片，看上去很可怜，衣衫褴褛，面如土色，有点像墨西哥非法移民。他们惊慌失措地蜷缩在一起，而我们的士兵穿着防弹背心，头戴钢盔，手持武器，像神话中的阿特拉斯在某些野蛮人面前现身一样，居高临下地伫立在这些人面前。

真的，在一些照片上，我们的阿特拉斯表现如畜生一般，脚踩在躺在地上的俘虏身上，往他们身上吐口水，甚至撒尿。这很恶劣，令人憎恶，但是，唉，这也不是剪辑的。我一下子想起了肯，这对他再稀松平常不过了。而且我们排很多人都会这么做。

论坛里有非常多的人想要禁止 Passerby 上传这些照片，并且向坛主提意见，但是当他们提议投票表决时，我，甚至连我自己都没料到，居然写道，如果我们禁止 Passerby 发布照片，那我们自己和萨达姆以及其他诸如希特勒等等的独裁者就是一路货色，就不再是民主国家的公民。

大伙儿吐吐槽抱怨了一下，但是没有人打算反对民主，毕竟大家都明白，我们在伊拉克是为了什么而战。

有一天Passerby照例在论坛上发了一组照片，不太多，也就几张，上面是带着黑色面纱的伊拉克妇女，如果没有上千人，也有数百人。我对自己观点的正确性，也即对我们国家行为的正义性所抱持的那种坚定信念，就在那一天动摇了。

她们走在某座大城市的街道上，背景能够看到房子，有一些已经损毁，很多人手里拿着阿拉伯语的标语和萨达姆·侯赛因的肖像。下面简短地写着："在战斗中失去亲人的伊拉克妇女为反对美国入侵举行和平示威游行。"标语上写着："美国人，为什么杀死我们的人民？"

第二张照片令人发指，威风凛凛的海军陆战队队员冲进这群妇女当中。我不会看错的，我毕竟在那里待过两个月，不可能弄混制服和装备。他们穿着迷彩甲胄，用枪托、棍棒、拳头、皮鞋殴打游行示威者，其中主要是上了年纪的妇女，论年纪可以做这些士兵的母亲了。

我看着这些照片，看着那些女人满脸的鲜血，看着她们因疼痛和愤怒而扭曲的脸，看着我们排那些哈哈大笑的小伙子，一个老太太被他们揪着白发拖在泥水里走，看着空中挥舞的棍棒（他们到底是为了什么加入海军陆战队），看着这些女人凌乱的黑色裙摆，她们试图用自己纤弱的手臂挡住那些拳打脚踢……

几分钟后我在论坛上注销了自己的账号，合上电脑。我脑子里乱成一团，思绪如秋日落叶一样在风中盘旋。我逐渐意识到，我们好像哪里做错了。或许，有人早就看清楚这一点了，难怪全世界有不少反对战争的人。我现在开始明白，他们不是侯赛因的支持者，而是战争的反对者。因为战争是一件坏事，是死亡和痛苦，是毁灭，是疾病，是饥饿，然后又是死亡。

是的，或许，伊拉克是一个极权主义国家，是一个对全世界具有攻击性和危险性的国家。或许是吧，因为我现在什么也不相信。所以，又或许，伊拉克人民备受奴役，饱受暴虐独裁者的压迫，一直生活在水深火热中，包括高官在内的每个人，每天都在为自己的生计发愁担忧，否则如何解释为什么一有机会，伊拉克许多国务活动家就倒向我们这边。抑或驮着金子的驴子是最好的攻城锤，真的如此？

无论如何，当我们给伊拉克带来民主的时候，这应该成为一件对所有伊拉克人而言很重要的事件，甚至是伟大的事件。

但是，伊拉克人自己并不这样想。或许，另外一种形式的帮助会让他们更满意，而不是轰炸和惩罚性袭击。但甚至这也不是问题所在。

为了建立民主，我们竟然一度抛弃了民主。是的，为了建立民主可以暂时抛弃民主，这是一个危险的悖论。既然没有民主，那就什么都可以做。杀人，强奸，往俘虏身上小便，扯老太太的头发……

简而言之，我突然很高兴自己摔断了这该死的腿。很高兴自己在半昏迷状态下签了牧师塞给我的那些文件。我高兴，是因为如果不是受伤，不是住院，我现在就在那里了，在巴格达、巴士拉或纳杰夫了，就会向孩子射击，用棍棒打老太太了。

我骨折的双腿维护了我的名誉，扭转了我的思想，这就是我在医院想明白的。还有，从此以后我的人生将大不相同。

00:17

科尔德抬起眼睛望向天花板，陷入沉思。律师关上录音，从公文包里拿出文件夹，又取出几张用曲别针夹在一起的资料。

“有个叫安德鲁·利布曼的人，您知道吗？他在《洛杉矶时报》发表了一篇关于您的文章。我想，您可能会感兴趣。我打印出来了。”

“利布曼……”科尔德思忖道，“他似乎曾是国家反恐委员会的副主任。中情局的骨干。我想知道他写了什么，而且还是在《洛报》上，这差不多就是街头小报。恐怕是把我臭骂一顿吧……”

“不全是。”律师把几页纸推到科尔德跟前。科尔德拿起来大声读道：

“约书亚·科尔德，看样子，正躲在某栋房子里冥思苦想，接下来他年轻的生命里会发生什么出乎意料的事情呢？

“我做了30年的情报工作，我热切盼望，他待的地方食物令人作呕，冬日酷寒难耐，网络连接极其糟糕。但让我焦虑的并不是这个年轻人会怎么样，而是科尔德现在和将来会给美国带来什么样的损失，他影响美国寻求隐私保护和安全的最佳平衡。”

“卑鄙的小人。”

“嗯，可以理解，毕竟他还在那个阵营，只不过得表现出尽职尽忠的决心。”律师说道。

科尔德哼了一声，接着读道：“科尔德是国安局的签约员工，自从他把与监控计划有关的绝密材料公之于众以后，他和美国政府就这些计划的本质展开了激烈的辩论。

“那些关注科尔德长篇大论的人应该弄清楚两个基本的先决条件。第一，尽管当代世界危机四伏，许多数据应该秘密存储，但是‘机密的’与‘非机密的’数据之间界限相当模糊，如果我们把安全作为重点，那我们就最好在机密性方面‘作恶’更甚一些，而不是相反。第二，尽管科尔德及其崇拜者颇有微词，美国政府却一直竭力不去侵犯个人隐私，这不仅仅是因为政府尊重个人隐私权（尽管事实如此），还因为政府没有时间去浏览那些毫无意义的电子邮件，或者窃听那些与密谋对付美国公民毫无干系的电话。

“科尔德事件这类情形让情报界工作人员处境尴尬。的确，关于数据收集计划的优势，官方解释可能看上去难以服众，或者被当作一种自我狡辩的企图，但是这些计划是正确的。国安局局长凯斯·亚历山大肯定地说，有赖于他们局收集的信息，很多阴谋被揭露，很多恐怖袭击被阻止，我知道他说的是真话，这和我从一手材料了解到的情况一致。我知道，是因为我就在那里工作，是因为我有权限接触机密信息，而且他提到的多次行动我都曾参与。

“我和发现‘基地组织’并对其进行披露和打击的那些人共事多年。我们秘密工作不是因为我们做了什么丢脸的事。我们这样做，是因为我们必须这样做。‘基地组织’及其盟友研究我们的行为，他们在我们的错误中学习。美国的安全指数高，这是因为我们对他们行为方式的研究要远胜于他们对我们的研究。”这正是我们的任务。

“我明白，这里需要某种平衡。但是情报界向美国人民隐瞒信息并不是因为不信任美国人民。问题在于一旦与安全有关的重要信息向所有人公开，那么随便谁都可以利用这些信息，包括想对我们使坏的那些人。

“这就是我觉得科尔德事件暴露出来的矛盾如此令人困窘的原因所在。我明白，很多美国人不信任美国政府。我希望有机会改变这种局面。我希望有机会向大家讲一讲30年来我在中情局工作的所见所闻。以前我从未见过哪个人愿意如此辛苦又如此忘我地工作，工作时间那么长，工资又这么低，他们犯的错误会受到最为缜密的分析，而他们取得的成绩却又得不到什么关注。但是我有足够多的经验让我确信，我这种人的陈述并不会动摇那种根深蒂固的不信任政府的态度。阴谋论的鼓吹者一想到政府可能知道自己和亲爱的姑妈通了多长时间电话，就不会停止发出抗议的呼声。

“请允许我委婉地说明一下情况。政府对您和您姑妈之间的通话完全不感兴趣，当然，如果她不是恐怖组织头目的话。去年每天电子信息的发送量为一千亿，每天一千亿！在这个庞大的数据群中隐藏着很小一部分亟待处理的信息，大量信息都是没有任何价值的废话。遗憾的是，与您和您某位家庭成员通话有关的元数据（电话号码、通话时长等等，但不是通话内容）可能会进入到某个巨大的回收站内，其中包含某次有计划恐怖袭击的相关数据。正如中情局前领导人杰里米·巴什所言：‘如果您想在干草垛里找一根针的话，得先有干草垛才行。’

“遗憾的是，在报道科尔德事件时，多家媒体耗费更多的时间来调查政府会如何滥用他们能够接触到的信息，而不是陈述情报界为了保护个人隐私权所付诸的努力。我们花费了大量的时间和精力来判定，如何从庞大的、无用的数据‘粪堆’中挑拣出为数不多的、有价值的‘珍珠粒’信息。

“这方面我们有严格和考虑周密的限制规定。我曾有机会目睹在我任职的机构，也即在国家反恐中心侵犯隐私事件的后果。作为该中心副主任，因违反获取信息和使用信息的规定，我不得不开除很好的员工，或者免除其职务。这并非经常发生，而且也从未有过蓄意收集个人信息的事件。我们有强制性培训课程，有专门的工作人员监督大家是否遵守与个人隐私有关的规定。我们利用宝贵的资源聘请民法方面的律师和专家监察我们的工作。我们有过几次违规情形，处罚严酷，侦查及时。

“是的，今天已经解密的一些信息，或许可能并不是那种信息。这种‘绝密性’会动摇公众对我们的信任，会削弱我们保护那些需要加以保护的数据的能力。科尔德并未举证证明我们的政策大错特错。更准确地说，他只是想要评判，为保障我国公民的安全，情报界可以使用哪些工具。遗憾的是，科尔德把公众的注意力吸引到自己身上，而政府的反应现在看起来欠佳，太迟钝，太有狡辩之嫌。尽管较之于毛遂自荐的揭密者，情报界在定义上是不太招人喜欢的角色，但是关于政府是如何保障个人隐私不受侵犯的，情报界确实有很多话要说。因此我们应该讲出来。”

科尔德冷笑了一下，把打印件放在一边，若有所思地说道：

“您说得对，关于阵营的那些话。如果我还在美国，我多半也会像利布曼那样想。”

录音 8

詹金斯先生，哦，就是那位棒球手，带着一束紫藤花和汤姆·克兰西的书来病房探视。我印象中是小说《克里姆林宫的红衣主教》，尽管我也可能记错了。

他直奔主题。

“英国人唱‘天佑女王’。我们局的局歌应该唱‘天佑互联网缔造者，天佑电子邮件和社交网缔造者’。”

“这关社交网什么事？”我问道。

“哦，一下子就不能‘艾特’别人了！”棒球手郑重其事地举起手指说，“以前情报人员要花费数年时间辛辛苦苦收集的信息，今天借助互联网几秒钟就可以搞定。好好想想吧，约书亚，只需数秒！在这方面我们的一个得力助手就是社交网。我们现在可以控制时间，就是说，可以预防犯罪和恐怖袭击，不让事态发展到无辜平民受害的地步。孩子、老人和女人，他们都会活着，而犯罪分子会受到他们应得的惩罚。这是世界上为维护安全而战的一项难以置信的突破，这是未来！我的孩子，不要摇头，听我说完再权衡‘利弊’。”

“不，我不会为政府工作，”我坚定地说，“让我们结束这场谈话吧。我病了，累了，想睡觉。”

“你壮得像头牛！”棒球手大声吼道，但是马上就后悔了，“OK，乔希，我不会逼你。归根结底，你的生活是你自己的选择。只不过听我说完，好吗？我就讲几句话，对我非常重要，对你也是如此，我觉得。”

我继续固执己见。我甚至说：

“是您自己这么觉得。”

但最终我答应给他最后一次机会，看着别人失望也挺难受。后来我不止一次自责未能避开这次谈话，但是现在，重新思考我的人生，我甚至还有点感谢詹金斯先生。他让我有机会获得今天我所掌控的一切，甚至可以把他称作我的教父，尽管在文件中他被叫作“情报官”——一个更枯燥无味的词语。

那时，在医院里，得到我的默许后，他沉默了几秒钟，把坐姿调整得更自在一些，好像甚至还摆起了派头，这才说起话来。起初他看着我的眼睛，但后来讲得入迷了，就像中学生把指定的诗歌背得滚瓜烂熟一样，目光越过我的头顶，盯着远处某个地方，尽管我身后只有医院的白墙。

“当计算机出现的时候，乔希，我把它当作是没有用的玩具，不配得到男子汉的关注，”詹金斯先生说，他的右手单调地晃动着，好像是往手掌上缠一条看不见的绳子一样，“那时候我是一个身强力壮、喜欢运动的男孩子，打自己喜欢的棒球，在一年级就因带头打架小有名气，每天早上在后院劈柴。我们住在切斯特小城，离圣路易斯不远，在密西西比河畔。我们那里非常漂亮，和马克·吐温关于哈克贝利·费恩的那些书里描写的地方一模一样，只不过河上建有一座桥。据说，以前在密西西比河上航行的船只都会在我们小镇上停留一下，他们会把航行途中死去的人葬在这里，补充一下食物、水和蓖麻油，蓖麻油那时被用作机械润滑油。

“对了，还有埃尔齐·克赖斯勒·西格，就是虚构出‘大力水手'[1]的那位画家，也是在我们那里出生和长大的。别笑，乔希，这是真的。我们那儿有大力水手的铜像，还有西格纪念馆，真的。切斯特居民特别以此为傲，每年都举办一次纪念大力水手的盛大节日，桥旁边的森林如今也变成了大力水手公园。

"不过，我想说点别的，说说童年。我们成天泡在河里，或者骑自行车比赛，而且还在森林里搞出许多花样，搭棚屋，制弓箭，造战斧，从家里偷出培根在篝火上烤。夏天，我，还有我的那些朋友，回家不过就是为了吃饭睡觉。那时我们谁也没想过，除了游泳、骑自行车，或者和卡斯卡斯基亚的那些男孩子打架外，坐在电脑屏幕前盯着那些动态画面或点击鼠标，也能玩很长时间。

"你知道吗，乔希，我第一次意识到电脑就是未来是什么时候？是 1970 年，在'阿波罗 13 号'登月途中氧气管爆炸，宇航员危在旦夕的时候。那时 NASA 的新闻发布会每小时就在电视上播报一次，我们全班同学都在关注进展：没有电脑，他们在太空里如何尝试修正飞船运行轨迹呢，为了节约用电可是把电脑电源都切断了。我们学校有电脑，一个庞大的电子计算机，占据了整个大厅。就这样，在'阿波罗 13 号'里面的小伙子们绞尽脑汁计算时，我们的数学家芬奇先生去机房用了半个小时就算出来了。然后他给 NASA 打了电话，告诉他们计算结果。NASA 对他表示感谢，说他们自己当然也计算了，但是芬奇先生的计算结果更准确，因为他把某些参数考虑在内，用了一些算式。总之，后来'阿波罗 13 号'机组人员得救，返回地

① 动画片主人公，一个水手，他的生活方式非常健康，是个偶像型人物。——俄编注

面，而芬奇先生受邀到太空研究中心工作。对我来说这就是晴天霹雳。我一直认为，只有两件事值得男人做：体育运动和参军，只有这两件事才能让男人富有和成功。没想到原来科学，摆弄摆弄电脑也能成为跷跷板，让芬奇先生这样的电脑迷能够平步青云到NASA工作，要知道他是真正的电脑迷，无用之人，别看是老师。

“当然，我没有成为计算机专家，我还是选择了军队，后来需要我作为情报人员为国效力，我就调到米德堡[1]工作了。但是我原来说的没错，当‘阿波罗13号’得救时，我对小伙伴说：‘哎，朋友们，有一天，芬奇先生这样的人会主宰世界的命运，而我们这些傻瓜，只能在人家与美国敌人战斗的时候，给人家端茶倒水，保护人家不受打扰。’

“我明白，你可能不愿意听电脑迷什么的，但是上帝造人，让大家各有所长，有人肌肉强悍，有人才智超群。老实说，你想要参加海军陆战队精忠报国的志向令我感铭肺腑。这是一项又累又脏、有时还吃力不讨好的工作，主要是还很危险，但是你选择了它，像一个真正的男人。你的过错当然并不在于障碍训练场上的独木桥比你的骨头结实，当然不是，但我觉得这是天意。乔希，你的优势在别的地方！想要拿着突击步枪飞奔、从直升机上空降、吃罐头的人够多了，更何况靠这个还能赚钱，拿到国籍。把机会让给那些拿着绿卡想要在美国混出模样的小伙子们吧！国家对你寄予厚望，我的孩子。不要皱眉头，如你所见，有一些东西不用那些斗志昂扬的话就讲不出来。

---

① 美国国家安全局总部所在地。——俄编注

“当代世界是计算机、信息系统和互联网的世界，是黑客攻击和看不见的战斗悄然展开的虚拟世界。这里有前线，这里的工作强度高，这里的人有时几天不眠不休，把自己对敌人的仇恨狠狠地砸进键盘里。我们的战士不够，因为事实证明，不是随便什么人都可以培养成优秀的专家，这不是海军陆战队，不是GI。真正的IT人，这是上帝的恩赐，这是天分，与音乐家、画家和作家的天分类似。你就是极富创造性的人，正因为如此，你当时才会被吸引到‘车库’，我们也没有阻拦，我们明白，你应该去认识一下那群漂泊流浪的艺术家的世界，自食苦果，受点毒害，然后才能医好。你是上天选中的，乔希，像你这样的人非常少。因此，在你虚度生命前你要三思。

“最重要的是，乔希，我嫉妒你。嫉妒，我不耻于承认这点，即使上帝训谕我们，嫉妒是罪孽。说实在的，我是谁？我就是一个普普通通的职员，掌握一点儿工作技能和职业操作知识。我永远也不可能在虚拟前线战斗，不能阻止来自那里的威胁，不能在那里，在电脑屏幕前为国效力。而你，只要经过半年的培训，就可以轻而易举地取代我。美国需要你，孩子。伊斯兰教徒、俄罗斯人、朝鲜人、瘾君子、左派人士、无政府主义者、反全球主义者，我们的敌人全都早已开发了网络空间。他们调动了自己全部的人力资源。今天最厉害的黑客不是美国人，信息战的最强斗士不在我国，我们在虚拟世界已经落后，正在失去阵地，就是因为我们人手不够，这些都已不是秘密。现在正准备推出能够改变力量分布、最有前景的超现代化程序的下一个版本。约书亚·科尔德，先生，美国需要您的天分、您的知识和您这颗炽热的爱国心！……

我说：“不。”

他站起来走了。

三天后我出院了。一周后我来到米德堡上班，在信息处理部工作，一个听起来毫无个性的部门。

为什么我还是下定决心走了这一步？鬼知道……我不认为是棒球手的话，是他的奉承和暗示说服了我。更确切地说是另有原因，我把我自己逼进了死胡同，而他提供了一种可能的选择。

而且，这个选择当时在我看来相当诱人！

我不能，不想，因此也不会详细阐述我工作的实质，那些我认为有必要说明的，在报纸上都已刊登出来。除此以外，我的开诚布公可能会对美国不利，而我已经承诺，您知道是对谁承诺，在任何情况下都不会这么做。

我们无论如何都会再讲到 BRISM 计划，而国安局的幕后手段也不能让外人知道。毕竟我不是投敌者，不是间谍，不是双面特工。我只是一个信息提供者，此外，我非常想铲除章鱼，它的触角已经遍及全国，乃至全世界。

00:47

科尔德的讲述再次被电话铃声打断。律师表示抱歉，拿起手机。他办公室的秘书告诉他，已收到临时避难文件的影印件。原件目前在俄罗斯移民局。

“这是好兆头，”律师对科尔德说，“现在是深夜，但是既然所谓的文件收发仍在进行，那就是说，大家没睡觉，还在做事。”

“我对俄罗斯的现实全然不知，”科尔德应声说，“所以只能借您吉言了。”

“我也希望如此，尽管这么想当然有点天真。”

“我认为，天真是不知情的孪生姊妹，”科尔德严肃地说，“如果回到刚才的话题，可以说，到了现在大家才冲上去寻找章鱼的触角，揭露它究竟可以将这些触角伸向何处。给，您也来了解一下……”

科尔德把平板电脑递给律师，上面打开的是一家知名网站的页面。首先跃入眼帘的就是硕大的标题：“国安局早在半个世纪前就把美国人养在‘温室里’”。

“有意思……”律师喃喃说道，读了起来。

“美国国家安全局早在半个世纪以前就已侵犯美国人的隐私，做出‘令人难以起敬，甚至是完全违法的行为’，法新社报道。法新社援引乔治·华盛顿大学发表的解密文件。

“据透露，在1967年至1973年间国安局执行Minaret计划，在该框架内1650位美国公民的国际通话遭到窃听。‘温室’里的人包括布道者马丁·路德·金、拳击手穆罕默德·阿里和《华盛顿邮报》的知名记者阿尔特·巴克沃德。

“国安局先后向林登·约翰逊总统和理查德·尼克松总统提供了人权活动家和反对越战者之间的国际往来信息。

“从这些文件中可知，遭到窃听的还有两位有影响力的立法者，爱达荷州的民主党参议员弗兰克·丘奇和田纳西州的共和党人霍华德·贝克。第一位是约翰逊的支持者，投票支持美国干涉越南，但是他在美国对越政策上的态度逐渐变得‘更具批判性’。

“贝克起初反对约翰逊的政策，但后来又支持尼克松的对越战略，即便如此，仍遭到窃听。或许，尼克松想知道贝克是如何评论他的，国安局如是说。

“值得注意的是，几年后参议员丘奇积极支持成立秘密机构 Foreign Intelligence Surveillance Court 的倡议，以监控国安局的活动是否合法。”

等到律师读完，科尔德抱怨道：

“看，现在每个人都一心想要爆料。”

律师觉得科尔德的声音里似乎有点醋意，但他觉得还是默不作声为妙。

录音 9

关于章鱼的存在我是在比勒陀利亚得知的。好像是在 2008 年，快到年底的时候。对，没错，我在初冬时节来到南非，恰逢雨季。更确切地说，我们国家是冬天伊始，而在南半球，此刻却是夏季。

我国驻比勒陀利亚大使馆有一个技术监测点。我被派去检查安装在那里的设备及计算机状况。不过，还是按顺序讲吧，因为此行对我影响重大，这里每个细节都很重要。

飞机降落在比勒陀利亚，南非共和国三个首都之一。这里是国家的行政首都，而立法首都和司法首都分别位于开普敦和布隆方丹。当我们的飞机在城市及其周边上方盘旋，排队等待着陆时，我透过舷窗看见绿色的平原，连绵起伏的低山丘陵，郁郁葱葱的森林镶嵌其间。从空中望去，南非给人的印象即便不是地球上的天堂，至少也堪比加利福尼亚，我已经预感到此次例行出差兴许是一次不错的休假，尽管降雨频繁。

来机场接我的是使馆随员迪克·沃克，一个招人喜欢的黑人小伙子，一脸灿烂的笑容，在新奥尔良出生。他跟我握了握手，拿起行李，拨开“比勒陀利亚万德布姆”主航站楼拥挤的人群，朝外面走，车停在外面。

“第一次来我们这儿？”

我点了下头：

“嗯，第一次。关于非洲我只知道这里有长颈鹿和河马。”

“这里还有 Americans，Mongrels，Playboys，Naughty Boys，Hard Livings，Junkie Funkies 和 Corner Boys……”他脸上的笑容顿时不见了。

“什么意思？如果是当地的体育俱乐部，那么全还给学校了。”

“这是那些用恐怖手段威慑国家的黑帮名称。不过，有组织的犯罪活动还不是南非最可怕的恶行。”

我们的车驶离机场，沿着绿色的丘陵飞驰，山坡上树丛茂密，风景如画。天空中飘浮着丝丝缕缕的卷云，太阳时隐时现。迪克在十字路口一转弯，我就看见了远处的城市，楼房有棱有角，绿化很好，摩天大楼掩映在一片阴霾当中。

“比勒陀利亚是这个该死的国家里最安全的城市。”迪克说道，“可这说的也只是商务区。”

“什么，难道这里真的如此糟糕吗？”我很诧异，努力回忆我读过的有关南非的那些内容。

我零星地想起来一些：英布战争，让少数人白人和多数人黑人分开居住的“种族隔离”制度，为自由和民主而战的斗士纳尔逊·曼德拉，1993 年革命……

“真的一无所知？”迪克加快了速度。

这条路穿过一片翻耕过的农田，有些地方能看见建筑物，不知是板棚还是车库。路边出现了几个人，他们挥舞着双手，叫喊着什么，然后有一个人横躺到柏油路面上。

“看见这些人了吗？”迪克问，没等我回答，就把车窗关上，车门锁好，“要是我停下来的话，他们就会把车窗砸碎，把我们揪到外面去，东西给抢个精光，把我们毒打一顿，再把车开走。”

他猛打方向盘，一个危险的急转弯车就绕过了四仰八叉躺在路上的黑人小伙。幸好对面车道上没有车迎面驶来。

“种族隔离制度被摧毁后，立即就出现了混乱，”迪克看着前方，从牙缝里挤出一句，“现在这个国家三分之一的人口没有工作，这里的犯罪率全球最高。不过，简报会上都会讲的，现在您就记住一点，任何时候，无论如何都不要离开商务区。任何时候！就算在商务区也尽量不要一个人活动。不要和不认识的黑人说话！”

“那该如何是好呢？”我不由一笑，毕竟迪克自己就是黑人。

“到了太平间有你笑的！”他龇牙一笑，“等你在街上被人挖了肝儿以后。”

“为什么？”我脱口而出。

“吃白人的肝脏就意味着能得到他的好运气。”

“真的吗？”我感觉到自己的心脏比平时跳得快多了。

“还要严重得多呢。”迪克点上烟，打开了车窗。我们快到城里了，沿路有一些围墙和仓库。“对不起，我提到了太平间，但是必须得给来的人泼盆冷水，否则他们不相信。以后还会给你看录像和照片。要是肠胃弱的话，建议不要吃得太饱。”

“你们这里到底怎么回事啊？！”我克制不住地提高了音量。

迪克把烟头扔到窗外，又关上车窗。我觉得他这一套动作一气呵成，下意识地就会这么做。

“按平均人口计算，南非共和国在严重犯罪和特别严重犯罪上居世界第一位。”他开始用专业讲师那种乏味无聊的声音讲了起来，“每天50起谋杀案，还有同样这么多数量的谋杀未遂案。这里大街上是这么抢劫的，先是用铁管击中后脑勺，或者射中太阳穴，然后就开始看你有没有钱包，看你钱包里有什么。这里的强奸案数量也当仁不让居于首位。对于出生在南非的妇女来说，成为性侵受害者的概率高于学会读书识字的概率。我们暗中做过调查，当地四分之一以上的男人承认实施过强奸行为，而且这些人当中又有一半的人承认强奸过多人。这里每年发生50万起强奸案，约书亚。”

“这在某种程度上与当地食物的特点有关吗？”我小心翼翼地问道。

“这与当地人的大脑特点有关，”迪克生硬地回答，“这里大多数居民都是不同教派的基督徒，但这只是纸面上的说法。黑人都是真正的异教徒，他们相信那些能让人发疯的偏见和迷信。我这可不是巧言妄语，三年前农业随员布鲁克斯先生收集当地祭祀方面的信息，真的就发疯了。他披着白床单，拿着十字架，前往亚历山大。这是南非最大的城市约翰内斯堡市的犯罪高发区之一。总之……总之，再也没人见过他。”

“祭祀，异教徒。”我像个行家似的点了下头，“伏都教……”

“什么见鬼的伏都教！”迪克喊起来，“把你脑子里好莱坞的那一套认识丢掉！这里什么伏都教都没有！这里的人相信，如果和处女交媾，就可以把艾滋病治好，而这里五分之一以上的男人患有艾滋病。所以有这么多的强奸案，尤其是强奸孩子！他们甚至性侵八个月大的孩子，懂吗？最主要的一点，必须是处女。而你说什么伏都教……”

我们都不说话了，车往前开了一会儿，他用平静一点儿的语气说道：

“这里的人还相信，女人对同性的爱是一种病，如果女同性恋与男人交媾时能够获得性满足，就可以治好。所以盛行所谓的‘矫正性强奸’，听过这个术语吗？”

我默默地摇摇头，南非的现实令我头昏脑涨。

“通常，由不幸的女同性恋的亲人牵头，祖父、父亲或兄长。他们雇用几个素质好的、身强力壮的男人，然后那些人就把姑娘偷走轮奸，直到他们认为姑娘达到高潮为止。整个过程几乎总是以受害者内脏器官受损而告终，有时还会造成受害人死亡。别认为这种事情只和那些贫民窟里的人有关系！四月份当地一位名人，南非国家女子足球队队长尤蒂·西梅拉尼被杀，她是国内一位很受欢迎的女性。她被害就是因为她是同性恋，和自己的女友像一家人那样住在一起，并为‘性少数派’争取权益。尤蒂在街上被抓，惨遭毒打后又被轮奸，接着头上、身上、腿上被捅25刀致死，尸体被扔到郊区的小溪里。总之，我们这里每26秒就会发生一起强奸案。尤蒂·西梅拉尼遇害后，一个叫苏尼特·埃勒丝的人发明了一种‘反强暴避孕套’，并命名为‘强奸斧’。这是一种可以放置在女性阴道内的硅胶制品，里面满是锯齿，可以对入侵的生殖器造成伤害……”

“够了！”我哀求着，“你最好说说，为什么警察、政府，为什么他们不治理一下？”

迪克并非故作惊讶。

“他们为什么要这么做？”他反问道，“这里的人什么赚钱就做什么。打击犯罪和偏见能让人有利可图吗？这是麻烦又费力不讨好的事。何况，南非的腐败在世界上也差不多是最厉害的，一半的警察都被买通了，就像我国30年代的芝加哥一样。”

“那这个国家未来会是什么样呢？”

“这与我何干？”迪克又反问道，“很可能，南非会变成传统的组合主义国家。这里满是矿产资源。矿产资源开采区和商务中心会变成安全区域，而其他地方就会退回到原始状态，只不过将来当地野蛮人手里拿的不再是棍棒和弓箭，而是手枪和机枪了。不用到‘将来’，现在就已经这样了。”

“这里难道一直如此吗？”

“不是，在实行种族隔离制度时情况完全不同。黑人生活在班图斯坦，像他们的祖辈一样，几百年来一直都是种地放牧。国内秩序井然。在德克勒克时期，该制度被摧毁。然后就开始乱起来了……”

我小声地说道：

“我觉得，你推崇以前的秩序。”

“当然！”迪克笑了一下，“有很多事你不知道，而且我们时间不多，所以我简单地跟你说吧，自由就像麻醉剂一样。小剂量是药，大剂量就是毒了。想要自由得先做好准备才行，否则自由会害了你。”

我们在检查站停下，警察检查了证件，在电脑上登记了车辆，我们便开车进城。

“这就是比勒陀利亚，”迪克说，“你知道这个词是什么意思吗？”

我耸了耸肩，可是很高兴他换了个话题。

“古罗马人把军营中总督、执政官和皇帝这些统帅的帐篷所在地称作比勒陀利亚，后来就以此命名权力集中地，而保护皇帝的士兵就被叫作比勒陀利亚卫戍队。顺便说一下，本丢·彼拉多审问耶稣就是在耶路撒冷的比勒陀利亚。耶稣在那里被送上刑架。但是最可笑的是，”迪克哈哈笑了两声说，“该城起初叫作‘费拉德尔菲亚’，也即‘兄弟之爱的权力之城’。它现在如此命名是为了纪念马丁努斯·韦塞尔·比勒陀利乌斯，德兰士瓦第一位总统。那边就是他的纪念碑。”

我们开车经过一个纪念碑，高高的基座上耸立着一尊青铜像，他就是这个奇特国家的缔造者。他目光冷峻，戴着高礼帽，拿着手杖，有点像丘吉尔。很快，我们就到了酒店的停车场。

“这是 Sheraton Pretoria Hotel，”迪克说着递给我一张名片，“这里很安全，但是记住我跟你说的话。住下来，休息一下，给我电话，我就来接你，或是派司机来。当地时间 14 点你要参加简报会，15 点和领导见面。”

我下了车，把包往肩上一甩，朝开着的车门里说：

“迪克，谢谢。”

他笑了一下：

“请我喝酒，我们就扯平了。”

他开车走了，我一个人站在酒店门口，一座维多利亚式建筑，有很多柱子，是殖民主义风格。门旁有一些枝叶繁茂的棕榈树，我觉得就像是被砍下来的塔法里教教徒的头颅，插在歪歪扭扭的短木桩上。

飞行，无眠的夜，与迪克的谈话，这一切有点让我脱离常轨。不，我倒不是太累，可是不管在简报会上，还是与国安局当地部门领导见面时，我都想要躺下休息一会儿，本来对简报会还有些担心，然而却并未给我留下什么震撼的印象。

之后我去了地下室，设备在那里。工作并不复杂，其实就和平时我们说的技术服务一样。

我检测系统，检查软件版本和安全模块，这就花了几个小时。这段时间里我一直想着这个不幸的国家，他们自己如何看待生活和历史，等待他们的是什么样的将来。这一切真的是这样吗？因为我不大相信，迪克肯定添油加醋了。

看着电脑上滚动的数字列，我脑子里突然冒出一个想法，这些精巧的技术设备安装在此，与本地网络相连接，可以查一查这个国家到底发生了什么事，实际上，这是最简单、最便捷的方法。

输入自己的权限密码，我进入数据库，这里都是被监听人的通话录音。这些人都用假名字或数字表示。戴上耳机，我随便点开一个去年录制的文件。

双方用英语交谈，地方口音非常重，时不时地还用上一些我不知道是什么意思的单词，但是通话的大概内容我听明白了，有一个叫恩戈迪拉的人向他的上级，一位未具名人士，就采购直升机事宜与俄罗斯人的谈判进展做汇报。我很震惊，当地匪徒，他们这么有钱，都用直升机做交通工具了，不然这个恩戈迪拉和他的老板还能是谁呢？哦，至于俄罗斯人毫无原则，愿意和各类人做生意，我就不提了。

使馆的活儿搞定后，我向秘书打听迪克，我还欠他一顿酒呢，结果他有事出去了。我不得不和一个不爱说话的司机一起回酒店，小伙子下巴方正，眼睛清澈。

外面开始下雨了。一回房间，我就立刻去冲澡，然后躺在床上打开电视，想看看当地新闻。毕竟这样也能多了解一下这个国家和这里的居民，并且为迪克对我说的那番话找到一些旁证。

国际新闻那段我一直在打哈欠，没什么有意思的新闻，一直念叨金融危机的事。接着是南非共和国国内新闻，都是些政治要闻，总统就某一个国家节日发表讲话，即将到来的世界杯足球赛的准备工作。

最后，播音员，一个讨人喜欢的黑人姑娘，她用沉闷的声音报道，国家交通部与美国 Sikorsky Aircraft 公司签署直升机供货协议，以替换法国制造的老旧飞行设备。一年前搁浅的协议与前部长恩戈迪拉的立场有关，他的游说有利于第三国，而有损于我国的经济利益。恩戈迪拉已被解任，并对其提起刑事诉讼。

屏幕上闪现出几架迷彩色的海王[①]，然后片头音乐响起，广告开始了。

我睡意全无，站起身来，在镜子里看到自己目瞪口呆的样子……

第二天也没有什么预期的答案，问题反而变得更多了。不，有半天时间我一直老老实实地鼓捣着服务器，但是内心的好奇吞噬了我，如同寄生在毛毛虫体内的姬蜂幼虫从里面吃掉毛虫一样，我给自己煮了杯咖啡，钻进数据库，第一次在工作之外

---

① 海王（Sea King）为美国产多用途直升机，即西科斯基 S-61/SH-3 型。——俄编注

有意识地动用了自己的权限。

我对整个直升机事件非常感兴趣，如果我理解得没错，就可以勾勒出一个见不得人的计划，根据该计划局里监听某一具体商业交易的私人信息，然后为了美国大公司的利益就可以利用这些信息。

我不能说我的猜测得到了百分百的证实，但是经过一些解密文件的研究我开始明白，国安局不仅负责国家安全保障方面的事务，而且还定期收集纯商业信息，就其实质而言，这就是商业间谍活动。

同时我还发现我们的计划一直瞄准一些国家的政府，这种监控已有数十年之久。在这些国家，领导人、政治家、部长、当权派甚至普通老百姓都被长期监听，有巴西、印度、南非，就更不用说美国心目中的那些问题国家了，诸如俄罗斯、伊朗。

国安局还监控美国的盟友，其中包括英国、德国、沙特阿拉伯和以色列这些关系很近的国家。目前这一事实对于欧洲的许多政客来说差不多是一个新发现，但我记得当时我并未受到任何触动，谁也不会忘记“信任，但要查证”的原则。

真的，即使与俄罗斯和中国的关系不大顺畅，在网络空间里已经无声无息地展开了真正的战斗，但是我们的程序员还是能够，例如，监听俄罗斯临时总统在伦敦参加 G20 峰会期间的通话——用来存档某国总理通话记录和往来电子邮件的文件夹就占用了 36GB。

但是当我尝试打开一些文件看看内容时（我那时纯粹是好奇心作祟，只是想知道，比方说，2011 年 9 月 11 日印度和伊朗领导人交换了哪些信息），果真让我大失所望。我只能看见总目录，要想访问这些文件或者音视频，需要向米德堡总部提出申请。那些汇总到比勒陀利亚服务器的数据，每季度一存档，也转发到中心数据库。

这种官僚体制的最大优点就是实际上可以彻底杜绝信息泄露。当然，首先得总部同事自己没动泄露信息的念头才行。

我在数据库里面折腾了几个小时，最后我不屑这么做了，运行软件清除了痕迹。我伴着服务器冷却系统低沉的嗡鸣声，坐在扶手椅上小憩了一会儿。

章鱼在梦里出现了：它硕大无比、面目不清、无所不能。无形的触角遍及世界各地，钻进每一处住所，每一个房间。它的触角像线一样粗，但是这些线里面涌动着强大的信息流，喂养这个可怕的怪物。

章鱼一动不动，但是定期从令人作呕的、代替头部的大口袋里面伸出新的触角，为了摄食猎物，爬向世界各地。在那些有电脑的住户地摸索着，手机或平板电脑也被摸个遍，它吸附在这些小玩意儿上面，一会儿脉冲就开始了，传送出大量的信息。从这一刻起，人不再属于自己，他已成为庞大信息体的一部分，成为肥料，被吸榨得只剩下一具空壳。

醒来时我脖子僵硬，浑身像散了架似的，有那么几分钟我心里不大好受，有点自责，我毕竟做了不该做的事，这就是犯罪，我越权过问了自己不该管的事。此外，“直升机事件”直观地向我表明，国安局使用“诚实”“义务”这些概念相当随意，这显然与棒球手说的话背道相驰。

窗外依然艳阳高照，非洲的鸟儿欢快地歌唱着，树叶沙沙作响，窗外飘来一楼咖啡厅新出炉的面包香气，这一切让我对现实妥协了。

“乔希，不能把自己的规则带到棒球场。”我对自己说。毕竟把我们的直升机供应给南非，这件事本身是一个相当有利的事实。俄罗斯人上当了，这又能怎么样呢，生意就是生意。

后来我又想到，强攻并非总是占领城堡的最佳方案，有时，比如对付那个伊拉克，驮着金子的驴子破城更有效、更省钱、更安全。

“做你该做的事，顺其自然吧！”我大声地说。

我继续自己的职业生涯。

01:21

“请问，科尔德先生，”律师搅拌着咖啡，喝了一口，“有人说，大兵班宁转交给卡桑奇大量机密材料使其公之于众，他的行为对您影响巨大。这是真的吗？”

科尔德思忖起来。律师发现，对于这个问题他也没有确定的答案。沉默持续了相当长的时间。终于，科尔德说起话来：

“您知道吗？我这样说吧，也是，也不是。问题在于，在美国本土，大家对班宁行为的看法也不尽相同。您看，从法律的角度来看，他是一个罪犯、叛徒，因为他的行为，因为他才公之于众的那些信息，有人死了。公众也不认为他是一个英雄。至于我，毫无疑问，我给予他应有的评价，他是一个敢于背水一战的人。关于班宁我还会讲到，这不是一个简单的话题，我得想一想，我还没准备好谈论这件事。现在我要讲一讲苏黎世的‘甜蜜陷阱’，较之于班宁的行为，对我的决定产生更大影响的正是这段经历。”

录音 10

关于欧洲之行的安排是棒球手通知我的。那时我正坐在六层的自助餐厅喝着咖啡，一边望着窗外，一边胡思乱想，譬如，想到了钓鱼。我和父亲早就打算找个河边野营，钓钓鱼，在烤架上烤一烤，喝着红酒，随便聊聊天。说实话，我们最后一次这样玩，还是我上中学的时候。当然，尽管父亲答应了，我还是不大相信他真的能放下所有事情，请一周的假出来。而且我也很难找到空闲时间，那段时间我们在测试最新加密程序的又一个版本，我有时加班到凌晨两点。

总之，我喝着咖啡，望着夏末天空中的几朵浮云。当时正是午餐时间，自助餐厅里人声嘈杂，人们在我桌子周围走来走去，服务员拿着托盘不停穿梭，餐厅里弥漫着烤面包、香肠、香草、咖啡和热牛奶的香气。

棒球手蓦地出现了，他一向如此，仿佛突然从空气中变出来的一样，他浑身散发着一股正能量，穿着永远一尘不染的西装，留着运动员那种寸头，带着经典的美国式微笑。

他没有说那些有关健康之类的客套话，上来就问：

“约书亚，你去过欧洲吗？”

我摇摇头。我不知为何确实一次也没有去过“旧世界”。亚洲我去过几次，中学时作为交换生去过日本仙台，后来我们全家一起到泰国度假。去过南美，巴西和秘鲁。关于非洲您已经知道了。澳大利亚，确实，不知怎么地我也还没能去看看呢，但是，坦率地说，我真的有点儿不想去那里。澳大利亚有什么啊？沙漠、袋鼠、桉树、考拉。为了这个就要飞上九个小时，我可不去，免了吧！

但是，老欧洲就是另外一码事了。根本不用满腹经纶，也都知道我们的现代文明正是起源于欧洲，任何一个怀揣护照的人到了伦敦或巴黎，都似乎是要追根溯源，完成一次独特的朝圣之旅。

当然应该承认，我们美国人对欧洲总是抱持某种怀疑态度。就其实质而言，我们也是欧洲的一部分，但是美国人已冲破地理和社会历史的樊篱，而可怜的欧洲人却不得不一直生活在略显局促的居住环境里，而且还要永远回头望一望悬在自己头上的磐石俄罗斯。

可是我再重复一遍，欧洲我还是想去的，棒球手一下子就看出来，我就像马林鱼一样上钩了。但是他要有百分之百的把握，这种人从不指望意外的巧合，于是他又提了一个新问题：

"我的孩子，你对矮人怎么看？"

一听到他用"我的孩子"或其他类似的字眼，我就受不了，但这当口儿我的耳朵却把它过滤掉了，因为"矮人"这个词更能引起我的情感共鸣。我甚至还问詹金斯先生，我没听错吗？他回答说，没有，还满意地笑了一下。

关于矮人我知道些什么呢？当然，我脑子里首先出现的就是托尔金教授的那些书和彼得·杰克逊根据那些书执导的电影。我看过两部，还不错，可以用来烧脑的玩意儿，纯粹就是逃避现实。它们一定会有一群"粉丝"，穿着自制的铁皮盔甲，贴着假胡子，拿着硬铝宝剑。

总之，"矮人"这个术语，我认为是帕拉塞尔苏斯发明的，他根据拉丁语"gnomus"这个词杜撰出来的，本义是"知识"。

这位炼金术士认为，世界上每一种自然元素都有自己的守护神，他称之为“矮人”。

实际上，矮人当然是那些留着大胡子的侏儒，他们是无尽宝藏的主人。在不同的民族中有不同的叫法：“矮人”“小矮人”“尼伯龙根人”“红矮人”“黑暗精灵”“狗头人”“小矮妖”，还有很多其他名称。

矮人性格阴沉，贪婪，但是这些工作狂却也乐于在辛勤的劳作之余和自己人喝杯啤酒，逗逗乐子，吃啊，唱啊，热闹一下。

我大概就是这样跟棒球手说的。然后问道：“难道我们局决定要整治一下幻想族吗？”他一如既往并未回答，说道：

“苏黎世州德语区的瑞士人有一个古老的传说，两个牧羊兄弟到了矮人的地下王国。他们在那里看见了无尽的宝藏，就连最穷的矿工都穿着金扣袢的鞋，用银碗吃饭。兄弟俩大为震惊，房子的支柱和拱门是用金子做的，洞壁上的指示牌用贵重的宝石装饰，桥梁和阳台的栏杆是银制的。兄弟俩把身子往下弯得很低，裹在外套里，装作他们也是矮人的样子，想要打探出真正的矿穴在哪里，找到矮人们挖出贵重金属和宝石的地方。但是每次在他们到达矿穴入口，就是地下湖泊的时候，一股神秘莫测的力量就把他们裹挟了回来。于是兄弟俩想出一招。他们送给矮人们一桶啤酒，矮人们喜欢上了这种饮料。他们还想要，兄弟俩就提出交换条件，他们用满满的一桶啤酒交换同样满满的一桶金子。就这样，贫穷的牧羊人很快就富起来了，自己的活儿也不干了，在利马特河畔盖起了房子。现在这个地方就是苏黎世，世界上最大的银行中心之一。他们说，喜欢喝啤酒的矮人们现在还生活在城外的大山深处，而传说中兄弟俩的后裔生活在城里，根据古老的协议，他们依旧像以前一样用啤酒换金子。”

“故事不错，”我说，“欧洲人一般非常擅长编造各种故事。”

“是这样，”棒球手笑了起来，但是立刻一脸严肃地说，“就在苏黎世的领事馆，这个，你知道，在瑞士，需要我们部门去一个人。工作就是常规工作，检查设备的技术状况，对项目的软件支持做定期维护。噢，当地的同事需要帮忙，他们的局域网有些问题。总之，你自己也明白，约书亚，你是最合适的人选……”

“就我吧！”我喝完咖啡，把杯子砰的一下放在桌子上，“瑞士，北边的那个？”

“北边的是瑞典。”棒球手站起身来，“你还有一整天的时间强化一下地理和其他科目。票、护照、签证到交通部取一下，简报今天下午 4 点以后去找海蒂要。祝你好运！”

……在飞机上我读了读前一天晚上从网上下载的一些材料，介绍欧洲的，尤其是介绍瑞士的，还有具体介绍苏黎世的，但是不知何故并未找到牧羊兄弟的传说。

可是在这一大堆历史资料、统计数据和各种地图等正儿八经的文件中，我看到一篇非常搞笑的文章，讲的是不同的欧洲国家能让美国人联想到什么：

罗马尼亚——吸血鬼，德古拉，通过网络找个新娘。

保加利亚——难道这不是俄罗斯的一部分吗？

希腊——吉罗斯（传统菜），濒临破产的国家。

阿尔巴尼亚、波斯尼亚、黑塞哥维那、科索沃、马其顿、黑山、克罗地亚——有组织的犯罪活动很多，总是在打仗。

匈牙利——不，谢谢，我吃过了（英语中 hungry 是饥饿的意思，而 Hungary 才是匈牙利）。

梵蒂冈——罗马教皇，变童，《达芬奇密码》。

斯洛文尼亚——难道这不是设备制造商吗?

奥地利——小德国，很多山，古典音乐。

捷克——啤酒！廉价的妓女……啤酒！！！

波兰——关于波兰人的玩笑和笑话，人不太聪明。

瑞典——社会主义，Pirate Bay 网站。

挪威——维京人变成了渔民。

丹麦——lego 制造商，都穿着木头鞋。

荷兰——毒品，妓女和妓女 – 毒品。

德国——啤酒，色情，纳粹分子，酸白菜，食物很差劲。

瑞士——富有和内敛的人，阿尔卑斯山，银行。

摩纳哥——格蕾丝·凯利，赌场。

法国——假绅士，葡萄酒，面包（长棍），不能打胜仗，领导人和统治者都是小个子。

西班牙——公牛，辣妹。

葡萄牙——难道不是西班牙吗?

比利时——巧克力，撒尿小孩。

英国——油煎鱼加炸土豆片（传统菜），牙齿不好，詹姆斯·邦德、哈利·波特，一个殖民地也守不住。

爱尔兰——棕红色头发的人，酒鬼，土豆，U2 组合。

苏格兰——电影《勇敢的心》，都穿着苏格兰短裙。

冰岛——火山，奇怪的语言，性感火辣的金发女郎。

俄罗斯——共产主义，黑客，伏特加，安娜·库尔尼科娃。

爱沙尼亚、立陶宛、拉脱维亚、白俄罗斯、斯洛伐克——这些都是国家吗?

乌克兰——切尔诺贝利，粗鲁无礼。

摩尔多瓦——不存在，从未听说过。

所有欧洲人都痴迷足球。

我笑了笑，结果邻座一位眉毛浓密、胡子拉碴的男人不太友好地瞥了我一眼，一看就是欧洲人。然后我又思忖道，实际上还真是这么回事。我们美国人确实对欧洲人形成了一些总体印象，然后会按照这种总体印象对待他们。

在我们看来，法国人是冷漠无情、精于算计、爱发牢骚的人；瑞典人是莽撞冒失、有点孩子气、缺乏性趣、永远的大男孩；德国人是好战的、拘泥细节的工作狂；西班牙人是懒惰的、酷爱跳舞的疯子；意大利人是多愁善感的艺术家杀手；爱尔兰人是稀里糊涂的好斗之人和酒鬼；英国人是傲慢的假绅士，坚信自己比所有人都清楚应该做什么以及怎样做，可还总是上当受骗；土耳其人是谦虚的、斤斤计较的生意人。尽管，等一下，土耳其人，好像不属于欧洲了？

我没打算把瑞士人纳入这个体系，因为从已读材料中我了解到，在这个国家生活着法国人、德国人、奥地利人、意大利人，总之，光官方语言就有五种[①]。

我喜欢上了苏黎世。说实在的，这个名声在外的老欧洲和我想象中的一样，中世纪的尖顶石头房子错落有致，尖顶塔，哥特式教堂，具有印第安名称的利马特河和苏黎世湖波光粼粼。是的，这就是白色阿尔卑斯山下童话般的惬意都市。总之，矮人们的国家，确实如此。

真的，我还读到，恰巧在中世纪，瑞士的“矮人们”用长

① 瑞士官方语言似乎应为四种。——译者注

矛几乎打败了所有欧洲国家穿戴钢盔铁甲的骑士，成为保护法国国王和罗马教皇的雇佣兵，总之被大家视为敢于冒险的亡命之徒，但这都是很久以前的事了。打仗打够了，瑞士人自认为是和平主义者，甚至在二战期间瑞士人心爱的国家也能够保持中立，得以拯救数十万难民，他们来自德国以及被希特勒占领的欧洲其他国家。

苏黎世领事馆的技术中心比南非的要小得多，相反，整个领事馆却在嗡嗡震动，这实际上是因为兰利[①]那帮人的工作总是暗涛汹涌。

从前他们被称为“斗篷和匕首骑士”，但是现在这个定义自然已经过时了。我倒愿意把现代特工叫作“手机的信徒”，或者“通讯录战士”。如果想要准确无误，把所有特点都合并在一起的话，那么在苏黎世领事馆工作的这些人就是“智能手机圣骑士”。

借助于这些玩意儿，他们收集网络信息资源，以此为基础做出某些结论，然后就给与这些信息有某种关联的人打电话，约见面。

他们在这些会面中做些什么，对我来说自然是秘密，但是在领事馆掩护下工作的同事们满面愁容，看样子，他们的工作进展得不大顺利。

要是我的话，我是我们部门的分析员，如果我踏踏实实坐下来处理这些信息流，轻轻松松就会比所有这些“圣骑士”做得都好。

特工们的神经在苏黎世嗡嗡作响，有时我甚至觉得我都能

---

① 中情局总部所在地。——译者注

听见这种声音。

章鱼的触角在瑞士漆黑的夜里摸索着，寻找受害者，但我当时很平静，这里以及世界其他角落发生的一切，首先都是为了造福我的祖国，我的同胞，这么说，“事就这样成了”[①]。

不过，或许我还是不该诽谤我们的人。工作之外他们相当友好，尽管有些疲惫、傲慢，就像现在院子里那个1982年生的小伙那样，他们刚从苏联执行绝密任务回来，在那里与可怕阴险的克格勃对峙。

两周里，我在苏黎世一共就待了这么长时间，我和他们一共喝了两次酒，在一家名为“大象”的超正宗德国啤酒馆，这家酒馆的窗户对着苏黎世湖，从他们的谈话中我了解到本地间谍机构驻外部面临的主要问题是招募与瑞士银行界有某种关联的人员。

苏黎世是世界银行之都。实际上所有大银行都有办公室在此，数量超过百家，感觉就像是半数市民都在银行工作，在苏黎世大家都西装革履，发型一丝不苟，至少白天是这样。这里当然会有点儿枯燥，但也很安逸。不过，夜生活也是有的，我看见几家夜总会的名字很不寻常，诸如Abart Music Club，Alte Börse，或者Basilica。

在出发前两天我去了一家俱乐部，大概是最与众不同的吧。这是因为苏黎世的一位同事史蒂芬·迈尔斯有求于我，他是经济领事顾问。

大概，我和他走得最近，一起侃侃大山、在“大象”里坐坐，开开其他“骑士”的玩笑。就这样史蒂夫请我去一家叫

① 引自《圣经》。——译者注

Adagio 的夜总会喝啤酒，放松一下，顺便看看，哈根斯先生，一个德国人，他会和谁交流。

当时我俩在我的房间坐着，我正耐心地鼓捣他的平板，WiFi 热点有点儿问题。这时史蒂夫说起了帮忙的事。

"乔希，搭把手吧。你看过关于詹姆斯·邦德的那些电影吗？想不想当超级特工过过瘾？"他笑了起来，但是眼神还是很认真，"实际上我们人手不够。任务本身，呸，小菜一碟，你不需要任何专业培训。不过就是今天去趟夜总会，坐一会儿，听会儿音乐，那儿演出的乐队还不错，嗯，看一看他和谁交流，点了些什么东西，怎么表现的。然后就这样讲给我听，就完了。"

"就完了？"

"当然。你以为你要用纽扣摄像机把他拍下来？在桥上用毒雨伞刺杀他吗？哈哈，乔希，我们的工作毕竟不像电影里那样！"

"但是，但愿，他是世界级恐怖分子吗？'基地'组织的特使？级别不能比这个低吧？"

"当然，"史蒂夫安慰我，"他是银行大亨，德意志银行的高管。"

"怎么，资助国际恐怖活动吗？"

"类似这种吧，对。嗯，你同意了？我给你 700 欧元，可以在 Adagio 使劲花，全花掉。"

我耸了耸肩。

"太好了，"史蒂夫高兴起来，"我知道，你是一个信得过的人。毕竟狼不内斗，我们干的是同一个事业！"

我其实本想拒绝，我今天只是懒得动。但是，听到那番同一个事业的话再拒绝有点惭愧，于是也就算了。

傍晚时分苏黎世下起雨来，重重彤云越过雪山之巅，像鼻涕虫爬满葡萄叶似的，慢慢压向城市上空。冰川的寒冷气息，浓雾和黑暗一并裹挟而来。路灯下橘色的光晕斑驳不清，行人竖起衣领，把头缩向脖子，雨点噼里啪啦地打在我乘坐的出租车车窗上。我的心情变得很糟糕，工作了一天我很累，而今晚几点钟才能上床睡觉还不清楚。

除此之外我很紧张，毕竟不是每天都当秘密特工，监视某个对象。当然，我有点夸张了，特别的监视并不在计划内，说的是观察，但我还是很不自在。

出乎我的意料，Adagio是一个相当体面的地方，中世纪城堡的风格，又大又重的家具，巴洛克风格的彩绘天花板，硕大的壁炉和大堆的圆木柴，带铁艺酒架的吧台，客人的文化层次很高。

我选了吧台侧面的一个高脚凳，史蒂夫说过，这是观察大厅的最佳位置，我半侧着身坐下，点了双份马丁尼，加伏特加，加冰。

我并不太热衷喝这种东西，总的来说，我对酒精类饮料的态度多半是反对的。

第一，我不喜欢醉酒的状态，那时你好像不属于你自己。这和毒品引发的那些感觉相近，如果说在吸食摇头丸时大脑受到复杂化合物的影响，那么喝酒的感觉就好像包含数十亿活性酵母的食品操纵着你。受酵母菌的支配，这至少有失颜面。

第二，我一般不喜欢酒精性饮料的味道。伏特加、罗姆、龙舌兰、白兰地这些酒简直就是毒药，让人痛苦万分，想要呕吐。我只要一喝香槟，头就会痛，看起来，是二氧化碳的缘故。啤酒发苦，干葡萄酒我觉得太酸。大概，我唯一能喝的酒精性饮料，当然，量不大的情况下，就是这个马丁尼加点儿伏特加。“摇匀，不要搅拌”，对……

我一边这样想着，一边看着俱乐部里的客人。这里什么身份的人都有，从一身黑色西装的银行职员到某些穿着复古服装的女明星。大家在闲聊，说笑，喝酒，一些客人在大厅里自如地走来走去，另一些人坐在桌旁不动。谁也没有注意到我，我也就慢慢地放下心来。

半小时后哈根斯先生来了。这时候俱乐部里的人特别多，因为一个我不知道的奥地利 Camo & Krooked 组合正在演出，他们用时髦的“鼓和贝司”风格演奏。在中世纪陈设的建筑里听见非洲－澳大利亚节奏的音乐有些怪异，但是卡莫和克吕凯特这两位嗓音嘶哑的乐队主唱在客人当中显然颇受欢迎，整个大厅的人都侧身在听。

哈根斯先生是一个高个子的黑发男人，有点儿秃顶，相当年轻，不到 30 岁的模样，他一个人来的，但是很快就有两位穿着花哨裙子的美女坐到他的桌旁，甚至从我坐的位置都能看到，哈根斯先生盯着她们露出来的乳沟，目光变得多么猥琐。

根据他喝了几杯啤酒和吃了几盘香肠和炸土豆可以判断出我的监视对象显然不具有自我节制的倾向。总的来说，要是有人问起我关于此人的看法，我会说，这是那些消费娱乐性门户网站内容的目标群体之典型代表，在这些网站上能找到有关最新车型的文章，穿着睡裙的美女照片，笑话，还有可以通过私聊虚拟做爱的论坛。

流连于这些门户网站的人，通常一周五天都坐在办公室里，由于工作让他们觉得极其枯燥乏味，他们会利用工作之余的每一分每一秒让自己放松，哪怕只是稍微消遣一下。如果给他们断网的话，他们就会把更多的时间消耗在咖啡厅、休息室和吸烟室，简而言之，任何地方都行，只要能和同行交流，不会离开工作位置太久就行。

这类人的黄金时间就是周末。从周五午餐后开始，到周日晚上结束。周一早上，我们的主人公，胡子刮得干干净净，穿着清爽的衬衫来到办公室，只有黑眼圈和微颤的手指表明他们又度过一个声色犬马的周末。

哈根斯先生这一阶层的兴趣可以用一个三角形来表示，即新女人、新车子、新电影。他们可是信贷腐殖土，很多次贷公司要靠他们滋养才能存活。他们所有的财产都是依靠贷款获得，房子、车子、家具、家用电器，甚至衣服和鞋子。这是现代经济体系最伟大的发明，我觉得未来就属于这种体系，衍生出这样一类人，就像输钱电缆和输钱管道一样。雇主给的钱一转到账户上，他们就立刻转走这笔钱还贷，都不需要变现，有时雇主和贷方就是同一个单位。在自然界里货币流通就是这样实现的，其重要组成部分就是那些哈根斯先生们。

在我们美国，顺便说一下，这样的人也不少，我倒不觉得他们会受到公众的谴责。更确切地说，成为“白领”反而是一件很体面的事，但是倘若想从中西部农场或是大都市的族裔聚居区进入这个层次，难度极大。社会阶层的电梯不然怎么会说成是“社会的”？这样不用走遍公共建筑的所有楼层。

有时我脑子里会冒出这样的想法，我称之为“法西斯想法”，就是即使这些人在世界上根本不存在，也没有人会注意到这件事。当然，除了银行和他们的亲人。

就是这样一种人，究竟因何会让中情局产生兴趣呢，恐怕神都不知道。不过，与我何干呢？我不过是完成史蒂夫的交代罢了。

此时，哈根斯先生真是越玩越起劲了。他时而富有感染力地仰头哈哈大笑，露出一口漂白的牙齿；时而在两个美女身上捏一捏，不过两位美女根本不介意他这么做；时而又一跃而起，拉着她们去跳舞。这一刻俱乐部里完全是一派农奴翻身得解放的氛围，大伙儿全都忘乎所以了，在音乐家们表演的小舞台那里，那些兴奋的歌迷们把胸罩和吊带背心抛向空中。

音乐会开始后，过了大概一个小时，哈根斯先生依旧没有要克制自己的意思。喝完啤酒又开始喝龙舌兰，而且把盐撒到那两位哈哈大笑的女人其中一人的手掌心，喝完以后再用嘴从另一位女人的胸口叼起一片柠檬。

我开始数他喝了多少杯，但是在第 10 杯的时候数错了。

夜晚就这样沿着既定轨道前行，音乐家们走了，换成了 DJ，分不出性别，也辨不明国籍。

我的注意力被 DJ 吸引住了，等我看到哈根斯先生沿着吧台朝我走来时——他离我只有两步远——我的心一下子提到嗓子眼儿，手掌心瞬间变得潮湿起来。音乐声渐渐远去，变成背景，耳朵里嗡嗡直响，我一害怕，就会这样。

他发现我了！他轻轻松松就识破了我的意图，因为我是个菜鸟，看样子，做得太明显了，一直盯着他看。我之前关于“办公室小职员的典型代表”的所有猜测实际上根本就一文不值。他是间谍，他是老手，或许，是“基地”组织培训的杀手。见鬼，他甚至长得也像阿拉伯人！现在他朝我走近，神不知鬼不觉地用毒匕首给我一刀，然后就离开了，跟什么事也没发生过似的。

这是一种无法控制的恐惧。我完全瘫痪了，只有牙齿上下打战咯吱作响。哈根斯先生离我越来越近。我还抱着微弱的希望，他到吧台可能有什么事，可是我看见他从摇酒的酒保身边走过去了。

揭示真相的时刻到了。

“哈喽，朋友！”哈根斯先生用带有怪异口音的英语向我打招呼，“你好吗？”

我能做的只是点头，说“好”。

“你从哪儿来的？”

我勉强能做的只是不确定地晃晃头，含混地说：

“从……从那儿来的。”

“已经醉了吗？啊？”哈根斯先生笑了起来，“太逊了！来，我们喝龙舌兰，这个能醒酒。真的，早上起来头会疼，但这不要紧。想不想到我们那桌一起坐？”

我默默地瞪大眼睛，一句话也说不出来。我的后背冷汗直流。这在我的人生中还是第一次。

他把手伸向夹克里面的口袋。我的腿开始抽筋，仿佛掉进了冰水里。他这就要拔出匕首了……

不是匕首，哈根斯先生掏出五欧元纸币，在空中晃了晃，大吼一声，声音盖过了 DJ 疯狂的号叫声：

“哎，酒保，两杯龙舌兰，给我和我的朋友。”

我像喝水一样把龙舌兰喝掉，根本没去管什么味道。

“柠檬呢？盐呢？！”哈根斯先生无奈地举起手臂，“瞧你啊，朋友……唉，唉，小伙子，你已经喝得差不多了。你还是回家吧，否则一会就撂倒在这儿，免不了要有许多麻烦。你听见我说的话了吗？”

我点了下头，勉强意识到他好像根本就没有识破我的意图，朝我走过来，只是因为在俱乐部里我是唯一独自一人的。我得配合一下，装成我真的醉得不成样子。

“或许，给你叫辆出租车？”他犹如一棵被砍倒的树耷拉在我身上，“你住在什么地方，朋友？”

我敷衍地解释说，我是游客，外面有朋友在车里等我，我付了马丁尼的钱，从高脚凳上下来，踉踉跄跄地向出口走去。我听见的最后一句话是，哈根斯先生大声地对笑嘻嘻的女伴说道：

“美国人，可能是。他们根本不会喝酒，什么都一股脑儿地混在一起。”

走出俱乐部，我拐到街角后面，挺直了身体，不再跌跌撞撞地走路，然后拨通了史蒂夫的电话。

“完了，我不得不离开。”

“为什么？”我的朋友很惊讶。

“他和我说起话来，请我喝酒，后来觉得我醉得厉害，还要帮我忙。”

“可你却很清醒！”史蒂夫很惊讶。

“就弄成这样了……”

“他是自己朝你走过去的？”

“是的。”

“你觉得是为什么？”

我不得不老实承认：

“可能，因为我独自坐着……”

他哼了一声：

“明白了。哦，关于我们的朋友你有什么可以告诉我的？”

“典型的‘白领’，智商不太高。”在这一刻我是因受到惊吓而报复哈根斯先生，“搞到手两个妓女，灌了她们很多酒，到最后两个人只会傻笑。他喜欢喝酒，吃东西，但酒量真好。喝完啤酒又喝龙舌兰，他说，龙舌兰能醒酒。据说，这是酒精中毒的初期症状……”

“乔希，朋友，结论让我们做，”史蒂夫打断我的话，“谢谢你做的这些。我欠你一次人情。”

……或许，要是没有下文我就把这件事给忘了。结果我在苏黎世又耽搁了几天。我不能讲述详情，只能说这和我的工作有关，这部分工作我在任何情况下都不打算公开。

这是一段沉闷又无聊的日子。雨一直下个不停，风把河边的树丛吹得弯向地面，吹得招牌隆隆作响，一团团乌云从灰色的天边滚滚而来。“圣骑士们”不知怎么地突然就各奔东西，有人去日内瓦了，有人离开瑞士了，领事馆里除了保安和几位真正的外交官，几乎就没什么人了。

晚上更难熬，街上的路灯亮了起来，湿漉漉的路面上挤满了车流，苏黎世人都急着各回各家，奔向自己的亲人和孩子，而我却踩着水坑，深一脚浅一脚地往酒店走，等待我的是难喝的咖啡和冰冷的床。

有一天晚上，好像是周四，我的心情很糟，就决定去一个人多的地方，甚至下决心来点什么加热饮料，比如热葡萄酒。

因为在苏黎世这个时间段除了已经停止营业的“大象”和令人难忘的 Adagio，别的地方我都不知道，于是我出发前往中世纪风格的俱乐部，我想，即便在那儿再碰见哈根斯先生，也不会对什么产生任何影响，毕竟我也没干什么坏事。

里面一切依旧是老样子，手拿摇壶的酒保，壁炉，只不过是另外一个乐队在舞台上表演，而且人也比周五晚上少了一些。

我鬼使神差地又坐到上次吧台旁边的那个高脚凳上。酒保给我煮了一杯热葡萄酒，并问我要不要再来一小杯“基希瓦萨”，当地的一种樱桃酒，但被我拒绝后就招呼其他客人去了。

我喝了点热葡萄酒，盘算着还得多久才能回美国，突然看见了史蒂夫。他坐在壁炉旁的角落里，半侧着身对着我，他对面的人龇着一口白牙笑着，手里拿着一大杯啤酒……哈根斯先生！桌旁还有一位，是一个身材娇小、有着性感大嘴的金发女郎。

我一下子就意识到这里面肯定有猫腻。天使在左肩对我说：“约书亚，我的孩子，喝完热葡萄酒就结账回家吧，回到你那张不够舒适、冰冷但却踏实的床上。”

但同时恶魔在右肩出现了，幸灾乐祸地大笑：“嗯，终于发生了一点有趣的事！要是现在，在这个关键时刻，抛开一切，像个老头儿一样回家睡觉，那可就成了大傻瓜。”

我该不该说，我听了谁的话呢？不过，我在这里也未能超凡入圣，人们总是不知何故通常听从那些对着自己右耳说话的人。

就这样，我留下来点了一杯咖啡，转移阵地到了吧台的最边上，坐在一个当摆设的盾牌下面，盾牌上是某个古代骑士家族的徽章。我就在这里，不为人注意地观察这三个人。史蒂夫一直在给哈根斯先生和姑娘讲着什么故事，他一边说话，一边比画着，从旁边看上去，好像他在指挥一个看不见的乐队一样。姑娘像个疯子似的笑得弯下了腰，从裙子的领口处都能看见乳房。哈根斯先生也笑了，喝着啤酒，然后开始给谁打电话。这时史蒂夫点了一瓶樱桃酒，等德国人打完电话，面前已经放着满满一小杯酒了。

我觉得哈根斯先生试图拒绝，但史蒂夫的话很有说服力，一直坚持，金发女郎也在旁一起劝酒。他们喝完一杯，然后再来一杯，一杯……

哈根斯先生不知怎么地身体突然不听使唤了，下嘴唇耷拉下来，眼睛变得呆滞无神，动作幅度变大，而且很笨重。

他试着和姑娘跳跳舞，但总是撞上其他人，或者脚踢到吧凳上。他开始引起大家的注意，俱乐部门口的两名工作人员伸长脖子，开始注视哈根斯先生的一举一动。

史蒂夫，应该承认他是好样的，他立刻看出来了，走上前去帮助自己的朋友，他们关系不错，不知何故我对这点毫不怀疑，尽管那时还有一个悬而未决的疑问，史蒂夫为什么让我监视银行家？

在金发女郎的帮助下，史蒂夫让哈根斯先生坐到桌旁，用手势招呼服务员过去，并跟他说了很长时间的话，最后那个人端来托盘，上面是两杯龙舌兰和一个插着账单的水晶高脚盘。按照传统，要是客人们对服务满意的话，应该把小费放在这种餐具上，但如今这其实已经变成了对传统的致敬，因为大家早就知道，欧洲服务费里已包含小费。

结完账，喝完最后一口酒，史蒂夫搀着哈根斯先生站起来，他们在姑娘的陪同下向门口走去，而且德国人每碰见一个人就想行礼致意，老是这样。为了不让他们离开我的视线，我也结了账，急着向出口走去。热葡萄酒和咖啡让我整个人从里到外暖和起来，好奇心和古代所谓的“魔鬼唆使”把我带到了按理我根本不该待的地方。可我还是立马决定，如果史蒂夫看见我，我干脆就装作自己是偶然出现在那里的。

推开沉重的大门，我吸了一口苏黎世潮湿的空气，里面混合着汽油味、女人的香水味、附近快餐店食用油的哈喇味和远处阿尔卑斯山积雪的清冷。史蒂夫、金发女郎和哈根斯先生东倒西歪地在前面走着，好像爱尔兰歌曲《我们该拿喝醉的水手怎么办》里的三个人物。

我双手插在短外套兜里跟在他们后面，史蒂夫，圣骑士，超级特工，被一个既无专业技能，也未受过业务培训的普通IT人跟在后面盯着，一想到当史蒂夫知道这一切拉长脸的模样，我就在黑暗中笑了起来。

他们沿着墙壁走在狭窄的人行道上，然后在路灯下停了下来，哈根斯先生试图对火点烟。在此之前我没看见过他抽烟，而且目前在欧洲，我觉得吸烟开始明显减少，禁烟宣传和香烟的高价还是颇有成效。这么说，哈根斯先生还想喷云吐雾，再一次说明他醉得有多厉害。

他还是没抽成烟，就把揉碎的香烟扔到湿漉漉的柏油路上。我听见几句德语脏话。金发女人抡着小包哈哈大笑。她身材迷人，双腿匀称，但是嗓音和举止显示出她就是一个暴发户。

这时我不慌不忙地靠近他们。由于天色已晚，街上根本没有几个人，只有他们和我，还有一对上了年纪的人，晚上溜达完往回走。

当我接近他们三个人时，他们又走了十多步，就停在一辆白色的大欧宝车旁边。接下来发生的事绝对超乎想象。

“你喝醉了！”史蒂夫对自己的酒友说，“所以我来开车吧。”

“不，不！”哈根斯先生用拳头砸了一下汽车顶盖，“这……这是我的车！我自己送……送她！”

“小狗熊！”金发女郎笑了起来，“小狗熊送我们。”

“不……不！”史蒂夫不同意，“你喝得太多了，朋友。我们会撞上电线杆……”

“你那美国人的礼貌伤害了我一个德国人的自尊心！”哈根斯先生突然说了一串话，一点儿也不结巴了，然后推开史蒂夫，爬到方向盘边上。

史蒂夫哼了一声，摊开双手，绕过汽车，坐在副驾驶位置上，金发女郎哈哈笑着倒在后座。我就站在离他们五步远的排水管那里，水哗哗地淌着。我有十足的把握，这肯定是一个恶作剧。

难道他们这个状态就开车走了？难道史蒂夫会让银行家这么干……

我冲向车子，想要阻止他们，但是那辆欧宝突然启动了，从那对上了年纪的人身边经过，一个急转弯，吓得他们紧贴墙壁，车灯的灯光扫过隔壁房子漆黑的窗户，蹿上了通往市中心的大路。

我叹了口气，我明白，演出结束了，我只能期望对于演出的主角来说，一切都能顺利收场。

我缓缓地走在人行道上，已经忘了史蒂夫和哈根斯先生，想着明天的事，想着嗡嗡作响的服务器和冰凉的咖啡，想着我明天能不能完成任务，还是又得在这里耽搁……

转弯后我傻眼了！

在橙黄色的路灯下，一辆蓝白相间的瑞士交警的警车就横在路上，警灯闪烁。我定神一看，拐角处停着的是哈根斯先生的欧宝。两名警察非常激动地和史蒂夫说着什么，他们的同事则看着欧宝的主人，他站在那儿，笨拙地张开双手，一只脚撑着地，拼命地想要保持平衡，以免摔倒。看样子，他在试图证明自己是清醒的。金发女郎拎着小包，走到稍远一点儿的地方，烦躁地抽着烟。

坦率地说，要是有可能，我希望永远也不要碰上警察。当然，欧洲的警察和我们国家的迥然不同，这里警察经常会充当某些政府官员的角色，例如开个罚单之类的。

应该承认，我们国家的犯罪率更高一些，潜在的危险也多一些。无论如何，在一个全国有半数人家持有武器的地方，警察不得不表现得严厉一些才行。您想要这样，根据宪法第二修正案规定，就得交钱才行；因此，在我们国家，如果有人在街上发生口角，警察突然对你说："闭嘴，举起手来，把手放在引擎盖上！"大家会立马照办，因为如果继续争吵，警官可能会认为这是不服从命令的表现而掏出武器。你要知道，在美国，如果警察掏出武器，他就一定会开枪，所以最好不要铤而走险。

我为什么要讲这些？因为我们的史蒂夫，绝对不会那样对待警察，实际上警察是在案发现场把哈根斯先生逮个正着。要是在我们国家，这两个人都会被带到警察局去，案子就结了，但是这里的警察是自由派人士，他们不知为什么还试图向史蒂夫证明，他的朋友有过错。

总之，我站在那里看到又来了两辆警车，看到哈根斯先生和金发女郎被塞进其中一辆，一个长相可爱，有着栗色头发的女警察坐进欧宝。史蒂夫被放了，他立刻拦下一辆出租车就走了，不知怎么，他的动作快得有点儿让人生疑。然后警察们也开车走了。又剩下我一个人在街上。

直到第二天、第三天我也没能离开苏黎世，因为软件不好处理，时间又很紧迫，为了获得需要的结果，我甚至夜里都得加班干活儿。

我又一次看见了哈根斯先生，当时我去领事馆，想在那里联系一下局里。一间办公室的门半掩着，我看见银行家坐在里面桌子边的扶手椅上。我不知道他对面是谁，也不熟悉这个人的声音。

哈根斯先生看上去垂头丧气，不知所措。我待在门口听了听他们的谈话。

“您的情况不容乐观，哈根斯先生。”看不见的对话人对德国人说道，“醉酒驾车是重罪。”

“我朋友想要帮我，”哈根斯先生语无伦次地说，“史蒂夫，他想要……想要替我开车。噢，我这该死的倔脾气！我已经付了罚款，付了体检费，付了化验费……差不多有 5000 法郎呢！现在又给我寄来了法院传票，这已经威胁到我的职业生涯，依照银行内部规定，被告无权担任多项职务……高级职位，您明白吗？史蒂夫当时说，就是警察来的时候，他说有办法……”

“办法确实有。”坐在桌旁的这个人的声音听上去非常坚定，然后他用缓慢的语调一字一顿地说，“法院明天开庭审理您的案子。遗憾的是，史蒂夫走了，不能亲自帮您……”

“噢！”哈根斯先生凄惨地喊道。

“但是他让我倾尽全力帮您摆脱这种不愉快的处境。唯一的条件就是，哈根斯先生，我们也需要您帮点忙以示回报。”

“帮忙？嗯，做什么都行！”德国人喊道。

“太好了！”对面那个人的声音里带着满意的腔调，“那么，把这份文件签了吧！就在这里和这里。”

“这是什么？”房间里一阵低语。

“保证书，哈根斯先生，只是个保证书。是我们约定的书面承诺。”

“这里写着我……写着我要传递……”

“对我们工作有意义的信息，比方说这个，”那个声音替他说了下去，“注意，为此每月您的秘密账户上会收到一笔钱，金额如下。另外，所有对您醉酒驾车案件的追查都会停止。”

“这可是……这是招募！”哈根斯先生突然喊了起来。

“哟，您干吗这样说？”那个声音温和地指责他，“这不过是一个合作的提议，我强调一下，这个提议不是来自敌人，而是来自朋友！难道我们两国不是最亲近的盟友和伙伴吗？难道我们不是并肩战斗反对国际恐怖主义和犯罪吗？”

“是的，但是您正在把我推向犯罪！不，我拒绝。让他们见鬼去吧，去他的法律，去他的声誉。再见！”

“坐下！”那个声音瞬间变得冰冷如钢，然后哐当一声，像枪栓的声音一样，“您的领导，或许会为失去您这样一位员工而伤心，但是最终会接受现实。可您的太太，如果我没记错的话，她心脏不好，她看完这段相当有趣的视频后能不能承受得住？您想看一眼吗？”

“我……给我……”哈根斯先生的语气突然软了下来。

办公室里出现了嗞嗞的声音，就是那种录音时麦克风切断杂音发出的声音，然后一个熟悉的女人声音响起来，她大声喊着：

“噢，小狗熊，哦，我不想……想这样……来，你躺好！我是女骑手，亲爱的！驾！”

接下来就听见一阵啪啪声和女人获得满足感的拖长的呻吟声，然后录像就中断了。

“给我光盘！”哈根斯先生扯着嗓子喊道。

回答他的是一阵真诚的笑声，尽管有点挖苦的味道。和银行家谈话的那位发自内心地笑着，但持续时间不长。我听见椅子倒下的声音，急促的脚步声，其他的一些噪音，还有“圣骑士”尖利刺耳的声音。

“请坐！您忘了！我是外交官，袭击我……”

哈根斯先生气喘吁吁地、声音嘶哑地说道：

“您是个下流胚子……”

“您只是在闹情绪罢了。”

“上帝会惩罚你们……”

特工再次发出笑声。

“迄今为止他主要是在惩罚别人！”

“这是因为魔鬼在帮助你们！”

“哈根斯先生，让我们把这些蛊惑之词放在一边。这是文件，一共3页，都需要您的签名。不过您可以拒绝，走出这幢大楼，然后自杀。这也等同于拒绝与我们合作，反正这一切……”接下来停顿了一下，看样子“圣骑士”正指着屏幕说，“通常来讲，都会被公之于众，您的生命也就失去意义。就算您的太太能够承受背叛，她也会跟您离婚，孩子们也会忘记这样一个父亲，关于你的职业生涯我就不说什么了，银行系统是不会要您的，甚至您想在那儿做个保安都没门儿。”

一阵沉默，突然我听见号啕大哭的声音……

我很清楚什么是“甜蜜陷阱”。其实，无论是过去还是现在，这都是招募特工的最古老方法之一。往某人那里秘密派遣有魅力的女孩（据说有时甚至要专门研究此人的喜好，以确保百分之一百的成功率）或男孩，或是别的他喜欢的类型，床笫之欢过后，开始进行那套老掉牙的恫吓勒索，要么你为我们工作，要么你的风流韵事就会被所有人知道，从你的老婆到你的上司。

“甜蜜陷阱”过去在情报机关被经常使用，我读过情报史方面的一些文件，知道这种招募方法几乎是最常用的。干这种龌龊事的女孩被浪漫地称作“燕子”。第一个“燕子”就是《圣经》里的达丽拉，一个阴险的腓力斯人，她引诱犹太人大力士参孙，把他骗上床。在两人缠绵之际，她似乎是随口一问，知道了参孙的神力就藏在他长长的卷发中。后来的事大家都知道。只有一点需要注意，达丽拉是不应受到指责的，她和参孙交媾不是为了钱，而是出于爱国之情，就像那些法国妓女一样，她们在德国军队快要打到巴黎时，打算把梅毒传染给整个德国大军。

或许《荷马史诗》中美丽的海伦实际上压根也不是帕里斯的战利品，而是像达丽拉那样的“燕子”，要知道正是她说服特洛伊人把机智的奥德修斯的苦心之作——臭名昭著的木马——拉进了城里。

因此，“燕子”基本上就成为这一古老职业的耳熟能详的代表。我在网上见过传奇人物玛塔·哈莉的照片，她是一个胖胖的黑发短腿女人，身材臃肿，面部皮肤松弛。为了获得报酬她同时为三家情报机构工作，最后为此付出代价，被乱枪打死。

极权主义国家的人常常会成为“甜蜜陷阱”的受害者，因为国家严格监控公民生活的方方面面。在“燕子”帮助下招募的人有：“格鲁乌”的职员菲拉托夫，当时他在阿尔及利亚使馆工作，哥伦比亚的俄国间谍奥戈罗德尼科夫，甚至还有联合国副秘书长舍甫琴科。据我所知，在最近一次FBI派“燕子”挖官员的行动中，这些人表现得没有任何道德底线，这一点也不奇怪，有时我甚至觉得，他们为了达到目的可以不择手段。

瞧，现在史蒂夫——我突然开始感到厌恶，仿佛光脚踩到癞蛤蟆似的——把哈根斯先生引向“甜蜜陷阱”，就像让公牛交配那样。给公牛喝一种特殊的液体，一种叫作“牛用催情药”的特制春药，可以激发它们的性欲。在哈根斯先生的故事中，那些平淡无奇的酒就是春药。

德国人是一步一步落入圈套的，先是暗中安排车祸，然后布置“甜蜜陷阱”。如果受害者想出办法从第一步脱身而出，其实，哈根斯先生试图要这么做，那么他们就必会启动第二步。

工兵和爆破手把这个叫作“双引信”，它藏在机械装置的内部。拆地雷时，专家用钳子铰断绊弦，把触发机从触点上拿下来，再把保险销放回原处。就在他坚信地雷已经失效的时候，突然，轰隆一声，工兵就被炸飞了。

哈根斯先生没有脱逃的机会。章鱼需要他，章鱼就得到了他。

“好……好吧，”他像个孩子一样用鼻子大声抽气，啜泣着，说的话勉强能让人听见，“我这就都签了。但是我……”

“您是好样的！”“圣骑士”满意而庄严地说道，“您选择了正确的方向，抽中了有奖彩票。大好前途正等着您，哈根斯先生。祝贺您！”

“够了……不要说了！”德国人痛苦地喊道，“你们……你们……”

“情绪，”特工提醒道，“您只是在闹情绪而已，亲爱的伙伴。好吧，我理解您。您累了……去吧，休息一下，喝点酒，放松放松。我们需要您效力时，会有人跟您联系，多半是用一个无可非议的借口提出见面，所以别忘了检查邮件。记住接头暗号：‘侏儒怪用稻草纺成金子’。走吧！”

我迅速从门口闪到一边，踮着脚尖，尽可能不发出声音地走到走廊拐角那边去了。幸运的是，为防止信息泄露领事馆内部没有安装摄像头，所以没人看见我。

又过了一天半，我终于离开了苏黎世。

01:49

“任何时代，情报机构采用的那些手段都是肮脏的。”律师说道，“很多书、电影以及媒体上的文章都讲过这个问题，可一旦亲历此事，所有以前看过的和读过的都相形见绌了。”

“这么说，您有过类似的经历？”科尔德问道。

“有过，”律师没想否认，“譬如，有一次我为一个外交官兼恐怖小说作家辩护，他被指控为英国的军情六局效力。而且检方指控，他与英国的‘詹姆斯·邦德’联系时使用一种极其复杂的装置，这种装置复杂到并非每一位职业IT人都能掌握。但问题在于，他那时，怎么说好呢，头脑不大正常，更确切地说，他患有严重的精神疾病，这种病非常严重，在国外的时候，他有时甚至连续几个小时在城里游荡，找不到自己住的房子。有一天，他厌倦了徒劳的寻找，来到一个公园，给自己买了个汉堡，坐在草地上吃了起来。这时一条狗过来，从他手里抢走了汉堡，吃完跑了。他买了一把瑞士军刀，一连几天追踪这条狗，后来抓住了它，把它肢解了。这种人怎么能在俄罗斯外交部工作？我搞不明白。就算在俄罗斯民主制度早期，也没发生过这种事。因此我不得不在媒体上和反间谍机构代表论战，他们为抓到这么一位可怕的‘超级特工’而沾沾自喜。英国人也把这件事记在自己账上，他们可以汇报说招募到一位‘杰出的外交官’。最后，他还是作为精神病患者被召回，被送去强制治疗。不过，不知何故，我国的反间谍机构并未怪罪于我，我甚至还加入了俄罗斯联邦安全局社会委员会，哦，就是类似于社会监督情报机构……

“不过，科尔德先生，如果现在我开始谈论细节的话，我们就不得不交换位置了，您负责录音，写写我的回忆录。”

“谁知道呢，”科尔德笑了，“或许，哪天我们真就这样做呢。但您说得对，每个人都应该做好自己的事，所以我再接着讲我的故事……”

录音 11

从苏黎世回来我就病了，可能，阿尔卑斯山冰冷的气息把我体内的什么地方冻透了。我裹上三条毛毯还浑身发冷直打寒战，咳得喘不上气来，一连几天都躺在我的单身公寓里，没吃东西，也没上网。在欧洲时我就和领导联系，以加班为由请了几天假。没人提出异议，所以也没人来找我。

我浑身无力，甚至晚上都不开灯，就扶着墙壁摸索着去卫生间。我没有宠物，没有情人，没有朋友，总之，没有一个能想起我或打搅我的人。

只是这场病让那种奇怪可怕的虚空越发严重，早在苏黎世的时候我就感受到这种虚空，现在随着时间一天一天的流逝蔓延到全身上下。

头两天我都以为自己要死了，而且还对此心存感激。我认为这是因果报应，在苏黎世我帮助史蒂夫做了不光彩的事，我罪有应得，所以我没给任何人，也没给任何地方打电话，完全听天由命。

我躺在床上，盯着嗡嗡作响的虚空，默念着佛教咒语，还是在“车库”学会的：

“阿呜姆，湿里，盖，阿偈，湿婆……”希望借此可以保佑我摆脱牵绊和病苦，一身清净离开世界；

“勒姆，婆，阿呜姆……”消除一切业障；

“唵，哈偈那伊呀，南无……”让最高主宰接纳我本真的模样。

有时我觉得恶魔们揪住我，不让我去彼岸，这时我就凭记忆背诵西藏的《中阴闻教得度》，“临终中阴”第一步：

“你离开凡世的时间到了。死亡的征候感受如下：全身产生一种压迫之感，所谓‘地大落入水大之中’是也；全身产生一种湿冷之感，犹如浸在水中一般，而后逐渐变为高烧之感，所谓‘水大落入火大之中’是也；全身产生一种被烈风所吹的感觉，犹如要碎为微尘一般，所谓‘火大落入风大之中’是也。你就要在中阴境界中体验它在实相之中的境相了。不要让你的心受到牵引，集中注意力，观照，谛听……努力认出永恒的佛之三身……

“法身佛，法性之身，犹如虚空，光明普照……

“报身佛，智慧广大，犹如天上彩虹……

“化身佛，犹如千百亿众生形象……

“你的气息就要停止了。你正在体验清净实相明光的光辉。其中一切万物皆如无云的晴空，而这无遮无瑕的智性，则如一种没有周边或中心的透明真空。当此之时，你应赶快了知你自己，并安住此一境界之中……

“你现前的智性，其性本空，无色无相，本来空寂，即是真空实相，普贤法界体性……

“你自己的智性，就是净识的本身，就是普贤王佛。而所谓本空，并非空无之空，而是无有障碍，光明焕发，随缘赴感，喜乐充满的智性本身……

“你自己的其性本空、无色无相的净识与光明焕发、喜乐充满的智性，二者不可分离，两相契合，即是圆觉法身境界……

“你自己的光明晃耀、其性本空、与光明大身不可分离的净识，既没有生，也没有死，即是无量光——阿弥陀佛……

“你能有此认识，即已足够。将你自己的智性视为成佛的空性，并将它视为你自己的净识，即可使你自己安住在大觉的圣心境界之中。”

我不记得后面的内容，所以就从头到尾反复读诵这一段。我的嘴唇干裂，满是疮痂，眼冒金星，耳朵里嗡嗡直响，我好像听见一些人在说话，也不知是死去的亲人和熟人，还是隔壁的邻居。然后我睡着了，好像堕入黑暗的深渊，每一次我都以为自己不会再醒过来，但是死神迟迟未到。

一天晚上，我正昏昏欲睡，就是通常睡前的那种昏沉，或者是死前的那种，突然一道耀眼的光芒出现在我面前，就像《中阴闻教得度》里所说的那样。

我用尽临死前的最后一丝力气握紧拳头……然后看见了棒球手詹金斯先生。他站在屋子中央，像某个黑帮电影中的主人公那样，穿着风衣，戴着礼帽，望着我。

“你看起来糟透了，乔希，”他对我说，“为什么不打电话呢？”

我声音嘶哑地说了些什么回答他。

“算了，算了，一切都以后再说。”他摘下帽子，把它挂在门后的角落里，“我叫医生来。他们会把你治好的，给你用点药，你又会活蹦乱跳的。那时我们再谈。”

“那时”已经是一周后了。他们确实把我治好了，说真的，光吃药没有效果，得打抗生素，等到和棒球手谈话时，我实际已经痊愈了，尽管还是相当虚弱。

我们在咖啡厅点了咖啡，然后找了张桌子坐下，从那儿能看到米德堡主楼，一个黑色的庞然大物，“精神病医生那里有一个术语叫‘逃避到疾病中去’，”棒球手说道，“乔希，我觉得，你的神经受不了了。”

“这跟神经有什么关系？”我不满地回答，“苏黎世的天气糟糕透了，又是下雨，又是刮风，还那么冷。就算是大力水手也会得感冒或者别的什么更严重的病。”

“欧洲以后会一直如此，”不知为什么，詹金斯先生笑了起来，“全球变暖会导致全球变冷。”

“我认为，这彼此矛盾。”我搅拌着咖啡说道。

“看来，你不了解我们实验室的工作原理，这些实验室都是HAARP电离层研究综合体的一部分。”

“你指的是冷战时期在阿拉斯加建立的基站？”

“之后，乔希，是在冷战之后。”

“或者你指的是杰拉尔德·布尔为了向低空轨道发射卫星建造的HARP超级大炮？”

“你这个精灵鬼！”棒球手试图用微笑来蒙蔽我，“看来，你当年没白泡在网上。但是，无论是HAARP，还是HARP，要说的都是另一回事，你只不过是累了，我的孩子。你的工作完成得很出色，你还给同事提供帮助，尽管你没有义务这样做。领导高度评价你的工作，今天傍晚前，据我所知，你的账户里就会多出一笔钱。总之，你出发吧，小伙子，去度个假。比方说，去夏威夷。那可是一个非常美的地方！棕榈树、海洋、火山、音乐，夜里天空闪烁的星星有我拳头那么大……那儿的姑娘就更不用说了，嘿，嘿，嘿……你也知道，我不是一个爱嫉妒的人，但是我现在非常嫉妒你。哎，服务员！给我来一杯新鲜橙汁，我都开始想念故乡了。”

要不要说詹金斯“推荐”后不久我就出发去檀香山了呢？从那里出发，我又去了冒纳罗亚火山脚下。

我租了一栋房子，拿着杯“蓝色夏威夷”懒洋洋地靠在露台躺椅上，露台的景色绝佳，能看见白雪覆盖下凸起的火山圆顶，深蓝色的大海。我就这样待了两周，不知为什么，我又感受到上大学后最初几周的那种毫无出路的绝望和孤独。

我被章鱼紧紧地抓住，根本就无法挣脱它抓紧不放的触角。为了哪怕稍微分散一下注意力，我潜入网络数据库，阅读和HAARP有关的各种密码学理论。棒球手从来不会无缘无故地说起什么，即然如此，这个利用高频射线对电离层施加影响的装置，在不久的将来可能会以某种方式介入我的生活。

HAARP 的天线场、发电站和研究中心建在阿拉斯加州一个难以进入的地区，位于加科纳村附近。网状的天线结构，非相干散射雷达和激光定位系统耸立在荒无人烟的原始森林，像是由科幻片中未来的外星人建造的。HAARP 在官方上是研究电离层的科研实验室，私下里则承认，该装置不仅用于研究电离层的性质，而且用于对空和反导防御体系的开发。

根据我挖出的内幕消息，他们甚至可以利用 HAARP 对俄罗斯在北半球的弹道导弹跟踪站进行干扰。这些都是谣言，但却是位于"理性区域"的谣言，而非理性区域的那些谣言能让我们好莱坞的编剧们嫉妒得号啕大哭。

例如，无所事事的记者们和疯狂的网虫们把 HAARP 叫作"最现代的武器"。网上有数十份以此为题的材料文件，其中详细描述了 HAARP 的工作人员借助于该装置曾引发毁灭性的台风，曾击落俄罗斯卫星，曾通过影响整个民族的心理挑起大规模骚乱和内战，还曾人为制造摧毁整座整座城市的地震。

如果不是棒球手的话，这都有点可笑，甚至可以当作笑话取乐。他为什么要提起 HAARP 呢？目前我只看到了重重的信息幕布，像烟雾一样笼罩在这个项目上。顺便说一句，俄罗斯人也有类似的装置，但是关于这方面的介绍还不及 HAARP 的十分之一。既然有人写，就意味着有人出于某种目的需要这层迷雾。看样子，休假结束以后这个问题完全有可能成为我的一块心病了。

为了分散注意力，让大脑干点别的事，我回顾了另一个项目 HARP（拼写时只有一个 A）的历史，它始于 1961 年，比今日阿拉斯加天线场的建设要早得多。

按照惯例，一切都是从科学家开始的。他们设计出一个炮筒长度为30米的实验性轻气炮，用来观察具有弹道特征的物体的运行轨迹。但是军方很快就对这个东西产生了兴趣，HARP获得了资助，开始投入积极研发。按照计划，大炮可以将小型军用卫星发射升至200公里的高空，即所谓的低空轨道高度。较之于用火箭发射卫星到太空，成本更低，速度更快。

根据公开资料，这种大炮共有10门左右，安放在北美各处，从亚利桑那州到魁北克，甚至巴巴多斯岛也安放了一门大炮，因为那里的条件更适合弹道发射。顺便说一句，口径为406毫米，炮筒长度为40米的巴巴多斯大炮在该项目中打破了纪录。

为了达到每秒运行3500米的初始速度，炮筒内部填充惰性气体制造出真空，还有采用了其他一些技术上的妙招。但还是徒劳无功，HARP项目设计的大炮只能将卫星炮弹打到180公里的高度，这个高度是不够的，卫星无法进入近地轨道，重量近200公斤的实验炮弹只能一次又一次地落入大洋。

1967年项目中止了，但是八十年代突然又继续实施，HARP的一位总设计师，加拿大火炮工程师杰拉尔德·布尔收到了萨达姆·侯赛因本人的邀请。

当时正值两伊战争时期，伊拉克的领导人未能落实快速拿下胡齐斯坦这个油气大省的计划，迫切需要能够扭转战争局面的超级大炮。

布尔的新项目名为“巴比伦”。按照计划，他将设计一种口径为1000毫米的多管式大炮，用9吨炸药能把重600公斤的炮弹打到1000公里高空，这完全可以从巴格达直接炮轰德黑兰了。除此以外，超级大炮还能发射重达两吨的特殊炮弹，即喷气式火箭。按照“巴比伦”项目，一共应该造出四种武器。

布尔的第一个成果为口径达 350 毫米的实验炮，实际上就是 HARP 设计的翻版。它的试验很成功，伊拉克开始着手建造“大巴比伦”，如果这项工作能顺利完成，这会改变一切，包括战争进程、区域内的力量平衡以及伊拉克在世界舞台上的地位。

但是萨达姆的胜利注定不会实现，由于几个西方国家的情报机构和苏联的对外情报机构介入，项目研发停止了。两伊战争结束了，这场战争没有给任何一方带来实实在在的好处。在欧洲订购的一部分超级大炮在运往伊拉克的途中被没收，不管伊拉克政府怎样努力地证明这些是石油设备的配件，它们还是没能被送到巴格达。

越到后来，发生的事就越多。1990 年 3 月“大巴比伦”的设计师杰拉尔德·布尔在自己位于布鲁塞尔的家附近被枪杀，凶手至今未能找到，有的说幕后主使是摩萨德，有的说是中情局，有的说是克格勃。

超级大炮的实验模型及项目的其他部件在“沙漠风暴”行动中被联合国维和部队彻底销毁。我们星球的超级大炮的历史就这样结束了，尽管有传闻说，俄罗斯军队的武器装备中至今仍保留有“奥卡”和“冷凝器”自行迫击炮，它的炮筒长度仅为 20 米，却能发射火箭弹，包括核弹，高度可达 50 公里。

我被这些军国主义历史搞得筋疲力尽，破例又给自己来了一杯没加柑桂酒的“蓝色夏威夷”，接着又倒在躺椅上。

这时我不禁想到，老火炮项目 HARP 和目前的超级高新技术项目 HAARP 这两个项目何其相似。两个项目一开始都是出于纯粹的科学旨趣，都被军方看中，都研制出了武器（至少在口头上）……说实在的，目前就这些相似之处，如果不考虑“密谋论”或“阴谋论”的话，目前带两个“A”的 HAARP 目前倒还没有让谁丧命。

惊涛拍岸，树叶簌簌作响，我沉入梦乡，我突然发现自己变成了一个海洋生物，也不知是虾，还是鹦鹉螺，在水里面游来游去，有一道光柱直射水中。

我记得当时我感到自己的身体处于失重的状态，这使我感到一种难以名状的兴奋，一想到身体下面的水不知道有多深，内心就很爽快，可是这种欣快的感觉并未持续多长时间，因为就在那一刻，它从深处浮现出来。

章鱼。

这个让人生厌的家伙瞬间就发现了我，一下子冲了过来。我感觉到自己不能动了，手脚都被束缚住。

章鱼不会一下子把自己的猎物吃光，而是一步一步地，似乎是在按照计划行事，它先用触角缠住猎物，利用吸盘不让它离开，接着用喙状嘴喷射出毒液；当鱼类、甲壳动物和贝类不再动弹后，它才开始进食，把猎物撕碎，然后吞下。

看来，我面临的情形是第二阶段：我被这个畜生滑溜溜的触角缠住，挣脱不出来，还被咬了，毒液已经渗透到我的血液里。

我一激灵醒了，发现自己被毯子裹得严严实实，心脏扑通乱跳，喘不上气，我睁大双眼，抓起一瓶柑桂酒，对着瓶口差不多喝光了整瓶酒。然后梦里那种逃不掉、躲不过的恐惧才消退了一些。

坐在冒纳罗亚火山脚下，呼吸着夏威夷温暖湿润的空气，看着太阳落山，群星出现，堕入黑暗浩瀚的大海。我清楚地意识到我只有一个机会，唯一的，也是最后的机会。

章鱼的毒是一种有毒性的液体，是一种复杂的生物碱混合物。它对海洋里的大部分生物，包括鱼、蟹、虾和贝类都会产生同样的作用，致使它们的中枢神经系统麻痹，乃至死亡。对人来说，这种毒液也非常危险，有过数十起渔民和潜水者被章鱼咬死的例子。

但是有一些生物，章鱼的毒液在它们身上会起到另外一种作用，例如，南部海洋的一种金色的阿格玛杜斯鱼。毒液会刺激它们的生理，让它们的心脏跳得更快，肌肉收缩更剧烈。被章鱼咬到后，阿格玛杜斯鱼会在触角里面拼命挣扎，它们经常能够成功逃脱，拯救自己。

我在网上找到了阿格玛杜斯鱼的图片，那是一种体型不大的鱼，像马林鱼一样，只不过颜色更黄一些，脑袋扁扁的。我们和它们完全不像，再说 homo sapiens[①] 和鱼怎么可能相像呢？

但是，当我在夏威夷“被毒信息咬伤”后，我第一次有意识地思考如何摆脱章鱼致命的魔爪，这是章鱼借助棒球手对我发出的攻击。

我到现在也不知道，我当时应该参加哪一个与 HAARP 有关的项目，到底有没有这种项目？老子说：“埏埴以为器，当其无有器之用。凿户牖以为室，当其无有室之用。”我于是认为天将降大任于我，我要改变自己的人生，从整体上改变这种状况。

后来我就有了整套算法，我就是在夏威夷开始进行对这套算法的设计。

我的精神导师是老子。

我的思想导师是奥威尔。

---

① 拉丁语：“人类”。——译者注

章鱼的毒液在我的血液里翻滚。

夏威夷的群星在我头顶上方的天空闪耀。

我记得当时狂风怒吼，电灯闪烁不停，时亮时灭，湿漉漉的棕榈枝叶抽打着屋顶。阵阵狂风把雨水摔打在玻璃门上，门下面有很大一滩积水，渐渐地蔓延到我这边来，可我根本不在意。

我坐在草席上，再一次阅读《1984》，竭力地想在这本书里找到一些能激励我，鞭策我付诸行动的话。

我逐行逐段地读下去，越发沉浸在奥威尔的小说中，就像掉进了沼泽地，或是陷入泥潭一样无法自拔。

小说里的形象、人物以及他们的行为深深吸引着我，情节环环相扣，让人透不过气来。它就像有一种魔力，跟毒品的作用一样，几种化学元素一组合就操纵了您的理智和身体，您就不再是您自己的主人。

奥威尔，就像西伯利亚萨满或印度大圣那样，让我陷入恍惚状态，把一些虚幻的形象塞进我的意识，然而，事实上这些都是可怕的现实。

灯熄了，屋外一棵老棕榈树轰然折断倒下，可我一动不动。我在黑暗中佝偻着腰，盯着发出微弱光亮的平板显示屏，我低声重复书中主人公的话："温斯顿，你是白玉上的瑕疵。你是必须擦去的污点。我刚才不是对你说过，我们和过去的迫害者不同吗？我们不满足于消极的服从，甚至连最奴颜婢膝的服从都不要。你最后投降，要出于你自己的自由意志。我们并不因为异端分子抗拒我们，才毁灭他；只要他抗拒一天，我们就不毁灭他。我们要改造他，争取他的内心，使他脱胎换骨。我们要把他的一切邪念和幻觉都统统烧掉；我们要把他争取到我们这边来，不仅仅是在外表上，而且是真心诚意站到我们这一边来。我们在杀死他之前也要把他改造成为我们的人。我们不能容许世界上有一个地方存在错误思想，不论多么隐蔽，作用多微小。甚至在死的时候，我们也不容许有任何脱离正轨的思想。在以前，异端分子走到火刑柱前去时仍是一个异端分子，宣扬他的异端邪说，并为此而高兴若狂。甚至俄国清洗中的受害者在走上刑场挨枪弹之前，他的脑壳中也可以保有反叛思想。但是我们却要在粉碎那个脑壳之前把那脑袋改造完美。以前的专制暴政的告诫是‘你干不得’；集权主义的告诫是‘你得干’；我们则是‘你得是’。我们带到这里来的人没有一个敢站出来反对我们。每个人都被洗得一干二净。甚至那三个你相信是无辜的可怜的卖国贼——琼斯、阿隆逊和鲁瑟福——我们最后也搞垮了他们。我亲自参加过对他们的拷问。我看到他们慢慢地软了下来，趴在地上，痛哭着求饶。我们拷问完毕时，他们已成了行尸走肉。除了后悔自己的错误和对老大哥的爱戴以外，他们什么也没有剩下。看到他们怎样热爱他，真是很感动人。他们要求马上枪毙他们，可以在思想仍然清白纯洁的时候趁早死去。”

我意识到奥威尔写的这些不仅仅是伟大的预言，不仅仅是生活的真相，开头是虚构的，但接下来都是现实的，这种想法如同数吨重高品质的铅板压在我的心头，而所有这一切，与其说写的是上世纪的极权制度，毋宁说写的是我们国家，我们这个时代，这一点让我因无力感和屈辱感而浑身抽搐。

我被骗了，数百万、数千万、上亿人都和我一起被骗了。我们被带到了陷阱，就像鱼被引诱入网，就像一群蹄类动物被赶进围栏，它们在那里被剪毛、阉割或电击杀死，以便剥皮，再把胴体分割成肉。

老大哥可以对我们想做什么就做什么，就是这一主旨思想让我难以平静。老大哥什么都替我们决定了，他过去监视我们的一举一动，现在依然如此。

同时，我的脑子里一直不停地萦绕着棒球手的话："但是要成为一名英雄，未必一定去参军，去到世界的另一头。在这里也可以保卫自己的国家。记住，约书亚，到处都是前线。"

02:28

"所以那时您就决定将国安局利用网络监控大家的信息公之于众？"

"也是，也不是，"科尔德回答，"起初我意识到世界上正在进行一场未经宣战的、无声无息的、残酷的战争，这是一场世界大战，未必能算准战争排名，因为总的来说，战争实际上尚未结束。政治集团、社会集团、宗教集团和经济集团等各方利益的冲突最终会导致大家彼此反目，开始永无休止的战争。目前我知道的对抗方就有这几个：对增加收入感兴趣的富人们，不愿按照父辈传统生活的数码一代，想要吃得饱、活得好又不工作的流氓们，想要建立世界哈里发帝国的伊斯兰教徒，还有一个厉害角色，从历史的尺度上看，就在昨天刚刚离开舞台，而且突如其来、出乎意料。"

"您指的是共产主义？"律师想确定一下。

"当然。就是这么回事，"科尔德下意识地把手指按在额头上，"起初我思忖着，章鱼对谁危害最大？换句话说，谁是它最主要的敌人，我该把信息交给谁才能起到作用？但是渐渐地我想清楚了，我不能选择任何一方，不能成为‘大棋局’游戏中的一枚棋子，况且信息可能会被解密，会给其他方造成损害。于是我明白了，我没有盟友，虽然有些颓丧，但是奥威尔给了我勇气。”

录音 12

我认为偶然事件在每个人的生活中都起着巨大的作用。我指的不是历史中的偶然性，偶然性在历史中的作用更加巨大。如果仔细想一想，那么整个历史都是由这些偶然性构成的。

如果腓特烈一世在第三次十字军东征时没有溺水而亡，就不会有伟大的阿拉伯哈里发帝国。

如果苏格兰国王亚历山大三世在骑马时没有摔断脖子，也就不会有大不列颠。

如果美人特蕾莎·卡巴吕在牢狱里没有成为国民公会特派员让·兰伯特·塔利安的情人，可能就不会发生“热月政变”，那么接下来阴险的“猫虎”[①] 马克西米连·罗伯斯庇尔也不会被自己的敌人送上断头台。

最后，如果“五月花”号撞上科德角的礁石，就不会有合众国了，至少不会是今天这般模样。

---

① 法国“热月政变”的一位参加者、来自蒂永维尔镇的莫林在他的抨击文章《罗伯斯庇尔肖像》中把罗伯斯庇尔称作“猫虎”。——俄编注

总之，这方面艾萨克·阿西莫夫在《永恒的终结》里写得最好。但是我想说的意思略微有些不同，我指的是某个具体小人物生活中的偶然事件。比如，在我身上发生的。

这样的事发生了，恰恰就发生了！就在我从欧洲回来去夏威夷之前。坦率地说，那时正是我人生中很糟糕的一段日子。在哈根斯先生的不幸事件发生后，我认真地想了一下，我是在为有益的事业效力吗？我差点儿就死了，我已经讲过这件事。

不过还是要说明一下，我质疑的并不是保卫自己国家这一思想的正当性，而是方法。

每个美国人从小都知道，做好事“双手要干干净净”。蝙蝠侠不会以任何借口绑架人质，超人绝不会敲诈勒索，蜘蛛侠永远不会背后偷袭，即便他没有别的机会。

当然，成年人的生活，更不用说是间谍活动和情报工作，都绝对不是漫威漫画公司出版物中杜撰出来的那些超级英雄历险记……

至于生存的基本原则和方法，见鬼去吧，不能这样从根本上颠覆了！我对我所效力事业的认识犹如一个硕大的、五彩缤纷的橱窗，可是我所谓的那些同事，他们在苏黎世的所作所为变成了一把钢锤，把这一切击得粉碎。

现在我的内心满是碎片，可是碎橱窗的位置并未出现任何新的东西，我痛苦万分，不知道该和谁谈一谈。和棒球手见面是最合情合理的，毕竟他是个心理学家，而且人还不坏，但是有什么东西阻止了我，我没去和他沟通。很可能，是因为这个事实，即詹金斯先生实在是太专业了，太善于揣摩别人的心思。而我，如您所知，从某一刻起对同事们的这种专业精神开始变得小心谨慎。

9月份的一个早晨，天气晴朗，但有些潮湿。我开车去米德堡国安局总部，这离巴尔的摩不远，我听着收音机里正在播放的邦乔维乐队的一些老歌，喝着塑料杯里冷却的咖啡，不带一丝感情地跟着乔恩哼唱：

“It’s My Life!”

我跟在一辆硕大锃亮的装载着某些化学物质的油罐车后面刹车减速前行，一转头就看见了马路对面的她——纽兰妮。

她站在公共汽车站旁望着远方，可能正在等车。旁边一些少年转来转去，像久远的17岁的我们。渐渐沥沥的小雨下了起来。

她外表上没有一点儿变化，也许只是下嘴唇上的唇环和惹眼的浓妆不见了。不过，她的各种样子我都见过，这种家居打扮我也见过。她没有发胖，发型和穿衣风格也没变，依旧是那个“天女”。

我第一个念头就是放下车窗喊她，但这时油罐车的发动机轰隆一响，从锃亮的油罐下面排放出一团团黑乎乎的柴油尾气，然后开走了。

我不得不踩油门，因为后面还跟着几辆车，一辆红色的日本皮卡已经不耐烦地鸣笛，对我表示不满，司机觉得我磨磨蹭蹭。

没想到最近的红绿灯的距离都很远，一开到那里，我就让我的尼桑调头加速往回返，恳求上帝，宇宙，自然之母，让纽兰妮等候的公共汽车不要超过我。

我自己都不知道我为什么要这么做，这是出于什么样的感情。在“车库”事件后，我非常生纽兰妮的气，甚至想杀了她，真的。拿一把刀，或者弄一把枪，到学校当着所有人的面把刀插进她的驼色针织衫的左侧，乳房撑得鼓起来的位置。或者在距离五步远的地方对准她的脸开枪，开枪前还要像电影里那样喊上一句“去死吧，说谎的贱人！”

后来我忘却了怨恨和痛苦，忙活别的事，然后是新兵站，维斯特豪森军士长，还有其他的事情。纽兰妮的形象逐渐淡化，消退，变成模糊不清的剪影，犹如一幅嵌在失去光泽的画框里的褪色的画，挂在我记忆之屋的后墙上。

可是突然间她出现了！一切不知怎么地全都浮现出来，清楚分明，历历在目，回忆汹涌澎湃，我把油门踩到底，想尽快赶到那个该死的车站，腿都差点抽筋了。

她没走，还是那样站着，肩倚在电线杆上。她身上穿的衣服也很像那件驼色针织衫。喇叭裤、麻布包、琥珀耳环、“羽毛感发型”，见鬼，她真的一点儿都没变！

我把车停在公共汽车站旁，朝空着的副驾驶座位弯下腰来往窗外看，就像詹金斯先生那样说道：

“纽兰妮夫人！劳驾，可否打扰您一下呢？尊敬的女士？”

她转过头，一脸困惑和冷漠地看了一眼，面带愠色，紧接着，她认出我后又一脸喜悦，马上绽开笑容。

“乔希？不可能！”

“可能，纽兰妮夫人。”

“一般来说，应该称小姐。”她开始卖弄风情。我微微一笑，打开了车门。

“送你吧？请坐。”

她点了点头，坐上车来。

“你好吗？”我激动地问。

“非常好！”她按照通常人们回答这类问题的方式回应我。

我却突然抽搐了一下，因为原来的那个纽兰妮，真正的纽兰妮绝对不会用这种典型东海岸家庭主妇式的方式回答我的提问。她会说类似于“酷毙了，老兄！”或者：“忙，一堆事。”之类的话，至少也是：“一堆官司，小屁孩！”

但是她确实就是按通常方式那样回答的，我开始郁郁寡欢，因为我想到赫拉克利特的那句话：“不能两次踏进同一条河流。”而我就是那个亲身践行的人。

“你去哪儿？”我尽量彬彬有礼地问道。

“回家。你还记得我父母家吗？”

“去水鹿路？”

她笑了起来。

“天啊，你居然还记得街名！”

“这种名字很难忘记。”我也笑了一下。

其实，我本应该去另外一个方向，我们局总部大概位于从巴尔的摩到华盛顿那条路的半途位置，而纽兰妮的父母住在格伦伯尼，这要往东多绕不少路呢。

但好在我们是弹性工作制，而且今天局里也没人约我见面，我离开从巴尔的摩通往华盛顿的那条大道，拐到“保罗投手纪念公路”上，开着尼桑往柯蒂斯湾方向去。

我们一路都在客客气气地闲聊，回忆一些故人和以前发生的趣事。我和她谁也没有提起那个不愉快的日子，也没有提到当时“车库”里那些人的名字。

我对纽兰妮父母住的那所房子的印象非常模糊，不知怎么的，我觉得那是一栋很招人喜欢的二层小楼，和东海岸其他那些招人喜欢的二层小楼一样。

实际上，房子破败不堪，大门破破烂烂，窗户脏兮兮的。

我唯一没有记错的就是：房子确实是两层楼。

一楼的门厅和房间里堆满了各种垃圾、旧椅子、纸箱、纸袋和塑料袋。

“跟我走！”纽兰妮叫我，“我住楼上。”

她光着脚噔噔踩在木楼梯上，跟以前一模一样。我走在后面，弯腰避开天花板上吊着的那些解梦铃铛。

“纽兰妮，你父母呢？”

一阵短暂的沉默过后，她满不在乎地淡然答道：

“他们死了，乔希，跟他们活着时一样幸福，在同一天死了。因为嗑药过量。我正在卖房子。”

爬到楼上，我置身于一个亮亮堂堂的房间，秋日里不大强烈的阳光直射进来，屋子中央是一张大床，纽兰妮张开双手趴在上面。

“你一喊夫人就差不多猜对了，”她低声说道，“我要嫁人了。”

“恭喜你。我认识他吗？”

“认识。是‘巴赫’。”

“怎么会这样？怎么……”我不知该说什么。

“都结束了。”她突然转身，抱着膝盖坐起来，“‘车库’五年前着火了，‘杜宾犬’喝醉了，还在里面。学业结束了，大家都各奔东西了。我被车撞了，在医院里躺了两年。唯一来医院看我的人就是‘巴赫’。我不怪任何人，而且最不怨的人就是你。这是报应，一切都是因果报应。我知道，在你面前我是罪人，约书亚小子，我罪孽深重，是这样的，但是别误会，我不会乞求你的原谅，因为……”

“It’s My Life！这是我的……你的人生……”我咕哝了一

句邦乔维的歌词。

“对。”她点了下头，“到我这儿来。”

“那婚礼怎么办呢？”

“我们都是自由的人。没有未来，你忘了吗？”

……然后我们赤裸裸地躺着，她抽着烟，我望着窗外飘来飘去的云彩。我的身上有一种怪异的、难以名状的虚空在嗡嗡作响，而下面某个地方，一股暗黑色的水流在我的心底翻涌，几周前我差点就淹死在里面。我知道，如果这股水流继续翻涌，将从里面把我淹没，我就会死掉，但是现在，我感到非常平静。

纽兰妮动了动，抚摸着我的手。

“我和‘巴赫’结婚后要搬到克利夫兰。他有亲戚在俄亥俄州，而我叔叔开的诊所就在那个城市。我会去那里工作。”

“做什么？”我问，总得问点儿什么吧。

“先做行政吧。我车祸后住院期间，通过远程学习完成了‘医疗管理人员’专业的课程。”

又是一阵沉默。外面有汽车经过，远处什么地方还传来乐器演奏的声音，是一种儿童舞蹈音乐。

“我该走了。”我坐起来，开始穿衣服。当我扣完衬衫纽扣时，我听见纽兰妮在哭。

“千万不要安慰我！”她发现我在看她，就喊道，“去吧，走吧！在下面随便拿点什么东西留作纪念。别了，约书亚小子！永远地别了！”

我下楼，穿过门厅，在门口被袋子绊了一下，里面的旧书散落一地，这些书的作者有赫胥黎、加缪、海因莱因、奥威尔……我捡起一本，封皮上写着《动物农场》和《1984》，打开后就看见衬页上用红色墨水写的题词："纽兰妮，记住：常善救人，故无弃人；常善救物，故无弃物。"[①] 署名是"爸爸"。

我拿走这本书，离开了这所诡异的房子。有一段时间我坐在车里望着台阶一动不动，不知为什么，我觉得纽兰妮会突然跑出来，裹着某条不像样子的毯子，沿着小路往围栏这边跑……

一辆警车让我从消沉状态中清醒过来，它停在一旁。看样子，我的脸色一定很糟糕。第二次有军官朝我喊道：

"先生，您还好吧？"

我点了点头：

"非常好！"

他们开车走了。我拿起奥威尔的书，随手翻开一页。在书页上扫了一眼，读道："党要当权完全是为了它自己。我们对别人的好处并没有兴趣。我们只对权力有兴趣。不论是财富、奢侈、长寿或者幸福，我们都没有兴趣，只对权力，纯粹的权力有兴趣。纯粹的权力是什么意思，你马上就会知道。我们与以往的所有寡头政体都不同，那是因为我们知道自己在干什么。所有其他寡头政治家，即使那些同我们相像的人，也都是些懦夫和伪君子。德国的纳粹党人和俄国的共产党人在方法上同我们很相像，但是他们从来没有勇气承认自己的动机。他们假装，或许他们甚至相信，他们夺取权力不是出于自愿，只是为了一个有限的时期，不久就会出现一个人人都自由平等的天堂。我们可不是那样。我们很明白，没有人会为了废除权力而夺取权力。权力不是手段，权力是目的。建立专政不是为了保

① 老子的名言。——俄编注

卫革命；反过来，进行革命是为了建立专政。迫害的目的是迫害。拷打的目的是拷打。权力的目的是权力。”

又翻了几页，我的目光被一个奇怪的段落吸引住：

七诫

1. 凡用两条腿行走的都是敌人。

2. 凡用四条腿行走或长翅膀的，都是朋友。

3. 凡动物都不可穿衣服。

4. 凡动物都不可睡床铺。

5. 凡动物都不可饮酒。

6. 凡动物都不可杀任何别的动物。

7. 凡动物一律平等。

这一段让我沮丧不已。我需要阅读一些通俗易懂的东西结束今天早上，我又接着往下翻。

我的注意力被下面一段话吸引住了：

“他抬头看着那张庞大的脸。他花了40年的工夫才知道那黑色的大胡子后面的笑容是什么。哦，残酷的、没有必要的误会！哦，背离慈爱胸怀的顽固不化的流亡者！他鼻梁两侧流下了带着酒气的泪。但是不要紧，一切都很好，斗争已经结束了。他热爱老大哥。”

突然我明白了，我梦里的章鱼叫什么。总之，很多东西都已经各就各位了，似乎有一种神秘莫测的力量，一种现实生活中不可能存在的魔力将我信仰橱窗中的那些碎片抛到空中，让它们旋转飞舞，接着形成了一个完整的图像。

不过这完全是另外一种图景，和从前不一样的图景。奥威尔成为在我头脑中发生的复杂生化反应的催化剂。我似乎豁然顿悟，同时又有些迷茫。但无论如何，这一切都能归因于我和纽兰妮的相遇。也就是说，就其实质而言，归因于偶然性。

我很自然地把奥威尔的书带到夏威夷去了。正是在那里，我的转变发生了，更确切地说，我的转变结束了，这在很多方面都可归因于奥威尔。

02:53

“我第一次读奥威尔的《1984》，”律师说道，“大约是在 90 年代初，我觉得他描写的那种极权模式已经成为久远的过去，幸运的是，在我们这个时代，它不具有现实意义，尤其是在西方。何况，正是多亏了西方它才能被摧毁。要想了解你们美国和西欧国家现在发生的事情，可能还需要其他的一些思想家。或许，我们还不知道他们是谁。”

“我读过很多哲学家和政治家的书，”科尔德打断他的话，“问题在于，奥威尔的艺术诠释对于我的悟性正是最有效的。好比是内燃发动机的燃料，如果用煤油，它的运行效果就非常糟糕，用低辛烷值汽油，效果会好一点儿，但是也不能达到全功率运行，只有往油箱里加 AKI–97 号汽油才行。我希望我的意思表达清楚了。”

“多多少少。”律师礼貌地表示赞同。

“在阅读奥威尔的不同文本时，”科尔德继续说道，“我越来越清楚明白地意识到我要做什么。奥威尔在这方面对我来说既有点儿像圣书，也像指导手册。他非常具体地指示我们该怎么做：‘我知道英国知识分子能找到许多理由解释他们的懦弱和不诚实，而且，他们为自己辩护的那些论据我都铭记在心。但是在关于保护自由免遭法西斯蹂躏方面，我们就无须废话了。如果说自由意味着什么，它指的是即便别人不想听，你也可以对他讲的权利。老百姓迄今都不知不觉地恪守这一原则，并且照其行事。但在我们国家恰恰是那些自由思考的人害怕自由，知识分子正在亵渎人们的智力。而在其他国家并非如此：在共和制下的法国不是这样，在今日美国也不是这样。’

“‘自由思考的人害怕自由’，这真是一语中的。章鱼用自己的触角把我们所有人缠住，吸附在每一个脑袋瓜上面，伸出伪足颤动的突起，每个突起的末端都有一个贪得无厌的吸盘，插入孩子尚未闭合的囟门。

“它无处不在。

“当然，也有一些和它对着干的人。甚至还有一些人设法躲开触角，生活在自己的小天地里。但是无论如何章鱼都非常强大，且无处不在，这些例外也不过是证实了奥威尔阐述的那条老规则，即‘老大哥在看着你’。的确，在千年之交科技爆炸时代，还得给该论题再补上一条新规则，即‘老大哥在你心里’。”

录音 13

可能还是得讲两句，BRISM 是如何运作的？章鱼存在的本质是什么？

现在，柏翠丝和格林沃尔德推波助澜，让 BRISM 系统、Tembora 等相关报道浮出水面，国际社会对章鱼的这些手段有了一些粗略的认识，但是离本质还远着呢。

当然，虚拟触角伸向所有大型社交网络、通信软件和电子邮箱，这很恐怖，这是对“通信秘密”和“个人隐私”概念的彻底颠覆。全世界几亿的网络用户多少年来都不知道，自己成了滋养章鱼的温床和腐殖土。

监控程序操作简单，尤其是BRISM，只要插上接口就行，就连小孩子都能搞定。目的是让代表处、使馆或领事馆任何一位员工都能迅速获得所需信息，比方说，卧底的外交官或联合国维和人员，而收集信息的基站往往就设立在这些地方。

按照若干参数监控数据。我不想用专业术语为难您，所以我用生活用语解释一下，就是如果您要追踪某个人都跟哪些人有接触，比如他叫约翰·史密斯，那么关于他只需有个最低限度的了解就够了。

这个最低限度指的是，只要知道他的电邮地址，或者手机号码，或者姓名和地址（而且不必是完整的），或者驾照号码、护照号码或保险号码。根据类似参数中的任何一个，BRISM都可以从数千个同名同姓的人中锁定要找的那个约翰·史密斯。接下来特工人员为程序指定信息收集的级别，追踪往来邮件、通话记录、活动位置、上网历史记录，以及他在社交网络、论坛和网站上的聊天记录。程序能够把所有这些信息收集好，按照不同的参数加以分析，然后以报告形式提交。

毋庸置疑，BRISM以及类似的计划，对于监控和间谍活动而言简直是天才的发明和伟大的突破。这些计划不必耗费上百名甚至上千名员工的时间和精力，就能同时收集世界各个角落各色人等的信息。

在摧毁世贸中心的恐怖事件发生后，这些系统的研发就提上了日程。您还记得小布什在9月11日晚上说过些什么吗?"美国之所以成为攻击的目标，是因为我们的自由和机遇之灯塔是世界上最明亮、最耀眼的。没有人能阻止这种自由之光。今天，我们见识了人性中最肮脏的灵魂，而我们以美国人的善良回应罪恶，我们的救援人员表现出了大无畏精神，人们纷纷为陌生人及邻里贡献鲜血及爱心……调查此次邪恶事件元凶的工作正在进行。我已下令美国**所有的情报机构**和警察机关全力找出肇事元凶，并将其绳之以法。那些胆敢包庇肇事恐怖分子的人也会被我们视为恐怖分子……今晚，我请求你们与我一起为在事件中受到伤害的人祈祷，为那些受伤的儿童祈祷，为那些安全感被打破的人祈祷。我祈祷他们能得到我们至上的神的安抚，正如世代流传的《诗篇》第23章所言:'我虽然行过死荫的幽谷，也不怕遭害。因为你与我同在。'今天是所有美国人团结起来寻求正义与和平的日子。过去，美国击败了自己的敌人，今天的美国人也会战胜自己的敌人。每一个美国人都不会忘记今天，但我们将奋力向前，捍卫自由，捍卫世界上一切美好与正义的事物。谢谢你们。晚安。愿主保佑美利坚!"

就是这个"美国所有的情报机构"催生了BRISM及所有同类计划。这是好事，因为帮助追踪、找到并消灭了不少恐怖分子，他们实施了或正计划实施恐怖行为。

但是，即使在21世纪，通往地狱之路依旧像中世纪那样是由良好的愿望铺砌而成。为了消灭蛀蚀墙壁的白蚁，就把整个房子都烧掉，这根本就是因噎废食。

我们目前的情况就是这样。反恐斗争不仅变成血腥的战争，我们英勇的海军陆战队还曾与"基地"组织作战，镇压了多少平民，甚至还让全知全能的章鱼称霸全球。

现在全世界都知道，与BRISM合作的公司有Microsoft（Hotmail），Google（Google mail），Yahoo!，Facebook，YouTube，Skype，AOL，Apple和Paltalk，也就是说，BRISM的势力实际上（几乎）覆盖了整个计算机界和互联网界。

凡此种种无一不是在说明一个事实，章鱼标志着新纪元的到来，《传道书》里的话已不再具有现实意义。从此，知道的更多，权力也就越大。

关于BRISM这样的计划我还能列举很多，还有子信道信息、元数据，其中不仅存储了约翰·史密斯的所有资料，而且还可以借此操纵他，掌握并影响他的行为、他的职业生涯和私生活。就像苏黎世特工对可怜的哈根斯先生所做的那样。BRISM完成这样的任务简直是小菜一碟，通过分析短信内容、往来信件、通话以及监控对象点赞和表情的情况就够了。

收集一个人的元数据，已不仅仅是对个人隐私的侵犯，其性质要严重得多。我不是有宗教信仰的人，一个土生土长的美国人能在多大程度上不是信教的人？但是当我在研究BRISM的过程中弄明白了该计划的精髓所在时，我得承认，我觉得很难受，一下子就想起了《启示录》里的话："我又看见另有一位天使，从日出之地上来，拿着永生神的印，他就向那得着权柄能伤害地和海的四位天使大声喊着说：'地与海并树木，你们不可伤害，等我们印了我们神众仆人的额。'"

BRISM就是那位"天使"，"印了""干净人"的额，清点"不干净的人"，其创造者们坚信他们在行善。

但是章鱼还有一个身份，一个最卑鄙和最恶心的身份。它赐予某些人能支配很多人的权利，让他们凌驾于众人之上，且通常是凌驾于最平凡的、微不足道的小人物之上。

早在测试阶段，米德堡就有几位程序员利用BRISM监控自己的丈夫、妻子、情妇和情夫。

现在章鱼的触角几乎伸到了世界上的每一间卧室。大概，只有非洲野人、新几内亚居民、亚马孙丛林中的印第安人和俄罗斯的极地游牧民族是真正自由的人，其他所有人都受到章鱼的密切监控，其行为道德与否取决于坐在电脑屏幕前操纵这些软件的那些人的道德水准。

我记得，在我为国安局工作的初期阶段，我和棒球手就此问题有过一次长时间的谈话，最后他引用了一个关于所罗门王的著名的寓言故事。

“一天，有一个人去找所罗门，所罗门正悄悄地看着孩子们玩耍，他说：‘王啊，帮帮我吧！我生活富足，我们有大房子和很多奴隶，可是我发现，我的想法一直纠结在那些渺小的、转瞬即逝的事情上，而不是永恒的、道德高尚的事情上。’王问：‘那什么是高尚的道德？’男人不假思索地回答：‘高尚的道德就是跳过低处而到达高处，不屑琐事而领悟要旨的方法。’王皱紧眉头：‘我再问你一遍，什么是高尚的道德？’‘高尚的道德就是通天的大路。’王的眉头皱得更紧：‘请第三次回答我，什么是高尚的道德？’来者再次回答：‘高尚的道德就是让心灵更澄澈，更明亮的东西。’所罗门说道：‘我问了你三次，而你，虽然成天思考高尚的道德，却每一次都不能给我一个清楚的答案。你想绕过粗浅的东西，理解高深的东西，但是不顺着低处的台阶走，如何能到达高处的台阶？你想到达天穹，但是不知道那里有什么在等你，你配去那里吗？你想要更明亮的心灵，但是没有黑暗何来光明？昼夜交替，没有永恒的黑暗，也没有永恒的光明。我们不知道黑夜，又怎么能知道什么是白昼？最正当的想法总是与不公正的想法携手同行。只有自诩为道德高尚的人，才能做出最可怕的事。君子会为了道德高尚本身而思考什么是高尚的道德吗？要爱自己的妻子，爱自己的奴隶，爱自己的邻居，给每个人做好榜样，每天晚上睡觉前问自己两个问题：我今天做了哪些让自己感到更幸福的事，我的幸福有没有对他人造成损害？只有这样，你的生活才不会变得虚空，只有这样，在你死后人们才会称你为道德高尚的人。'"

那时我非常满意这个回答。实际上，为了治好可怕的疾病，难道不应该把尸体制成标本研究其内部构造吗？为了抓住罪犯，难道不需要和最底层的那些人，和那些社会渣滓打交道吗？换句话说，不打碎鸡蛋，就做不了煎蛋；不把手弄脏，就做不成陶罐。

但是渐渐地，我越来越确信，BRISM 这类计划，这种过于强大的武器，却掌握在一些不干净的手中。

我得到的证据表明，南非直升机事件并非仅此一例，国安局在欧洲、巴西、马格里布和黎凡特地区的一些国家、中国和俄罗斯监听并收集信息，更不用说在美国本土了。这时我开始感到恐惧，因为在虚拟幕布和"绝密"封印的后面有一个真正的"统治全世界的政府"在盯着，它能干涉任何国家的任何内政，不仅能够改变商业交易过程，甚至能够改变历史进程。

这个政府不是那些密码学家喜欢说的美联储领导，不是罗斯柴尔德和洛克菲勒家族，不是犹太复国主义的秘密集会组织，也不是坐在飞鹰将军秘密堡垒里的那些人，都不是！

世界由章鱼掌控，由那些尚未意识到这一点的 IT 人和程序师掌控，数百位半自闭的大头人，整日整夜地守在电脑前。他们尚未完成领导交代的任务就已决定历史进程，尽管现在我已经不再相信是真实情况这么回事，或许刚好相反。

如果你真的已经了解一个人的一切，那么想要让他听从你的意志，碰一碰他的“痛处”或是激活他大脑的“满足感区域”又有何难？

谁知道，或许国安局的管理层，乃至华盛顿的管理层早已操纵了 BRISM 及其他计划的特工人员呢？

况且，我甚至不排除这种可能，就连我做过的事可能也是受到外部的挑唆，但是能够安慰我的只有一点，如果真是这样，那么章鱼就击败了我们，我们实际上就生活在“矩阵”里，像沃卓斯基兄弟执导的电影表现的那样。

当然，起初我根本没有想过要与章鱼斗争。我只是不想再参与这所有的一切，想要隐退，退到一边。我当时没有任何计划，只是递交了由于身体原因而请求退职的申请。为什么这么做，而不是直接辞职呢？这里需要明确一点，国安局可不是随随便便就能离开的，没错，实际上，在任何一个国家，任何情报机构都是如此。需要有充分有力的理由，才能让你平静生活，因此我觉得由于身体原因不适合工作这个理由是最合适的。

在互联网的深处我搜到一份囚犯指导手册，介绍囚犯在自己提出的体检过程中如何诱发癫痫病发作，囚犯称头疼，然后扑通倒下昏迷不醒，模仿强直性发作。

癫痫病是最神秘的疾病之一。没有人清楚地知道这种病是由何引起的，该如何治疗，为什么这种病在有的人身上会定期发作，持续数十年，而有的人一生只发作一次。

此外还有说法认为，特殊的声音组合或者电视、电脑屏幕的闪烁也能引起发作。无论如何，癫痫病患者都不能使用这些东西，例如平板电脑和智能手机。

模仿癫痫病没有什么难度，只要肯“负责任”地对待这件事，得豁得出去，如果摔倒，那就真摔；如果抽搐，那就竭尽全力地抽搐。

在“发作”开始前要往眼睛里滴点阿托品，好让瞳孔对光没有反应，必须绷紧胸锁乳突肌，这也是“真正”癫痫病的一个重要特征。

最难的是口吐白沫。网上给囚犯模仿者列举了几个秘方，但是都很恐怖，有肥皂沫、可卡因、晒干的颠茄……我想出来的办法更简单，只需少许小苏打和几颗柠檬酸晶。在从椅子上咕咚倒下之前的几秒钟把这种混合物放在嘴里，就会产生真正的、自然的泡沫。

总之，我吓了医生很多次，后脑勺着地倒下，膝盖磕在金属桌腿上，身子弯曲成弓状，号叫，呼哧呼哧喘气，咬破舌头，可怕的带血泡沫从我咬紧的牙关中流了出来。

最后医生们让我做了很多检查，各种项目的检查当然也发现我身体多处器官存在各种小问题。难怪医生们开玩笑说，没有健康的人，只有“不到位的检查”。

这就是我的战术，因为没有一位头脑正常的领导会把这样一个一身病的人留在岗位上。

离职后，有一段时间，大概有一两个月，现在已经不记得了，我感到真正的舒心和愉悦。因为工作出色单位给我发了不少奖金，我去了日本、菲律宾、澳大利亚和厄瓜多尔，然后又去看了父亲、母亲、朱迪思，简而言之，过着典型的度假式的日子，不考虑将来。

实际上我根本就不是什么度假的人，我不知道前面等待我的是什么，但是我不愿意想这些，更何况我周围的一切都即将改变，因为巴拉克·侯赛因·奥巴马的总统竞选活动撼动了美国。

03:29

“科尔德先生，”律师瞥了一眼表，“您很会讲故事，我想问您几个问题。您不反对吧？”

“可以，问吧。”

“您几次提到您父亲投票给共和党人。那您自己的政治倾向呢？”

科尔德思忖起来，然后断然摇头说：

“坦率地说，我喜欢民主党人比共和党人多一些，尽管您说得对，我们家按照传统都是投票支持大老党。为什么？原因可能是，我还是赞成变革，而正是民主党竭力让世界变得更好。”

“奥巴马总统是民主党人和革新者，正是他试图改变世界，我也愿意相信，这将是往好的方向改变。您投票支持他了吗？”

科尔德冷笑了一下。

“起初，我了解了一下奥巴马的生平，读过他的计划后我明白，这本来就是美国很早以前，早在马丁·路德·金时期就应该得到的东西。没有黑人总统我们的‘自由女神’看起来有点虚伪，脸上有些青瘀用脂粉给遮住了，外衣的皱褶像三K党肥大外衣的皱褶。我想，您懂我在说什么。”

律师点了下头表示同意。

“我的记忆力很好，”科尔德接着说道，“多亏了那位艾森伯格先生，他让我们背诵《独立宣言》、《权利法案》、宪法条款以及昔日伟大政治家的演讲。他经常念叨说：‘大脑是一种肌肉，并且像肌肉一样需要锻炼。’

“总之，当奥巴马说：‘各位知道吗？我们正面临选择，如果这间屋子里像我这样的人或其他人不能让自己多纳一些税，那么很多事我们都做不了。如果我们坚持认为，我们社会中这些诸事皆顺的人对其他人无须担负任何责任，那么很多事我们都做不了。我希望玛丽娅、萨沙（这是他的女儿）和你们的孩子、孙子会生活在一个河流清澈、空气清新的星球上。我觉得，为了实现这一目标值得付出代价，我正打算往这方面投钱，这样，当我离世之际，回顾过往，我可以说，我们是合格的星球保卫者。’我一下子就想到了50多年前另一位黑人政治家的演讲。”

“您指的是马丁·路德·金的演讲和他的《我有一个梦想》？”律师问道。

“正是。我在巴拉克身上看见的是一个有梦想的人。”科尔德说，“我不由的想到：‘什么事情都有可能发生，或许，我们能够一起战胜章鱼，能够还给美国自由呢？’等我意识到在这场战斗中我并没有盟友，奥巴马和其他所有政治家一样，都是一丘之貉，他比两个布什、克林顿以及我国近年来的那些总统根本好不到哪儿去的时候，已经是一两年后了。但是那时，在竞选之前，我又意气风发了，这种力量促使我去米德堡见了棒球手。

“我对詹金斯先生从不抱任何幻想，因为他每次和我谈话时信息量都非常大，他很懂我。当然，谈话并没有提及奥巴马、章鱼，也没有提我的计划。我只是说，自己想做一个自由的、正派的人，想继续在系统里工作，但是合同阶段性签订，这样一旦身体状况因癫痫病恶化也能喘口气休息一下。”

“但事实上您很健康？”律师很想知道，又立刻补上一句，“这个问题当然问得不大得体，但是提这样的问题是我的职业病。”

“一切正常，”科尔德点了点头，“虽然有时候因为受潮腿会疼，但问题不大。这样，我接着讲……”

录音 14

程序员、系统管理员以及“略差一点儿”的计算机技术人员和网页设计师，这些 IT 人士都是很特别的一些人。我这么讲没有任何法西斯主义或布尔什维克主义的暗示，因为这并非是我的臆断，他们确实如此。我们很“特殊”，是贬义的特殊。我们和常人不同。我们是一个种姓，但绝对不是婆罗门①。大家既憎恨我们，又崇拜我们。以前大家对高利贷者和刽子手也是这样的态度。

如果电在地球上突然消失，计算机成为废物，我们就会最先死掉。但是这些精巧的机器尚在，我们也就过得还不赖。

我们的人也没那么少，当然比水管工和银行家还是少多了。对于我们来说，水管工和银行家，还有家庭主妇、会计、投资公司老板、警察乃至税务稽查员，这些人都是一副面孔，愚笨

① 印度最高种姓。——译者注

呆滞的面孔，都是那种对电脑一窍不通也不想弄懂的人。他们需要的只是“能用就行”，他们并不关心这一切是如何运作的，为什么会这样。这些则是我们的心病，我们的工作，能保证我们过去、现在以及将来都是“莲心之宝”的守护者，因为没有我们就不会有今日世界，世界就会立刻陷入混乱。

我不打算在这里长篇大论地阐述我对我们这一族人的看法，归根结底，这就是一种职业势利心态，甚至清洁工也具有这种心态，其他人根本就不必了解这一点。

为了让您明白，我们和其他人有何不同，我就讲几则 IT 人士的笑话，我自己听完后都狂笑不止的笑话。

“每位管理员都应该是一个真正的玩家。否则他对 save/load 的条件反射能力就会退化，这会让他不由自主地追问：‘如果手里有上一周的备份，如何将服务器恢复到今天早上的状态呢？’”

或者还有：“‘你去阿卡普尔科了吗？怎么回来都没晒黑啊？’‘一直在宾馆用 WiFi 上网来着，没去海滩……’”

尽管这多半说的是网瘾。

再看看这个：“如果您发现一个错误，纠正起来又耗时间又乏味无聊，那就别管了，干脆把它归入到特殊性当中。”

或者，还有一些特别孩子气的笑话：

“狗[①]丢了的特殊标记是 shift+2，奖励是 shift+4。”

明白点了吗？

嗯，甜品就是 IT 人士的祷告。

---

① 俄语中的 @ 读作“狗”，而电脑上 @ 键的打法就是“shift+2”。——译者注

“上帝啊！给我一个复位这个世界的按钮吧！”

我为什么要在这里夸夸其谈呢？而且，真正的IT人，就算要刷牙，也永远不会像其他人想的那样：“现在刷牙，上床睡觉。”

不，真正的IT人会立刻将整个过程分解，然后在脑袋里面设计一个算法：卫生间——门——洗脸盆——水龙头——水——洗手台——牙刷——牙膏软管等等，而且这个算法里面还会有另外一个算法，所谓的子算法：洗手台——牙膏软管——牙膏盖——牙膏膏剂——牙刷——牙膏盖——牙膏软管——洗手台。

幽默归幽默，但是对我而言，人生的残酷真相就是IT人不光是章鱼的忠实仆人，不仅如此，他们自己就是章鱼，就是其活体细胞，为了战胜他们，必须时刻谨记我知道的一切和我能做的一切。

所以，准备好和章鱼斗争后，我像一位真正的IT人士一样，第一件事就是设计行动算法。所谓的战略、计划、项目，这些都是胡诌瞎扯。

在我的算法里，一切都清楚了然，不允许有任何差池。当然，我还考虑到了不可预见的状况，即不可抗力因素，以及极不可思议的情形，用Microsoft Office早期版本中的表述更贴切，其中有这样的提示：“突然消失的东西可以自动重现。”

在设计算法时我使用的总论题是：章鱼是一个系统，也即“多种元素彼此联系，相互关联，构成的一个特定的整体和统一体”。

为了战胜这种系统，就需要另外一个系统，这是显而易见的。而且无论如何都不能忘记威廉姆·艾什比教授提出的定律，他属于世界上第一批IT人士。该定律以他的名字命名，即："在建立解决问题的系统时，较之于待解决问题的多样性，必须要使该系统具有或者有能力创造出复杂度更高的多样性。换句话说，系统应该有能力改变其状态以适应可能出现的干扰；干扰的多样性要求有与之相适应的可能状态的多样性。否则该系统就无法符合外部环境提出的管理要求，效果欠佳，多样性的缺失或不足说明构成该系统的子系统的完整性遭到破坏。"

换句话说，要想战胜章鱼，就得和章鱼的每一只触角，也就是每一条信息渠道对抗，就必须要有更多的信息渠道。

我脑海中出现这样一幅画面：章鱼在漆黑的、满是淤泥的水下洞穴中蠕动，被数不胜数的射灯所发出的无数束明亮的光线照亮。

在这种情形下，章鱼缩回所有的触角，竭力躲藏，钻进某个裂缝、洞穴，它会变色，会最大限度地改变自己的形态，变成石头和水藻那样。如果章鱼居所的照明时间够长，这种头足纲生物就会因压力和饥饿而死亡。

我就是这么盘算的。一旦两个系统开始对抗，更确切地说，是系统和我打算创造的反系统开始对抗，信息光束就会摧毁章鱼，如同光明摧毁黑暗一样。

关于我设计的具体算法就不多说了，它还没有最终完成，现在声张出去对我不利，对摧毁章鱼的整个行动也不利，但是有几点还可以透露一下。

按照算法，早在米德堡时期我就已开始实施第一步行动。不知何故现在报道我的那些记者们认为我好像是通过后门把机密信息拷贝到光盘或U盘存储器，然后带出了国安局大楼。

这些当然都是一派胡言。作为国安局的员工，我对机密信息的访问权限很高，可以访问 BRISM 项目及多个其他项目的数据库和资料，也可以使用加密信道，我当然不会让自己陷入危险境地，并且从未和便携式信息设备打过交道。

直到后来，我离职，到与国安局和中情局有合作关系的几家公司做顾问时，我才开始着手完成我的算法。夏威夷之所以会出现在我的算法里面并不是因为我喜欢那里，更确切地说，这只是附带的一个不错的赠品罢了。

一切都平淡无奇。从檀香山的国际机场飞到香港最快，这是算法的一个重要组成部分。为什么要提到这一点？原因非常简单，因为中国也是一个系统，在与章鱼的斗争中我打算利用中国巨大的潜力。

我是偶然认识米蒂的。不对，我表述得不准确，认识也可以纳入算法之中，但是具体到认识她，纯属偶然。我从不会和一个主动向我示爱的人接触。我毕竟在国安局工作了很长时间，没有那么天真，会被抛给我的诱饵所迷惑。

我已经跟您讲过“甜蜜陷阱”，又怎么能保证他们不会用这套伎俩对付我？因为用这种办法对前职员实行控制要简单得多。线人所做的不只是监视前职员，他，更确切地说，是她，和前职员就睡在一张床上。

那时我需要一个女朋友，也不单单是使我在夏威夷的逗留合法化，毕竟除了夏威夷情侣们还能去哪里？总不会是去北达科他州吧？

我说过，在对待女人方面，对我而言这与其说是个问题，倒不如说是个障碍。在街上、咖啡馆或酒吧搭讪，这不是我的风格。我在交友网站上试着找过几次女朋友，也都无果而终，所有这些候选对象在生活中都非常奇葩，此外，有一个还是男人。实际上，除了妓女，能通过交友网站认识的女人都是有问题的人，她们不能打理好自己线下的个人生活。

我到了檀香山，想给自己找一间能看到海景的小房子（当然，不用像我上次在冒纳罗亚火山脚下的房子那么讲究，但也得说得过去，我毕竟还是需要一点有灵性的东西），但是，就在那段时间，我的腿疼得很厉害。

或许，这和某种大气活动过程有关。我通常对天气的反应非常敏感，在雷雨前整夜都睡不着觉，如果附近某个地方有龙卷风，那么我的头就会痛得要爆裂，好像熟透的南瓜一样。

在此之前，断腿从未让我感受到它们的存在，尽管早在住院期间医生就告诉我，随着年龄的增长，接上的断骨会产生酸痛，他说这是正常的现象，我得有所准备。

我在和房地产经纪人、房屋代理商和其他中介打交道给自己找住处的时候，太平洋上正刮着台风“伊维卡”，尽管在夏威夷岛飓风并不常见，但是那一次我“很走运”，台风带来的湿气折磨了我好几天。

为了寻找救星，我去了诊所，但是医生只给我开了一些镇静药和止痛药。一般来说我不倾向于药物治疗，因为我认为，这年头儿食物、水和空气里的化学物质已经够多了，再专门给自己塞进去这么多化学物质当药吃，就会过量了。

我备受断骨“酸痛”的折磨，只能在檀香山市中心游荡。天气晴朗温暖，房子的门窗都开着，*He Mele No Lilo*[①] 的歌声、孩子们的笑声和上课铃声融在一起，不知从哪里传来。

---

① 夏威夷民歌，在大受欢迎的卡通片《星际宝贝史迪奇》里演唱过。——俄编注

我打算回酒店问门房哪里能找到理疗师时，突然在街道的尽头处看见一个招牌，上面写着“‘柔软的内内鸟’按摩、各式按摩、消除疼痛、初级瑜伽”。

内内鸟是夏威夷的州鸟，是岛屿的名片，橱窗上、明信片上、广告宣传单和海报上到处都是这种鸟。我的想象力不够丰富，无法想象这种长得特别像雁的飞禽柔软的样子，于是我怀着能治好病的希望走了进去。

有一位面容姣好，但身体肥胖的夏威夷女孩接待我，她高耸的胸部挂着绚丽缤纷的花环。她问了我很长时间，询问我对哪种按摩感兴趣，但最后摊开双手。

“对不起，先生，我们没法帮您。这种失调状况我们治不了。”

“您已经疼了很长时间了吗？”我身后突然传来一个好听的女人的声音。

我转过身看见一位非常苗条，甚至可以说很瘦的女孩，她大概 25 岁左右，大大的眼睛，脸上颧骨突出。她长得不像夏威夷女孩，不像混血儿，完全是一副欧洲人的相貌，皮肤白皙，让人一想到这里的阳光，就会觉得很稀奇。

她穿着一条红色连衣裙，领口很低，更凸显出她的身材。我不敢长时间打量姑娘，就匆匆看了几眼，但是凭姿态和她扬起头的样子我猜她多半是体操运动员或舞蹈演员。

我们的交谈连半分钟都不到，我说自己的腿以前没疼过，她一脸严肃，表情有点儿滑稽可笑。她对我说，天气变化时会有这种情况，这和大地能量在腿部终止循环有关，因为我脱离了人体习惯的能量环境，但是在她的指导下上几次瑜伽课，再用专门的 parachut 精油进行舒缓按摩，就可以缓解疼痛。

在此之前，我虽然对瑜珈有一定了解，但却连最简单的动作都从未尝试过，我认为这确实得在专业教练的指导下练习。

看，似乎是命运让这样一位有着温柔的大眼睛的女孩来到我身边。我不用担心她是国安局或中情局暗中派遣到我身边的间谍，我到“柔软的内内鸟”这里来纯属偶然行为，世界上没有一家情报机构能够盘算到我的行为，给我下套，包括摩萨德和俄联邦安全局。况且我又不打算让我的生活和这个女按摩师以后还继续有什么交集！我们商量约定好第一次课程，我把订金付给了夏威夷女孩，然后问按摩师叫什么名字。

“米蒂。”她向我伸出手来。我说了自己的名字，轻轻地握了一下她那纤细温暖的手指，突然感觉到好像有一股电流穿过我的身体！

从她那里散发出一种能量，让我立即冒起汗来，仿佛现在外面不是25度，而是连背阴的地方都有50度那样热。热浪流经我的全身，就连发梢都变红了。

我的感受在米蒂那里无处遁形，她笑着说：

“您的昆达里尼跳动得很快，中脉关闭，第七穴在黑暗中接收不到内气。但是您的业不错，潜力很大，科尔德先生。”

“叫我约书亚，”我看着她的眼睛问，“可以吗？”

有这样的时候，你碰见一个完全陌生的人，和他只交流了几分钟，你就意识到这次见面是某种神秘力量安排的，这个人会成为你亲近的人，甚至亲人。

我碰见米蒂时就有这样的感觉。一周后我们就一起去考艾岛看我的新房子了，一个月后她辞去了“柔软的内内鸟”那边的工作，搬到了我这里。

……这是一段新鲜奇妙的经历。我白天工作，对着电脑度过六七个小时，晚上研习基础瑜伽，夜里与米蒂共浴爱河，噢，一个练瑜伽练了10年的女孩，没有人比她更会爱人了！在为数甚少的独处时间我完善算法，力求使所有不必要的、甚至注定要出现的意外不会发生。

我在“影响力代理人”的选择上花费的时间最多，我打算通过他们把揭发章鱼的材料公之于众。

当然，第一个，也是主要的候选人，就是卡桑奇和他的“明基”平台，但是班宁的悲惨命运让我放弃了这个方案。我不能冒险，所以甚至都没有深入探究：这一切到底是偶然发生的，抑或班宁的确是精心设计的挑拨离间的牺牲品？

我查阅研究了大量资料和报刊文章，最后落在了格林沃尔德身上，他具有的社会党人的声望和反体制的魅力吸引了我。

我想，实际上，如果一个人生活在巴西丛林中，别墅建在瀑布上面，每天早晨在山泉里游泳，带着九条狗散步，家里面还有两只丛林猫、鹦鹉和几位男性情人，但是没有一名保镖，而且他还在公布大量揭秘材料，已经不止一位政客赔上了自己的仕途生涯，他会乐意扛起揭发章鱼的重任，从这件事当中他自己也可以获得新闻红利。

我非常谨慎地给格林沃尔德写了一封信，并通过秘密信道以加密文本的形式发送给他。

我白白地等了近一个月，没有得到回复，然后我才意识到这种方法对格林沃尔德这样的人不奏效。他倚仗自己在信息战中的地位恃才傲物，根本不会在意这种匿名来信。我得寻找其他途径。就在这时我想到了柏翠丝。

她当然是一个巾帼英雄。

柏翠丝执导了五部反体制纪录片，其中包括《誓言》，讲述的是关塔那摩监狱囚犯萨利姆·哈姆丹的悲惨命运。为此她在世界范围内被追踪，在机场遭到搜查，受到诋毁，甚至有几次遭到暗杀。但是柏翠丝没有投降，她选择了继续对抗。她就像体形虽小但牙齿尖利的海马，勇敢地扑向章鱼的触角。

而且，她回复了我的信件。

接下来我们就按照算法行动了，很快我和米蒂飞往香港，看上去像是去旅行。我到现在都特别惭愧我用米蒂打掩护这件事。情侣飞过去看看亚洲的经济奇迹，待几天好好玩一玩这种事在旁人看起来稀松平常。当然，米蒂甚至都没有想过，我会在香港安排与柏翠丝和格林沃尔德的会面。

我预先订好了 Mira 酒店的一个双人间，酒店在外观上很像中国皇帝的超现代墓室，规整的线条、上色的玻璃、抛光的暗色石头，到处都消了毒，非常干净。

我们的房间很棒，有一张硕大的床，我和米蒂要分开一小会儿，她要补充一些东方香料备用，香港有成片成片的购物区，那里有各种各样密修用的小玩意儿。

而我则以有个急活要赶着完成为借口留在房间。坦率地说，我不大敢得罪人，所以离开酒店的话，我很容易受到其他人的影响。除此以外，况且，就我个人而言，像香港、上海这样的中国现代城市，也是个散步的好地方。

问题在于，我对中国、对当代中国、对中华人民共和国不抱有任何虔敬之心和幻想。当然，这个国家，有非常独特的社会经济体制和意识形态。

我上大学时，学校里有几个从中国来的男孩子和女孩子，他们哪儿都不去，什么活动也不参与，不参加“口水战”，不参加任何派对，因为害怕回国以后被人发现他们没把时间用在学习上，而是消遣娱乐了。

然而今天的现实却是这样的，中国有实力，有令人难以置信的前景。谦逊的中国天才在不远的将来似乎没有什么难以企及或无法企及的高峰，他们集东方的自我牺牲精神和亚洲的勤劳于一身。

得益于中国人的心理，他们构建的“橱窗式资本主义”很有效，也很成功。研究道家学说、儒家学说以及至今仍为中国人所用的各种佛教学说，我总是惊诧不已，他们是如何扭转了社会意识中的这些道德学说，有时候甚至是伦理教义，甚至还能让马克思的共产主义学说与儒家学说联姻。

中国有13亿人口，其中大部分人的生活不过就是小康水平。到目前为止远非每一个中国人家里都有电视，在很多偏远的农业地区私家车即便不是什么洋玩意儿，也是稀奇的东西。

但是中国人不追求个体富裕。很少有人对生活的物质层面感兴趣，不像欧洲人对物质生活的那种理解，更不用说我们美国人了。不一样的价值体系让中国人在这方面更为自由。更简单地说，他们不受物质的制约，也即物质无法支配他们。而在我们国家，遗憾的是，情况恰恰相反。

我是这样设想的：中国实行独立自主的政策，一旦国安局和中情局的人突然决定破坏我与柏翠丝和格林沃尔德的见面，它将化身为一条咄咄逼人但却英明睿智的巨龙，用自己的利爪把美国鹰的尾巴撕碎。

而且他们这里捍卫集会自由的权利也会更方便一些，比方说，在拉美就不行，那里官员腐败水平达到巅峰，他们干脆能把您给卖了，就像卖一头纯种牛那么简单。

我把见面约定在酒店三层。暗号就是保定球，就是我手里原来转动的那两个球。格林沃尔德和罗拉从未见过我，看到保定球就能知道等他们的人是谁了。

原会面计划更具“间谍色彩”，格林沃尔德要在约定的时间在电梯不远处大声问：

“这里哪儿能吃点儿东西？”

我此刻应该在角落里等着，听见他的声音后走出来，从他旁边经过，手里摆弄着彩色魔方，这是匈牙利工程师艾尔诺·鲁比克发明的。格林沃尔德和罗拉就会跟在后面随我进房间，然后我们在那里谈。

然而在最后一刻我改变了主意，某种程度上是因为米蒂——她随时可能会回来，某种程度上是出于保密的考虑。毕竟没有人会忘记中国酒店房间内可能会有窃听，但是在餐厅，顾客换来换去，一般不会安放窃听器，只有在知道某个具体人物要来时才会这么做，这还是在苏黎世的时候史蒂夫告诉我的。

我在网上见到过格林沃尔德的照片，他和我想象的一样，是一个傲慢的、智商很高的人，他身上暗藏着一种复杂情结，有着恐惧症和淫逸生活的影子。柏翠丝夫人给我留下很好的印象，她是一位富有朝气的、直来直去的、开心快活的女人，并且坚信自己的正义性，坚信自己做过的事都是正当的。

我们谈了不到 40 分钟，这期间喝了两壶茶。格林沃尔德吃了块小蛋糕，柏翠丝抽了几根烟。

我对他们说：

“趁着还没有人开始行动，你们不能再等了。我找过带头人，然后我意识到谁第一个行动，谁就抢占先机。我不认为自己是英雄，因为我这么做是为了自己的利益，我不想生活在一个没有隐私的世界，这样的世界不利于智力研究和创造。这就是全部。”

我们约定好联系方式以及近期的后续行动后，他们就走了。没有人挡住他们的路，没有人要扣留他们，拘捕他们，给他们戴上手铐。一切都按照算法进行。

几天后，我和米蒂顺利回到夏威夷。

03:55

“您一直把您对抗的体制称作章鱼，为什么？在我看来，这更像是蜘蛛网，”律师在空中画了一个圈，“蜘蛛网，一张缠住整个世界的网。”

“日本人，”科尔德用手指转动着酒杯，杯底有几滴威士忌滚来滚去，慢悠悠地说道，“对待海洋生物的态度极其虔诚。在他们那里，海产品是蛋白质的主要来源，这在民间创作和传统风俗中都有反映，就像我们欧洲文明中许多故事都与古老的农耕仪式有关一样。

“日本神话中一个最重要的角色就是龙神，也是海神，是水世界的统治者，是日本的保护神和庇佑神。正是龙神掀起了著名的神风，淹没了忽必烈汗的入侵舰队。所有的江河湖泊、各种风暴和洋流都受他的统治和掌管。他拥有无穷无尽的宝藏，还掌控着所有沉船里的珍宝和世界上所有的珍珠。

“龙神有光明和黑暗两个化身，两个形象。光明的形象是一条强大正义的蛟龙，它保护弱者，拯救受苦受难的人；黑暗的形象是一只同样强大、但却神秘莫测的巨型章鱼，搞不清它在想什么。就是章鱼，也就是蛸，不是鱿鱼！这非常重要，因为鱿鱼在日本人眼中代表的是完全不一样的东西。

“化身为龙的龙神公正、诚实、英勇，化身为章鱼的龙神则阴险、残忍、好色。有一个古老的传说，讲的是7世纪藤原家族的始祖藤原镰足及其子藤原不比的故事，这是一个强大的武士氏族，在这个传说中章鱼丑态尽现。

“根据传说，镰足的女儿嫁给了大唐皇帝。当年迈的镰足去世时，皇帝送给他的儿子藤原不比三颗璀璨夺目的无价珍珠以示哀悼和悲痛。龙神听说此事后怒不可遏，因为他认为世界上的珍珠全部都属于他。

“他变成章鱼攻击运送宝物的船只，偷走了装有珍珠的匣子。藤原不比不得不四处寻找珍珠，否则就是对皇帝的大不敬。

“他在一个村子里认识了一位名叫玉取姬的年轻漂亮的采珠女，然后娶了她。很快，他们的儿子就出生了，两个幸福相爱的人就留在村子里过日子，因为不比找不到皇帝送的礼物就回不了家。

“海女玉取姬是全日本技术最好的采珠女。为了心爱的丈夫，以及本应过上更好生活的儿子，她发誓要找回被偷走的珍珠。

“她潜入海底，在水下礁石间找到了龙神的宫殿，宫殿有虾兵蟹将把守。海女就弹起了三弦琴，她的音乐让卫兵们全都睡着了。然后，勇敢的姑娘溜进宫殿，从匣子里偷走了珍珠。很快，龙神就发现珍珠不见了。

“他变成章鱼追赶海女。海女划开自己的乳房，把珍珠藏在伤口里面……接下来传说的版本就不一样了，您感兴趣吗？”

律师点了点头说：

“很有意思，科尔德先生，况且我料想，您不会无缘无故地给我讲这个故事。”

“您说得对，确实如此，这个故事不是随便说说。一个版本是这样的，我觉得这个版本更古老一些，漂亮的海女得救了，因为从伤口里流出的鲜血在水中形成帘幕，章鱼失去了她的踪迹。但是，她上岸把珍珠交给丈夫和儿子后，还是因流血过多而死。从此，日本潜水的女人都叫‘海女’，她们总是裸露着胸部潜水……嗯，袒露上身，这是对勇敢的海女玉取姬的纪念，而藤原家族也成为这个国家里最强大的氏族之一。

“按照第二个版本，章鱼追上了可怜的姑娘，用触角缠住她，张开自己有毒的喙状嘴就要撕碎她，但是震惊于她的美貌，当下就和海女发生了关系。”

“章鱼？”律师很惊诧。

“正是。您不必吃惊。很多民族都有这种恋兽癖的情节，包括欧洲。回想一下，丽达与天鹅，化身为公牛的朱庇特掳走欧罗巴……您不会以为，公牛把可怜的欧罗巴掳到海的那一边是为了和她在草地上散步吧？”

“不，”律师笑了起来，“我没这么想。”

“在日本艺术中女人与章鱼交媾的题材非常普遍。从17世纪起就创造了以此为题材的大量根付、素描和版画。其中最著名的一幅画叫作‘渔夫妻子的梦’，此画为伟大的画家葛饰北斋于两百年前所作。这幅版画描绘了一个裸体女人因两只章鱼的爱抚达到高潮的情景。一只大章鱼吮吸她的下体，而另一只小一点的章鱼吻着她的嘴唇，并用触角抚摸她的乳房。我在日本的时候专门去滨户的博物馆看了这幅杰作。”

“真是污秽下流啊！”律师哆嗦了一下。

“在欧洲人看来，当然是污秽下流。在日本人看来，这是上帝的恩典。在我看来，这是警告，是命运的征兆。”科尔德额头紧蹙。按照佛教教义，我们生活中没有什么事情是偶然发生的。任何事件、物品、行为和象征的出现都具有深意，只有献身于佛教的人才能参悟这一切。我花了很多时间用来冥想和‘参禅’。在夏威夷我和米蒂一连几个小时背靠着背保持莲花坐姿，沉浸在怡然自得的放松状态。我发现敢于向化身为章鱼的龙神发出挑战的不幸海女玉取姬，就是我！我从章鱼那里偷走了珍珠，现在它认为我就是祭品。有人警告过我，可我没听他的话……”

“您说什么？”律师不大明白。

“您知道班宁的结局吗？他在调查和审判后说他想要接受激素治疗，在狱中变性。这一切都是因为章鱼强奸了他！班宁也是海女，他也偷走了珍珠，但是他犯了一个错误，让触角缠上了他。看来，他们也会追上我……”

“别担心，科尔德先生，您知道，您在这里是安全的。”

“章鱼的时刻就要到来，”科尔德没听律师的话，兀自嘟囔着，“江支部岛上的人相信，章鱼就是在黎明前的黑暗时刻从海底深处浮出。它们用触角缠住渔船，然后拖入海底。章鱼的时刻就要来到了……黎明越来越近了，”科尔德从手上摘下金属表带的腕表，放在自己面前的桌子上，“但我们这里却毫无进展。”

“您是往坏处想？”

“当然，他们会飞到俄罗斯的。而且我相信，他们已经在这里了。他们会到这儿来，进入这个房间，对我宣读权利，然后我要求行使自己通电话的合法权利，和父亲联系。我会对他说……我已经全都想好了，我会告诉他我从来就不是叛国者，我所做的一切都是为了美国。然后他们给我戴上手铐，再把外套盖在手上，领着我往电梯那儿走。我们到了上面，从员工通道离开航站楼，乘坐军用运输机飞往美国。审讯在空中就会开始，他们会想方设法地弄清楚我把什么东西交给了你们的情报机构，又对你们的人说了些什么。当然，他们不会相信我其实是另有所图，我不是投敌者，而是信息提供者，我所做的是向世界公开他们的真相，他们犯罪的真相！”

“别激动，喝点水。”律师倒了杯水放在科尔德面前，可他连看都没看就推到一边，站了起来，踱步走到墙边，再走回来，烦躁地搓着下巴。

“我不知道我有没有足够的勇气自杀，”他低声说道，“但是我不想……不能进美国监狱！”

“这不是一种建设性的态度，”律师说，“应该斗争到底。除此以外，我想说，和俄罗斯的相比，美国监狱通常还是要更舒适、更令人舒服一些，当然，即便如此，我也不想让事态发展到这般地步，但是如果情况真的变成这样……”

“酷刑……”科尔德哀叹道，“您是不会懂的……我读过审讯班宁的机密报告，您明白吗？！当然，班宁，他的行为，他将近千份带有‘绝密’字样的文件交给卡桑奇的行为，给我的壮行酒又增添了一滴。当所有的卢比孔河都已越过，再没有任何东西能让我停下脚步时，我意外发现了这些文件，这些报告……这太恐怖了，太恐怖了！”

律师理解地点了点头。

“科尔德先生，我们就打开天窗说亮话吧，我还是想要提醒您，即使在失败的情况下，就算把您交给美国，您也已经得到保证，您本人及相关的一切都会受到全世界律师和记者的严密关注。而且，我也会尽其所能……”

“您想什么呢？！”科尔德发火了，他霍地站起来，扯下眼镜，满脸通红，额头上沁出汗珠，“您以为他们用西班牙木靴子、灌水漏斗、打碎关节的装置？噢，自中世纪起压制人性来攫取信息的艺术就不可思议地在向前发展，尽管‘向前’这个词在这里用得不太恰当。我不知道，甚至也不想知道，这种方法论是什么，但是其实质在于彻底摧毁嫌疑人的人性，改变他的意识，以至于他原有的那些价值观念和信仰对他而言什么也不是。您懂我在说什么吗？”

“或多或少吧。”律师耸了耸肩。“我们国家历史上也有过这种事。30 年代被告在狱中待上几个月后在开庭公开受审时就完全变成了另外一些人，他们不但愿意承认被指控的一切，而且连想法都完全不一样了，完全不是他们之前的那种模式。我曾经钻研过那些庭审的完整速记文本，顺便说一下，这在我们国家有公开发表的删减本，删减内容很多。我总是想知道，使这些被告发生改变到底是怎么做到的，但是从未搞懂过。也就是说，这些被告极有可能在狱中遭受到常规的体罚，简单来说，他们遭到毒打，但是看起来，不仅仅是这样。或许，他们还被实施催眠术，服用某些精神药物。苏联内务人民委员部有一个秘密机构，专门从事这项研究。但这个话题已经跑得很远了。可是你们国家官方上禁止用刑，有大量的人权组织，还有国家监管部门，有人监督。”

“第一，班宁被扣押在米德堡军事基地，并在那里受审。人权维护者进去监督根本就不现实。”科尔德反驳道。“第二，我要再重复一遍的是形式上很难把他们对囚犯所做的事称作‘用刑’。起初，一切均无伤无害，只需用一些简单的技巧就可以让囚犯稍微触犯一下监狱制度，然后绝对合法地对其施以惩戒，转到单人囚室。接下来运用各种手段给他制造心理压力，比如采用特定的频率和节奏播放音乐，借助于专门的振动台让囚室地面摇晃，喷洒能够刺激人体产生生理反应的特殊芬香剂，在食物和饮料中掺杂对意识起作用的化学药物等等。

“在这种情况下，几天后囚犯就会变得暴躁易怒，表现出攻击性，接着就挑唆他让他犯大错，比如袭击狱警。当然，这里说的不是真正的袭击，可能就只是推搡、碰触等动作，任何身体接触都算“袭击”。

“下一步，又是非常合法的！采用特别的干预措施对囚犯加以更严重的惩罚。囚犯被转移到一米见方的小屋子，脱个精光，整日整夜不熄灯，不让囚犯睡觉，播放所谓的‘教育影片’，里面充满暴力画面和丑陋不堪的镜头，夹杂着刺耳的声音和色彩鲜艳的几何图形组合，他们把这叫作‘非谐和治疗’。

“身心备受摧残后，人就会陷入一种近似于恍惚的迷睡状态，大脑丧失了感知现实的能力。而且负责长时记忆和短时记忆的区域就会变得衰弱。简单地说，囚犯开始梦呓乱语，这时受过专门培训的心理医生就会介入，通过提问一些引导性问题从他的嘴里套出想要得到的信息。

“臭名昭著的‘真话血清’也没有这种方法的效果好。更何况，服用‘血清’后人非常有可能变成‘昏睡的蔬菜’，这样怎么能在法庭上见人呢？现代方法似乎不会留下这些明显的痕迹，至于囚犯可能会忘记他是男人，或者失去最近20年的记忆，这些都是轻微的副作用，小事一桩，谁也不会在乎。

“我再跟您多讲一些！”科尔德压低嗓音小声说道，“谁也不知道，当囚犯陷入昏睡的时候，他们对他做了些什么。或许，为了在他身上激发出女性元素，强奸了班宁？或许，强迫他口交、喝尿，而他处于意识改变的状态，认为这一切都是再自然不过的事情。关塔那摩对囚犯做的可不止是这些……”

科尔德沉默起来，似乎后悔说了这么多的话，接着斩钉截铁地说：

“见鬼去吧！我不去监狱。最好还是在厄瓜多尔、委内瑞拉、尼加拉瓜、古巴避难，或是在这里，甚至在北朝鲜也行，就让杀手带着淬毒的匕首来吧！”

“请相信，俄罗斯远非最坏的方案，”律师说，“您不该对我们如此不信任。您的历险记还有一种发展脚本。我有内部信息说，在谈判过程中，一个不具名但有很大影响力的国际组织就您的未来向俄方提了一个建议，建议以缺失证件为由把您遣返回香港，因为您就是从那儿来的，现在美国国安局的官方代表就在那里。他们会直接在机场起降跑道上接您，甚至到飞机上接您。接着您会被送往美国，但不是像班宁那样在米德堡受审，而是在华盛顿。并且庭审不仅公开举行，还是超级公开的，连记者们都获准旁听，还有网络直播什么的。在听证会上您把国安局和中情局实施的违法行为一项项公之于众，这些行为中有的是针对主权国家的政府和公民，有的是针对美国的北约盟友，此外还有的是针对美国人自己，包括有名望的政治家、高层官员、参议员和众议员、总统办公厅的员工，甚至国家元首本人。于是，您的庭审过程就会变成又一个纽伦堡法庭，受审的已经不是约书亚·科尔德，而是国安局和中情局，还有那些推波助澜让事情发展到这步田地的美国政府官员。其中，受到打击最大的将是美国总统和他的团队。为什么呢？原因非常简单，如果该体制早在奥巴马之前就已建立，他上任后不可能不知道这些行动，但他却未采取任何措施终止行动。等待他的结果就是弹劾，这将是比水门事件还要糟糕的丑闻，以茶党为首的共和党人当权，而茶党是更为保守的一派，然后幕后政界重新洗牌。”

“那……那我会怎么样呢？”科尔德的声音颤抖了一下。

律师耸了耸肩：

“我小时候有一部电影看了好几遍，是西德尼·波拉克执导的。由简·方达和迈克尔·萨拉兹出演。在我看来，电影的名字相当准确地表达了今日政坛对待那些不再代表当权人价值观的人们时惯常使用的一些原则。您猜到我说的是哪一部电影了吗？”

“They Shoot Horses? Don’t They？”[①] 科尔德低语。

“无论是我，还是俄罗斯政府都不推崇这些原则，”律师摊开双手，引用了《圣经》里的一句话，“我岂是看守我兄弟的吗”，然后又说道，“我想，科尔德先生，您还是应该改变一下您对待俄罗斯的态度。‘邪恶帝国’早已不存在了。更准确地说，压根就没有存在过。”

“是的，我猜想这一切并非那么简单，”科尔德点了下头，“我读了陀思妥耶夫斯基的那本书以后，就是您送给我的那本，我想，我们彼此多么不了解对方啊。但是奥威尔还是有道理的，他这样写道：‘群众都是软弱的、怯懦的可怜虫，既不知如何运用自由，也不知正视真理，必须由比他们强大的人来加以统治，进行有计划的哄骗。’您知道吗？ 有个人在我离开之前

---

①《他们射马，不是吗？》，此片拍摄于 1969 年。——译者注

曾来过我这里。”

“谁？”律师没有明白。

“詹金斯先生。”

录音 15

我正在准备给格林沃尔德的文件夹，就是要公之于众的那些材料，我坚信一切都会按计划进行。米蒂不在，她去檀香岛看望母亲去了，要在那里待上几天。

我不知道棒球手是如何在大半夜来到岛上的，尽管我仿佛听见了海岸警卫队摩托艇的声音。

他以其一贯的作风突然出现，就那么冷不丁地出现在门口。我掩饰住自己的惊诧，不能对他亮出底牌，便邀请他进屋，打开了咖啡机。

起初我俩一直在兜圈子，尽管我立马就意识到他是来向我施压，让我回大陆，回米德堡的。

我记不大清对他说了些什么，大概内容是我的头痛得厉害，变天了，好像是二加二永远等于四，我是一个自由的人之类。

他笑了起来，举起手，伸出手指比画。

“我举的是几个手指？乔希。”

“4 个。”

“如果美国说不是 4 个而是 5 个——那么你说是多少？”

我闭上嘴不言语了，仿佛被冰水浇了一身，我知道这段对话，知道这段引文的出处[1]。

见鬼！他们全都知道！

抑或这又是詹金斯先生临时编造的，又是他那天才般的心理战术？这个男人，永远是一副黝黑粗糙的面孔，永远面带笑容，露出一排洁白的牙齿，他是我这一生见过的最会笑里藏刀、最阴险狡诈的人。大概就连天堂里的蛇在诱惑夏娃偷吃禁果时都不是这样一副伪君子的模样，都不会这样耍花招。

这时他从盘子里拿起一个桃子，津津有味地吃着，用手掌背面擦了擦嘴上的汁水，又引用了奥威尔的一段话：

“战争是由一国统治集团对自己的老百姓进行的，战争的目的不是征服别国领土或保卫本国领土，战争的目的是保持社会结构不被破坏。”

然后他又说道：

“我认为，我们用这种方式谈话会进展得更快，是不是，乔希？”

“我不喜欢你的语气，詹金斯先生。”我尽量表现出一副委屈的样子，慢吞吞地说道。

他吃完桃子，把湿乎乎的桃核放在亮面茶几上，然后像转陀螺似的转着桃核。皱皱巴巴的桃核很像人的大脑，不知道是谁心血来潮拨动了它，它就自个儿转了起来。

我们沉默了有十分钟之久。黎明时分肆虐的狂风停了，万籁俱寂。棒球手站起身来，对我笑了笑，但是笑容看上去很忧伤。

“你知道吗？ 我的孩子，这是一种多么难受的感觉，失

① 乔治·奥威尔《1984》里面的一段对话。——俄编注

望……上帝保佑不要让你承受到这些。”

在门口他又止步，靠在门框上，把奥威尔的话稍加改动了一下对我说：

“一个人在单独的、自由的时候总是要被打败的。之所以必然如此，是因为人都必死，这好似最大的失败。但是如果他能够做到完全服从，如果他能够摆脱个人存在，如果他能与自己的工作打成一片并做到他就是工作，工作就是他，那么，他就是全能的、永远不朽的。”

我缄默不语。

“你这是在放弃大好未来。”棒球手自己又补充了一句。

“如果你要设想一幅未来的图景，就想象一只脚踩在一张人脸上好了——永远如此。”我咕哝着，感觉自己没办法停下来了。

“这是我们最后一次谈话，科尔德先生。”

棒球手叹了口气，又变回公事公办的语气。“如果您要和国家对着干，或是做有损于美国防御系统的事，那么您将被施予法律规定的所有干预手段。记住这一点。我希望您能明哲保身，不要犯错误。别了！”

我还是没有贸然地说出类似于“地狱里见吧！”“Hasta la vista[①]”或“Au revuir mon ami[②]”的话。我不知道这是为什么，很可能是力不从心的缘故吧。表面上詹金斯先生说得完全正确，自由，奴役，这些都只是词汇、语言手段罢了。在苏格拉底和赫拉克利特的时代它们或许还有一些看得见的、实物性的

① 西班牙语，“后会有期”。——译者注

② 法语，“再见，我的朋友”。——译者注

意义，但是，在传统空间和网络空间结为一体形成新现实的时代，所有这些都过时了。奥威尔在60多年前就已故去，按照他的哲学论断和政治取向，活着是愚蠢的，为此还要毁掉自己的生活和亲人的生活就更加愚蠢了。

我双手抱住头独自一人在客厅中间坐着。桃核还在茶几上面，已经有小果蝇在它周围飞来飞去。“它们的生活多简单啊，”我想，“交配、产卵、喝点儿汁水、吃点儿腐烂的东西，等到死去，会有下一代来接它们的班。就这样一直下去，没有尽头……”

静寂无声的夜。一轮明月从山背后升起，海面上波光粼粼，好似一条洒满银光的大路，一直延伸到远处漆黑的地平线。屋子里灯火通明，照亮了院门口的灌木丛和四面舒展的南洋杉，下面的马路很少有汽车经过。屋门敞开着，我闭上双眼盘腿静坐。如果这会儿有人在山坡上拿着步枪，又刚好想要射击，那么很难找到比我更好的靶子了。

我想象着，338Lapua Magnum枪弹击中我的脑袋，弹头外壳像“黄铜花”一样绽开，钢芯穿过骨头，进入颅腔，把它变成肉冻，飞速地旋转几下，又击穿颅腔后壁，骨头和一团血糊糊的东西就一并飞了出来，而这团物质刚刚还是一个会思考的东西，是宇宙中最复杂的、最令人费解的东西，现在却在客厅里飞离四散。两天后的清晨，米蒂一回来就会发现我冰冷的尸体，我目光呆滞，果蝇在上面飞来飞去。

完了。

我睁开眼睛，直盯着眼前的黑暗，待了好几分钟。然后猛地一跃而起，把桃核扔到窗外，关上屋门，把所有灯都打开，冲进卫生间，用热水洗了很长时间的手，有五分钟之久。

一天后，我飞往香港，什么也没跟米蒂说。我不告诉她实情，因为对我来说，她变得很珍贵。这是我在设计算法时未能避免的最薄弱的一个环节。有时程序员完全不能指望逻辑，还得倚仗天意。我抛弃了米蒂，让她出局。我希望她将来会幸福，我还希望有一天我们还会再见面。

但是，坐在 Hawaiian Airlines ① 公司的波音飞机座椅上，我十分平静。或许，中世纪的航海者和征服者出发前往未知世界时就是这般平静吧。

当你的命运掌控在上帝手中时，就无须担心和忧虑，反正将要发生的一切既不能改变，也不能回头了。

04:24

律师的手机在桌上嗡嗡响了起来，屏幕亮了。

“稍等！”律师摁了一下按键，“是！晚上好……可能，该说早上好了，对。”

他聚精会神地听了几秒钟，然后笑逐颜开，像是心里乐开了花——是科尔德没听过的声音打来的。

“太好了！”律师笑了，“好，我这就转达。谢谢。再见！”

放下电话，他望着科尔德，目光里透着一丝狡黠。

“在俄罗斯碰到这种情况会说：‘哦，真是个有福之人。’我们胜利了，科尔德先生。您的请求通过了。刚才的电话是联邦移民局领导接待室打来的，您获准在俄罗斯临时避难一年。正

① 英语，“夏威夷航空公司”。——译者注

式文件很快就会转交给您。”

“临时避难？”科尔德目不转睛地望着律师说，“请解释一下……”

“乐意效劳，”律师面带微笑，从公文包里拿出几页打印出来的纸张，“临时避难是指联邦《移民法》规定的外国公民或无国籍人士可以在俄联邦境内临时逗留的情况。

“在两种情况下可以给予外国公民或无国籍人士临时避难：

“1）此人有被认定为难民的理由，但仅限于以书面形式递交请求允许其在俄联邦境内临时逗留的申请。

“2）虽然此人不具有俄联邦《移民法》所规定的难民条件，但因人道主义原因而不能将其驱逐出境。

“您的情况，科尔德先生，属于第二条。”

“人道主义原因。”科尔德局促不安地摸了摸下巴，“天啊，我从未想过会有俄罗斯对我施以人道主义的时候。”

“临时避难的期限为一年。根据当地移民机关对此人状况的考量，临时避难期限可以顺延一年。”律师继续说道，“获准临时避难的人员及家属享有租赁房屋、协助办理出境手续和俄联邦法律、俄联邦国际条约及俄联邦主体法所规定的其他权利。

“获准在俄联邦临时避难的人员享有进入国内劳务市场的权利，无须获得专门许可即可工作。”

“哦，我将在俄罗斯工作，在这里租房子住了！”科尔德激动地叫道，他站起来，然后又坐下，惶恐不安地说道，“说实话，我不相信……算法……您懂吗？……算法被破坏了，完蛋了！说真的，我对俄罗斯不抱希望，我甚至没有考虑过它，只是在此过境，只是转机而已。我把一切都安排好了……我打算在那些与美国关系不太友好的国家转机，像中国、俄罗斯、古巴，然后再去厄瓜多尔、玻利维亚或委内瑞拉，我看好这三个国家。这是最现实可行的，尽管按照算法我向 21 个国家递交了申请……但是当他们开始拖延时间，接着法国和葡萄牙又对埃沃·莫拉莱斯[1]关闭领空……见鬼！因为我本打算和他一起飞呢。结果飞机迫降在维也纳，像普通航班那样遭到搜查。诚然，凡动物一律平等，但是有些动物比别的动物更加平等。他们竟然可以置国际法于不顾。那时我就觉得，一切都完了……老实说，我还想过，就在这里，在这间地下牢狱了此余生。我没想过，你们国家居然有如此人道的移民法。”

“祝贺您，科尔德先生。”律师把文件放在一旁，伸出手来，“这是我们的胜利！”

科尔德盯着宽大的手掌看了几秒钟，然后无力地握了握手。律师觉察到美国人在发抖。

电话又响了。

“俄罗斯总统已经发布正式声明。”律师简短通话后说道。他把平板电脑递给了科尔德。房间里响起俄罗斯首脑的声音：

“卡桑奇和科尔德一样，都认为自己是维权者，并宣称是在为信息传播而战。请你们扪心自问，有必要把这样的人送进监狱吗？无论如何我可不愿干这种事，因为反正这就像剪猪毛一样，尖叫声大，毛儿却没几根。”

律师翻译了这段复杂的话，以防万一，他还是省略了有关猪的那一句。

“就这些？”科尔德用呆板的声音问道。

“以前总统就说过，您可以安全地待在俄罗斯。”律师笑了

---

① 玻利维亚总统。——译者注

一下，“还有就是他同情您，科尔德先生。他说您是个怪小伙儿，给自己选择了一条相当难走的路。这是真的，而且您自己也知道。但是我们的总统认为，过一段时间美国自己就会明白，他们遇到的不是叛国者，也不是间谍，而是有一定信仰的人，如何评价这些信仰，则仁者见仁智者见智。或许，在这种情况下能够找到某种折中办法。但肯定不是现在。”

“感谢上帝。”科尔德把双手交叠放在桌子上，像小学生一样，然后腼腆地笑了，“众所周知，千里之行，始于足下。我才刚走了一小段路，但是我应该坚持走到终点。您知道现在我在想什么吗？”他突然换了一个话题，不等律师回答，就直接说出来了，“冰淇淋蛋糕，洒上菠萝布丁和香草糖浆的那种！小时候我家住在伊利莎白城的时候，父亲买过这种冰淇淋。”

“您看上去仿佛是夙愿已成，”律师说，“然而……”

“然而这还不是终点，这只是新一轮的起点，”科尔德表示同意，“我当然明白。如果白宫迅速做出回应，我是不会吃惊的。”

“您完全正确。有人跟我说，几分钟后白宫新闻秘书萨尼[①]先生就会在华盛顿举行发布会。我想我俩听听他说什么是有好处的。”

“对，对，当然……”科尔德深吸了一口气。他并未向律师掩饰，他再次感到惶恐不安。

在屏幕上播报美国白宫新闻处官方频道呼号的时候，科尔德一言不发。但是当镜头前一出现杰伊·萨尼，他的哈佛眼镜就闪闪发光，他急促地说道：

① 或许暗指杰伊·卡尼。——译者注

“可是他们现在会不会宣布，奥巴马已和普京先生商定，会把我交出去的，会不会呢？”

“您这一宿被折磨得够呛，我的朋友。”律师安抚地拍了拍科尔德的胳膊，“别紧张。据我对普京先生的了解，他不是那种轻易改变自己决定的人。一切都会好的。”

最后一句话律师是用俄语说的，科尔德重复了一遍俄语，像念咒似的：

“弗肖－布捷特－哈拉少……”

与此同时，休息室响起了萨尼坚定强硬的声音：

“俄罗斯移民局已证实，他们给予科尔德先生为期一年的临时避难，允许其离开机场。我们对俄罗斯当局此举深感失望，此举有悖于我方在官方层面和非官方层面提出的明确合法要求，即把科尔德先生驱逐回美国，美国已对其提出指控。

“科尔德先生不是揭秘者。他被指控与泄露机密信息相关的三项重罪罪名，他应该尽快被遣返回美国，他将面临所有法律诉讼程序，也会给予其必要的辩护。

“俄罗斯当局此举损害了两国在法治领域长期合作的历史，在不久前的芝加哥马拉松爆炸事件后这种合作曾达到顶峰。”

“看到了吗？”律师靠在椅背上说，“他一句话也没提……”

“等等！”科尔德有些愤愤不平地打断了他的话。

这时有一个记者提问：

“俄方声称，他们并不打算遣返科尔德回美国。鉴于此，就其回国事宜美国当局将采取哪些努力？”

萨尼脸色丝毫未变，回答说：

“我们将继续与俄罗斯当局保持接触，我们对俄方的决定表示极度失望，并且告知他们，我们有完全合法的理由要求遣返科尔德先生回美国。因泄露机密信息他面临三项重罪指控。他不是持不同政见者。他也不是揭秘者。他被指控犯罪。他回到美国后将享有我国司法系统框架内规定的被告所享有的一切权利和特权。

“无论在官方层面，还是在与俄罗斯当局代表的私下交谈中，我们都阐述过这种观点。因此我相信讨论仍将继续下去。”

“他们不再提保证的事了，是吧？”科尔德轻声说道，目光并没有移开屏幕。

律师认为还是不发表意见为好。毕竟他的客户不是孩子，不需要安慰。

发布会继续进行，说到了美国总统的访俄之行。

“我今天不打算谈论总统的工作访问日程，”萨尼说道，“显然，事态出现了不受欢迎的转变。但是因为就我国与俄罗斯的合作事宜要讨论磋商的问题广泛，我们目前正在研究此次出访是否适宜。”

“您觉得，”科尔德突然问道，“会不会因为我而引发战争？”

“当然不会。”律师不由地笑起来，“在我们两国的关系史上有不少事件比这个更具戏剧性，但是无论是我方还是美方，大家总是能找到理智清醒的对策。再者，即便那些‘鹰派’，比方说，参议员麦凯恩这样的人，其实也不愿意打仗。政治是可能性的艺术。很多人在其中担任特定的角色，但是没有人愿意从角色里跳出来，从演说家和蛊惑者变成刽子手和杀手。况且那位麦凯恩在越战中吃了不少苦。”

“说魔鬼，魔鬼就来。”科尔德冲着屏幕点了下头，屏幕上正好问到与麦凯恩有关的问题。

“您是否将俄方行为看作是蓄意损害美国利益，如麦凯恩断言的那样？”

“我们将该行为看作是不受欢迎的发展事态，我们对此深感失望，”萨尼一字一顿地说，“我们已经说得很清楚，我们有正当合法的理由要求遣返科尔德先生回美国，他也会享有被告在我国司法系统框架内应该享有的所有权利。至于俄方的行为动机，留待俄罗斯当局解释说明。”

马上又有几个问题相继抛出：

“这一举措的外交后果有哪些？除此以外，鉴于此，贵方还会有哪些选择？”

萨尼一时语塞，但很快又镇定自若：

“您的同事刚刚就奥巴马总统访问莫斯科事宜问过了。我已经说了，现在尚不能说我们要做什么样的决定。我们会考量此次事件及其他事件再评估此次出访的适宜性。但是，我暂时不能宣布我们会做出何种决定。”

“我想要问一个更为宽泛的问题。从此次事件来看，你们是否会重新考虑自希拉里·克林顿以来重启的俄美关系？”一个身着蓝色西装的大个子男人问道。

“我们与俄罗斯的关系，同我们与世界上其他有影响力的国家一样，都是以现实为基础。”萨尼得意洋洋地环顾四周听众，接着说道，“显而易见，所谓的美俄关系重启有利于国家安全和美国人民的利益。得益于此次重启，我国才能与俄罗斯合作，可以过境运送物资给我们驻阿富汗的军队。重启保障了我国和俄罗斯在伊朗方面的合作。重启保障了我国和俄罗斯在有关削减核武器条约 START 方面的合作。重启保障了对美国、美国人民和美国安全有利的其他形式的合作。

“最近四年半，在美俄关系的发展进程中有过冲突。我们和俄罗斯有过分歧，最后一次与叙利亚有关，就这些冲突和分歧，我们向来立场鲜明。过去如此，将来依旧如此。

“诚然，那些认为在奥巴马执政后我们无须为重启美俄关系付诸努力的人，今天可能会说，业已取得的成果不值得付出这些努力，但我不这样认为。我想，谁也无法令人信服地证明相反的看法。”

“他们会为自己的行为辩护，甚至就算全世界都知道，白宫里面曾经杀死过婴儿，还吃过小孩儿，”科尔德说，“章鱼也永远不会承认这是错的。而我过去在某个时刻还真的相信，随着奥巴马上台一切都将改变呢。”

“现在最有意思的来了。”律师朝着屏幕点了下头。上面正在进行一场对话。

“杰伊，俄罗斯人从中能得到什么？您怎么看？”一位讨人喜欢的金发女郎问道，“显然，他们在决定向科尔德先生提供避难时就会料到，这一决定不会得到白宫的谅解。”

萨尼立即回答说：

“是的，我想他们料到了。”

“但是他们还依然这么做。您觉得，他们图什么？”金发女郎继续拷问新闻秘书，但是也没有把他窘住。

“有人已经问过我这个问题，我也安慰过他。我不打算为他们的行为寻找动机。我认为俄罗斯官方代表自己会做出解释。毋庸置疑，我们对事态的发展感到极度失望。我们和俄罗斯之间尚有广泛而重要的合作议程。这既包括我们已达成协议和正在合作的领域，也包括我们存在分歧和冲突的领域。

“而且我早已说过，正如普京总统所言，鉴于双边关系的广泛性和重要性，我们不想让科尔德事件成为双边关系中的问题。我们自己已意识到这一点，所以我们将继续推动和发展与俄罗斯当局的关系。”

在这之后，秘书宣布发布会中场休息。

“这让人想到臼内捣水，尽做些徒劳无益的事。”律师摊开双手，“不过，搞政治重要的就是要做到脸不变色心不跳。萨尼这方面做得非常好。”

“您给我的书里面有一句话我很喜欢，”科尔德一边看着萨尼走下讲台，一边说道，“‘要对某些人做出公正的评判，那就得预先抛弃一些先入的偏见，改变对待常在我们周围的人们和事物的习惯态度。’[①] 白宫里的那些人认为我和所有人一样，认为他们已经算计好了一切……一群蠢货！马丁、米切尔、班宁、卡桑奇、我，我们这些人全然不同。不过，有一个人，我把自己和他联想在一起。他也想让自己的国家变得更好，最后乃至让全世界变得更好。”

“他究竟是谁？”律师颇感兴趣地问道。

“盖伊·福克斯！[②]”科尔德郑重其事地宣布，他的眼睛闪闪发亮，“我从小就对此人万分景仰，他敢于反对当时英国实行的残暴且不公正的制度。”

“据说，英国中小学的孩子到现在都会背关于盖伊·福克斯的诗歌，”律师说道，并引用了一段，“请记住11月5日，火药、背叛和阴谋……”

---

① 引自陀思妥耶夫斯基的《罪与罚》。——俄编注

② 盖伊·福克斯，“火药阴谋”的主要参与者，影片《V字仇杀队》中V的原型。——译者注

“有两种。”科尔德以其惯有的言简意赅的方式说道。

“什么‘两种’？”律师不解地问道。

“诗歌。两首开头都一样，但是后面……您自己比较一下吧，这是盖伊·福克斯作为卑鄙叛徒的版本：

请记住 11 月 5 日，
火药、背叛和阴谋。
我找不到忘却背叛的理由，
因为背叛始终与我同在。
叛徒盖伊·福克斯，
你图谋——
用地下室里的 36 桶火药，
炸毁国王和议会。
英国就会出现新政权。
但是在上帝的庇佑下，
他被抓住了。
一盏遮光提灯，一根蜡烛。
嗨，孩子们，唱吧！跳吧！
上帝拯救了国王！
扭一扭，万岁！扭一扭，万岁！”

“嗯，这在某种程度上倒不失历史真实性，”律师笑了笑，“盖伊·福克斯的确是个罪犯。”

“他是个英雄。”科尔德反驳道，“第二首诗讲的就是这个。

请记住 11 月 5 日，

火药、背叛和阴谋。
岁月流逝，但悲伤和忧愁
始终与我同在。
议会和国王，已为他们准备好
死亡，抑或痛苦，
就在不祥的日子里。
只有一片火海，
但会出现另一个国家，
另一种命运……
地下室漆黑一片，储备充足，
那里全是实心黑火药。
但我听见脚步声……“警卫队！敌人！”
上帝啊！请与我同在！
跑？可往哪儿跑？到处是墙壁，
前后都有人在叫喊。
苍天和命运都在保护国王，
而我只能提着脑袋。
就让我的悲伤和忧愁穿越世纪，
永远与我同在，
但是请记住 11 月 5 日，
火药、背叛和阴谋。”

“嗨。”律师摇了摇头，“这个版本我还没听过。但是这也不会改变客观事实，即盖伊·福克斯图谋反对合法政权。”

“在你们俄罗斯，这种事也很常见吧。”科尔德的声音充满了讽刺，“据我所知，最近两百年间你们有几位皇帝英年殒命？

四位？”

“三位。”律师苦笑了一下，“保罗一世、亚历山大二世和尼古拉二世，尽管，倘若算上彼得三世的话，那确实是四位。至于英国历史，他们那里除了卡尔一世好歹算是经历了类似法庭的审判被处死外，这种情形也不少。要是拿爱德华二世的历史来说，他被烧红的铁条插入肛门而死，那么我倒想和英国人就守法问题辩论辩论。但是无论如何你们美国人也不会参与辩论的。”

“这是因为在我们的政治体制中政权都是平稳过渡，新政权不必砍掉旧政权的脑袋。”

“尊敬的科尔德先生，”现在律师也稍加嘲讽地说道，“今天在这间屋子里曾经提到过这样一段话：‘这个国家，和它的社会事业机构属于居住其间的人民。任何时候他们对现政府产生了厌恶，他们可以根据改进政府的宪法权利来行动，或者用革命的权利进行分割或者摧毁现政府……’您明白吗？较之于英国和俄罗斯的所有历史，而且算上我们举过的例子，这字里行间暗含更多的断头台和斧子。”

“究竟是谁之过，让我们变成了羔羊？……我要再一次援引陀思妥耶夫斯基的话。”科尔德闭上眼睛回忆着，但很快，他打了个响指，几乎是大声地喊了出来，“权利只给予敢于俯身去拾取的人。这只需要一个条件，仅仅一个条件：只要大胆妄为！”

律师认为继续这个敏感的话题不太适宜，况且白宫已宣布休息结束。

发布会的下半场开始了，一位头发花白、戴着眼镜的先生在详尽地阐述他的问题：

“杰伊，您说过，科尔德先生不是揭密者。但是就拿这个事实来说吧，众议院就这些计划举行投票，据我猜测，已决定削减这些计划；在本周的听证会上美国参议院司法委员会代表帕特里克·李[1]对这些计划提出质疑。今天总统在白宫与立法组成员会面，其中几人也对这些计划提出质疑。鉴于此，难道不能断言，科尔德先生泄露了这些计划，在某种程度上是为美国人民和全世界人民做了好事吗？因为这些计划引发了公众的不满情绪。”

“第一个真正的问题！”科尔德往前靠了靠，眼睛紧盯着屏幕。

“当一个人宣誓保守美国秘密时，他就应该保守，如果他做不到这一点，相应的后果就会接踵而至。”萨尼望着记者们的头顶上方说道，“对于潜在揭秘者，对于那些想要揭发他所知道的违法乱纪行为的人，同样也有既定程序。擅自公开机密信息已经给或可能给我们国家安全利益带来巨大的损害。”

“他能说的就只有这些吗？”科尔德真心感到惊讶，“到底从哪里找来的这个人？就是让他在电影院影片放映前做爆米花的广告，我都信不过。”

头发花白的先生穷追不舍：

“但是如果他不站出来的话，如果他不将这些计划公之于众的话，那么人们就会永远蒙在鼓里。我们今天也就不会讨论这些计划，而他也就还在美国待着了。但是他决定这么做，他披露了这些计划。”

萨尼看上去懊丧不已，但是他的声音听起来很平静，不带任何感情：

---

① 或许暗指帕特里克·莱希。——译者注

“是的，他擅自披露机密信息的确让我们知道了很多东西。但是即便不是这样，我们也会讨论这些计划，国会和法院曾一直讨论和监督这些计划，它们自身也包含保护成分，以便达到安全和个人隐私不受侵犯之间的平衡。总统说得非常清楚，他希望达到这种平衡，并维持这种平衡，他认为这种平衡已经找到，他还认为应当就这些问题进行讨论。并且，他现在就在做这件事。

“今天白天，你们一定也知道，他和国会的参众两院议员，以及共和党人和民主党人会面讨论这些问题。应他的邀请，与会者中还有这样一些议员，他们曾经表示对这些计划抱持严厉的批判态度，就是我们根据《监视法案》215 条和 702 条所讨论的那些计划。”

“妖言惑众！”科尔德喊了起来，“啊，我多想当面说他啊。卑鄙无耻的伪君子！”

“您有过这样的机会。”律师说道，声音不大。

“毋庸置疑，我们的情报机构需要适当的手段来保护我们的国家利益，防范可能出现的攻击，”萨尼继续讲道，“我认为大多数美国人都会同意我的看法。我们在开发这些计划时，其中设定了各种安全元件和多层次监控体系，就是为了保证这些计划不去侵犯美国公民所享有的保护隐私的权利。这就是总统所说的平衡。维持这种平衡是实现这些计划的基础。现在关于这些计划的讨论仍在继续。在当局的同意下，国家情报局在科尔德泄密后积极解密了大量信息。我相信，这一过程仍将持续。但是我不认为我们可以负责任地说，在现阶段我们不需要这些用来保护我们不受恐怖分子袭击的计划。”

“这样一来，总统认为这些计划倒应当保密吗？”记者想知道。

“又来了，您把不同的问题混淆在一起了。爱国法案和FISA[①] 都已经通过了，这是众所周知的事实。国会知道这些文件。公众也知道。毫无疑问，关于这些计划的一些细节公众是在泄密后知道的。总统坚信，不能将最敏感的机密信息公之于众，因为这给我们的国家利益带来了或者可能会带来损害。这可能会给公民带来危险。”

“他就像鳗鱼在鱼篓里盘成一圈，绕来绕去地兜圈子。”科尔德颇为满意地指出来，转身朝向律师说，“尽管应当承认，你们蛇和平底锅的比喻更好。”

“他的确不值得羡慕。”律师讥笑道，“您给他们出了个难题，科尔德先生。”

“说不定还有人，有人妒忌我呢，”科尔德气愤地说，用手指敲着桌子，“上帝知道，我可不想要这样的名气，我宁愿这一切根本就没有被曝光。根本无法想象，他们真的可以这么快就把我踢出局了。”

“借助于您告诉格林沃尔德的那些计划。”律师认为。

“那么就我的情况而言，它们见效也太快了……”

这时下一个问题接上了：

“共和党参议员格雷厄姆把释放约书亚·科尔德称作俄美关系中‘游戏规则的改变’。难道这件事已经如此严重了吗？”

萨尼叹气道：

“我已经非常清楚地说过，我们对此深感失望，俄方当局此

① Foreign Intelligence Surveillance Act，即《涉外情报监控法》。——俄编注

举有悖于我方提出的明确合法要求，即把科尔德先生驱逐回美国，无论是在正式会谈上，还是在私下场合里。再重申一遍，如我先前所言，除了我们对事态的转变深感失望以外，我不打算臆测我们和俄方官员就此问题和其他问题在谈判桌上的磋商会取得什么样的结果。谢谢大家，先生们，再见！”

然后萨尼看也没看场内，快速离开了现场。

律师关上了电视。

代跋

“怎么着，我的朋友，该收拾东西了。”律师拿起公文包，咔嗒一声锁上锁，“我等您……”

“我早就收拾好了。”科尔德轻声说道，他消失在门后，转眼又回来了，拎着一个不大的棕色旅行包，科尔德把包放在桌旁的地面上，一动不动，然后朝酒瓶点了下头，“这还剩下挺多，给您来点儿？”

“谢谢，我不来了。”

“那我喝。据说俄罗斯人饮酒量大，因为你们这里很冷。我至少在接下来的一年里，似乎有可能变成俄罗斯人，得适应适应。”

“这是误解，是陈词滥调，科尔德先生。”律师笑了，“据世界卫生组织的统计，俄罗斯尽管气候寒冷，而且有早上不喝咖啡而是喝冰伏特加的恶习，但是在饮酒量上却绝对不处于领先地位。在南欧国家，葡萄酒被看成是传统饮料，这方面要远胜于我们。因此您可以安然地把威士忌放下，从道义上准备准备，开始喝俄罗斯的克瓦斯。”

“克瓦斯？”科尔德机械地重复着。他坐下来，还是给自己倒了两指高的威士忌，小口抿着，没有皱眉。

“克瓦斯是俄罗斯的可口可乐。只不过在7000年前就已经发明出来了，在家里用面包和水就能做。”

“上帝啊！”科尔德咕哝着，“克瓦斯……”

他转身面向律师，嗓音因威士忌和紧张而变得有些嘶哑，“您知道吗？西奥多·罗斯福，第一位获得诺贝尔和平奖的美国人，第26任美国总统，有一天说：‘我预见俄罗斯拥有广阔的未来。诚然，它在前进的道路上会遇到一定的颠簸，或许是剧烈的震荡，但是这一切都会过去的，然后它会重整旗鼓，会变成欧洲的中流砥柱，或许会成为世界上最强大的国家。’我觉得，俄罗斯及其总统在抵制章鱼方面沿着罗斯福指出的未来方向迈出了一大步。”

“伯爵，起来吧，伟大的事业在等待着您！”律师引经据典开心地笑着说道。

科尔德慢慢站起身来，拎起包，梦游似的走到门口。他一脸伤感，嘴里小声嘟囔着：

“章鱼登场了……章鱼时代……不管结局如何，对我而言，伟大的事业只与这间屋子休戚相关……”

莫斯科，2013年8月～10月

图书在版编目（CIP）数据

章鱼时代 /（俄罗斯）阿纳托利·库切列纳 著；徐先玉 译．
—北京：东方出版社，2016.10
（阅读俄国）
ISBN 978-7-5060-9313-2

Ⅰ.①章… Ⅱ.①阿… ②徐… Ⅲ.侦探小说—俄罗斯—现代
Ⅳ.①I512.45

中国版本图书馆 CIP 数据核字（2016）第 258924 号

著作权合同登记号 图字：01-2016-7678

Published with the support of the Institute for Literary Translation, Russia.

ИНСТИТУТ ПЕРЕВОДА

章鱼时代
（ZHANGYU SHIDAI）

作　　者：［俄］阿纳托利·库切列纳
译　　者：徐先玉
责任编辑：王　艳　葛灿红
出　　版：东方出版社
发　　行：人民东方出版传媒有限公司
地　　址：北京市东城区东四十条 113 号
邮政编码：100007
印　　刷：鸿博昊天科技有限公司
版　　次：2017 年 1 月第 1 版
印　　次：2017 年 4 月第 2 次印刷
开　　本：880 毫米 ×1230 毫米　1/32
印　　张：9.25
字　　数：170 千字
书　　号：ISBN 978-7-5060-9313-2
定　　价：32.00 元
发行电话：（010）85924663　85924644　85924641